UNE AVENTURE DE VICKI NELSON - 1

Le prix du sang

Du même auteur
aux Éditions J'ai lu

2. PISTE SANGLANTE

N°8350

Tanya Huff

UNE AVENTURE DE VICKI NELSON - 1

Le prix du sang

Traduit de l'américain par Patricia Ranvoisé

J'AI LU

Titre original
BLOOD PRICE
Published by Daw Books, Inc., New York

Pour John, qui s'est montré plus que compréhensif,
en dépit de mes innombrables coups de fil, photocopies,
trajets à la poste, retours tardifs, départs précipités,
et parfois même absences. Merci.

1

Ian enfonça les mains dans ses poches et parcourut le quai désert d'un œil mauvais. Il avait les doigts glacés, se sentait d'une humeur massacrante et ne s'expliquait toujours pas pourquoi il avait accepté de retrouver Coreen chez elle. Un terrain neutre aurait été beaucoup plus adapté. Il consulta l'horloge digitale suspendue au plafond : minuit dix-sept. Treize minutes d'Eglinton West à la station de Wilson, le bus, trois pâtés de maisons au pas de course… Il n'y serait jamais à temps.

« Je vais arriver en retard, elle fera la gueule, et c'en sera fini de notre réconciliation », songea-t-il. Il poussa un soupir. Déjà qu'il lui avait fallu batailler deux heures au téléphone pour qu'elle accepte de le voir. Sortir avec Coreen exigeait une sacrée patience… Le bon côté des choses, c'était qu'on ne s'ennuyait jamais. Cette fille avait peut-être un caractère impossible, mais question émotions fortes, une relation avec elle valait toutes les montagnes russes du monde. Il sourit malgré lui à cette idée. Oui, Coreen était dotée d'une énergie incroyable pour une fille de son gabarit.

Il jeta un nouveau coup d'œil à l'horloge.

— Que fout ce fichu de métro ?

Minuit et demi. « *Sois là à minuit et demi ou laisse tomber* », avait-elle déclaré, sans se soucier le moins du monde que le dimanche, la régie des Transports de Toronto diminuait de façon drastique le nombre de trains, et qu'à cette heure-là, il aurait du mal à attraper le dernier.

En revanche, se dit-il avec satisfaction, une fois chez elle, il n'aurait d'autre choix que de rester pour la nuit. À condition qu'elle lui ouvre...

Il marcha jusqu'à l'extrémité du quai et regarda à l'intérieur du tunnel. Rien. Juste un courant d'air sur son visage – ce qui, d'ordinaire, indiquait que le métro approchait. Il se détourna en toussant. Ça sentait le pourri là-dedans ! Comme la fois où ils avaient retrouvé une souris à moitié décomposée dans leur maison de campagne.

— Une sacrée souris, marmonna-t-il en se frottant le nez.

L'odeur, persistante, le fit de nouveau tousser. Bizarre comme les sens vous trompaient parfois : maintenant qu'il l'avait sentie, il avait l'impression qu'elle s'amplifiait.

Ce fut alors qu'il perçut des bruits de pas dans son dos. Des pas bien trop lourds pour appartenir à un clochard caché dans le souterrain et titubant en direction du quai. Des pas pesants. Qui se dirigeaient droit sur lui.

Ian savoura la peur qui accéléra les battements de son cœur et lui assécha la bouche. Il s'y abandonna d'autant plus volontiers qu'il savait qu'il lui suffirait de faire volte-face pour découvrir que la réalité était des plus prosaïques. Alors, il s'immobilisa et profita de ce moment intense et mystérieux où l'adrénaline lui aiguisait les sens, au point qu'il se sentait plus vivant que jamais.

Il ne pivota qu'en entendant les pas résonner sur les marches d'accès au quai.

Trop tard.

Il eut à peine le temps de crier.

Le menton rentré dans son col, pestant contre ce mois d'avril froid et humide, Vicki Nelson descendit du bus et se dirigea vers la station de métro d'Eglinton.

— Un désastre, voilà ce que ça a été, grommela-t-elle.

Le vieil homme qui la suivait émit un son interrogateur. Elle le considéra d'un regard vide, et accéléra le pas. « Non seulement je suis "ennuyeuse à mourir et tendue à craquer", mais en plus je parle toute seule », songea-t-elle. Elle poussa un soupir. Si mignon soit-il, Lawrence n'était pas son genre. En fait, elle n'avait pas rencontré un homme qui soit son genre depuis qu'elle avait quitté la police, huit mois plus tôt. Elle aurait dû se douter que ça se passerait ainsi quand elle avait accepté de sortir avec un type nettement plus beau qu'elle. Elle ne savait même pas pourquoi elle avait répondu oui à son invitation.

Non, ce n'était pas tout à fait vrai. Elle avait répondu oui parce qu'elle se sentait seule, mais de là à le reconnaître…

Elle s'engageait dans l'escalier qui descendait aux quais quand retentit un hurlement. Ou plutôt une sorte de glapissement – semblable à celui, coupé net, d'un animal qu'on égorge. Vicki se précipita vers le premier palier. De là, elle ne distinguait qu'une partie des deux voies à travers la vitre, et n'avait aucun moyen de déterminer l'origine du cri. Elle choisit le quai le plus proche : le sud.

Tout en dévalant les marches, elle lança à la cantonade :

— Appelez la police !

Apparemment, il n'y avait personne, mais ça ne coûtait rien d'essayer. Et puis, le mot « police » avait souvent un effet magique sur les agresseurs.

En neuf ans de service, elle n'avait jamais utilisé son revolver. Pourtant, en cet instant, elle regretta de ne pas en sentir le poids sur sa hanche. Parce qu'en neuf ans de service, elle n'avait jamais entendu pareil hurlement.

« Bon sang, à quoi est-ce que tu joues ? protesta la voix de la raison dans son crâne. Tu n'es pas armée ! Personne pour te couvrir ! Aucune idée de ce qui se passe en bas ! Huit mois que tu n'es plus flic, et tu as déjà oublié tout ce qu'on t'a appris ! Qu'est-ce que tu cherches à prouver ? »

Ignorant la voix, Vicki continua à courir. Peut-être cherchait-elle à prouver quelque chose. Et alors ?

À peine en bas, elle comprit qu'elle s'était trompée de direction – et l'espace d'un instant, s'en félicita.

Un jet de sang maculait le mur du quai d'en face, telle une longue tige à l'extrémité de laquelle explosaient de délicates fleurs écarlates. Au-dessous gisait un jeune homme, bouche et yeux grands ouverts au-dessus de la plaie béante de ce qui avait été son cou.

Vicki sentit son dîner lui remonter dans l'œsophage. L'ex-flic blindé qu'elle était le refoula sans trop de difficultés.

Un souffle d'air lui indiqua l'arrivée d'un métro.

Seigneur, il ne manquait plus que ça ! D'accord, un dimanche à minuit et demi, il y avait peu de chances que quelqu'un descende ou remarque le corps et le sang sur le mur. Mais le monde étant ce qu'il était, il était tout aussi possible que les portes s'ouvrent sur un groupe de gamins en vadrouille ou une vieille dame au cœur fragile.

Il n'y avait qu'une seule solution...

Tandis que le grondement du métro emplissait le tunnel, Vicki bondit au bas du quai, galvanisée par la peur et l'adrénaline. L'escalier de bois qui enjambait le rail conducteur étant trop éloigné, elle grimpa sur l'un des murets de béton qui encadraient ce dernier, et sauta par-dessus les milliers de volts, refusant de penser aux conséquences si par malheur ses pieds touchaient la ligne. Le temps de retrouver son équilibre de l'autre côté et, dans un réflexe stupide, elle tourna la tête en direction du métro.

Comment diable avait-il pu se rapprocher aussi vite ? La lumière de son unique phare était aveuglante, son rugissement assourdissant. Elle se figea, consciente que si elle ne se secouait pas, le monstre métallique allait la déchiqueter.

Ce fut alors qu'elle aperçut quelque chose sur l'autre voie. Comme une silhouette vacillante, à peine visible. Juste une tache noire dans la lumière, mais qui suffit à la sortir de sa sidération et à la projeter en bas de la paroi de béton.

Le charbon crissa, le métal cliqueta sous ses bottes... Enfin, elle s'agrippa au rebord du quai, et se hissa dessus. L'espace d'un instant, le monde se réduisit à un mélange de fureur et de clarté incandescente. Le souffle du train frôla ses semelles.

Du sang lui souillait les paumes, mais il ne s'agissait pas du sien, et pour le moment elle n'en demandait pas plus. Avant que le métro s'arrête, elle jeta son manteau sur le corps et brandit sa carte professionnelle.

Le conducteur sortit la tête par la vitre.

Vicki agita la carte dans sa direction.

— Fermez les portes ! Immédiatement !

À peine entrebâillées, les portes se refermèrent dans un claquement sec.

Vicki prit une inspiration et, dès que la tête du chauffeur réapparut, ordonna :

— Appelez la police. Dites-leur que c'est pour un 10-33... Ne vous occupez pas de ce que ça signifie ! prévint-elle avant qu'il ait ouvert la bouche. Ils comprendront. Et n'oubliez pas de leur indiquer l'endroit.

Elle avait vu tellement de choses stupides au cours de sa carrière ! Tandis que le conducteur s'exécutait, elle baissa les yeux sur son permis et soupira. Une carte de détective privée n'avait aucune valeur dans une affaire de ce genre, mais heureusement, l'apparence de l'autorité suffisait généralement à impressionner les gens.

Elle s'écarta un peu du corps. Sous l'effet de la peur, l'homme avait souillé son jean, et l'odeur de sang et d'urine prenait à la gorge. Une tête sortit de la voiture la plus proche. Elle brailla pour l'obliger à rentrer.

Trois minutes plus tard, le son étouffé des sirènes de police lui parvint. Elle laissa échapper un soupir de soulagement. Jamais trois minutes ne lui avaient paru aussi longues.

Elle les avait occupées à réfléchir, à établir des liens entre l'aspect du cadavre et celui du jet sanglant sur le mur, et n'aimait pas les conclusions auxquelles elle avait abouti. Elle ne connaissait aucune arme susceptible de déchirer la chair et les cartilages aussi aisément que s'il s'agissait d'une simple feuille de papier, et si rapidement que la victime n'avait pas eu le temps de se débattre. Pourtant, il en existait une, de toute évidence.

Et son propriétaire se trouvait quelque part, dans les tunnels du métro.

Vicki contempla le gouffre obscur, au-delà du train. Qui se cachait dans ces ténèbres ? Un frisson, qui ne devait rien au froid, la secoua. Elle n'avait jamais été du genre à se faire du cinéma, et savait que l'assassin avait quitté les lieux depuis longtemps. Alors d'où lui venait cette sensation que *quelque chose* s'attardait encore dans les souterrains ?

Le claquement caractéristique des bottes de la police sur le sol la tira de ses réflexions. Elle pivota, et écarta prudemment les mains de ses hanches. Des flics appelés sur une scène de crime et découvrant un individu couvert du sang à côté du corps avaient des raisons de se montrer un peu nerveux.

Après un moment de flottement – heureusement, vite dissipé grâce à quatre des six agents auxquels le nom de « Victory » Nelson n'était pas inconnu –, l'interrogatoire commença.

— ... mon manteau sur le corps, demandé au conducteur d'appeler la police, et attendu.

Vicki réprima un sourire face à la frénésie avec laquelle son interlocuteur notait sa déclaration. Elle avait fait preuve de la même application et de la même intensité autrefois. Quand il releva la tête, elle désigna le mort du menton.

— Vous voulez voir ?

— Non !… Je veux dire, il vaut mieux ne toucher à rien avant l'arrivée des hommes de la Criminelle, se justifia l'agent.

La Criminelle. Vicki sentit son estomac se nouer et son moral plonger en chute libre. Elle avait oublié qu'elle n'était pas chargée de l'affaire. Qu'elle ne se trouvait là qu'en tant que témoin – et uniquement parce que son comportement irréfléchi l'avait conduite aux premières loges. Avec les agents, elle avait pu se croire revenue au bon vieux temps, mais face aux gars de la Criminelle, son service – non, son *ancien* service –, la réalité reprendrait ses droits.

Du poignet, elle remonta ses lunettes sur le nez.

L'agent West, surpris en train de la dévisager avec curiosité, baissa la tête, confus.

— Euh… Je pense que personne ne vous fera de reproche si vous vous essuyez les mains.

— Merci.

Vicki parvint à sourire, mais ignora la question sous-entendue. L'état de sa vue ne regardait personne d'autre qu'elle. Tant pis si de nouvelles rumeurs se répandaient parmi les forces de police.

— Si ça ne vous ennuie pas de prendre des mouchoirs en papier dans mon sac…

Le jeune flic glissa une main hésitante dans le grand cabas de cuir noir, et en ressortit avec le paquet, visiblement soulagé de constater qu'il ne lui manquait aucun doigt. Le sac de Vicki était devenu légendaire dans toute la police.

Le mouchoir ne servit qu'à étaler les marques de sang encore fraîches, les autres ayant déjà séché. Elle continua de frotter malgré tout, avec la désagréable impression d'être Lady MacBeth.

— On détruit les indices ?

Celluci ! Il avait fallu qu'ils envoient Mike Celluci ! Cet enfant de salaud était toujours aussi doué pour s'approcher sans bruit.

Bien qu'ils se soient quittés en plutôt mauvais termes, elle réussit à afficher une expression neutre avant de se tourner vers lui.

— J'essaie juste de te compliquer un peu plus la vie.

La voix et le sourire doucereux qui accompagnaient les mots ne trompèrent personne.

Il hocha la tête, et une longue mèche brune lui tomba sur le front.

— Tu as raison. Autant cultiver ses talents.

Il lança un coup d'œil au corps derrière elle.

— Dave prendra ta déclaration. Je te verrai plus tard. C'est ton manteau ?

— Ouais.

Vicki le regarda soulever le bord du vêtement imbibé de sang. En cet instant, elle le savait, plus rien d'autre n'existait pour lui que le cadavre et son environnement immédiat. Bien que leurs méthodes diffèrent, Celluci travaillait avec autant de passion et de concentration qu'elle, et la compétition officieuse qui les opposait avait ajouté pas mal de tension à plus d'une enquête.

— Vicki ?

S'obligeant à desserrer les dents, elle suivit Dave Graham à l'écart.

Dave, qui n'était le coéquipier de Mike Celluci que depuis un mois lorsqu'elle avait quitté la police, lui adressa un sourire embarrassé.

— Je te propose de faire ça selon les règles.

Ce n'est qu'en expirant qu'elle s'aperçut qu'elle retenait son souffle.

— Bien sûr. Pas de problème.

La procédure comme refuge contre les émotions – une tradition en vigueur dans les polices du monde entier.

Tandis qu'ils discutaient, le métro, dont on avait fait descendre les rares passagers, quitta la station.

— ... Donc, après avoir entendu crier, tu t'es précipitée sur le quai sud, et tu as traversé les rails devant le train pour atteindre le corps. Pendant que tu traversais...

Vicki aurait voulu disparaître sous terre. Dave Graham avait beau être l'homme le moins critique qu'elle connaisse, elle percevait dans sa voix la piètre opinion qu'il avait de son « exploit ».

— ... tu as aperçu dans le tunnel une silhouette masculine vêtue d'un vêtement flottant. C'est bien ça ?

— En gros, oui.

Lorsqu'on faisait abstraction des détails, sa réaction paraissait totalement insensée.

— Parfait.

Il referma son calepin et se gratta le nez.

— Tu... euh... restes dans les parages ?

Vicki observa du coin de l'œil le photographe qui prenait une nouvelle série de clichés. Mike n'était pas visible, mais elle l'entendait lancer des ordres dans le tunnel de ce ton autoritaire et assuré qui le caractérisait. *Dans le tunnel*... Sa nuque se hérissa au souvenir de ce qu'elle avait ressenti à l'instant où elle avait regardé dans cette direction. Comme si *quelque chose* flottait sur les lieux, quelque chose de sombre et de... « malfaisant » fut le seul mot qui lui vint à l'esprit. Tout à coup, elle eut envie de mettre Celluci en garde. Elle s'en abstint, bien sûr. Elle imaginait déjà sa réaction. La même que la sienne si elle s'était trouvée à sa place.

— Vicki, tu restes dans le coin ?

Elle faillit répondre non, qu'ils savaient où la trouver s'ils avaient besoin d'autres renseignements, mais la curiosité – l'envie de voir ce qu'ils découvriraient, de tester combien de temps elle parviendrait à rester à proximité d'un boulot qu'elle avait adoré sans s'effondrer – transforma sa réponse en un « pour l'instant » plein d'amertume. Plutôt crever que de fuir.

Celluci réapparut, et regagna le quai pour échanger quelques mots avec le type des services scientifiques à qui il désigna le tunnel. L'homme protesta, rappela qu'il avait besoin d'un minimum de lumière pour faire son boulot. L'inspecteur ne voulut rien entendre, si bien qu'il finit par se diriger vers l'endroit indiqué, sa mallette à la main.

« Toujours aussi charmant », songea Vicki tandis que Celluci s'avançait vers elle après avoir ramassé son manteau sur le sol. Il effectua un léger détour pour éviter les auxiliaires du légiste qui refermaient la housse en plastique orange dans laquelle se trouvait le corps.

— Laisse-moi deviner, attaqua-t-elle dès qu'il fut assez proche.

Elle espérait que son ton sec, presque sarcastique, suffirait à dissimuler la tempête émotionnelle qui faisait rage en elle.

— Les seules empreintes relevées sont les miennes ?

Il y avait, bien sûr, des centaines d'empreintes sur les lieux, mais probablement aucune identifiable hormis celles de ses doigts tachés de sang.

— Bravo, Sherlock.

Il lui lança son manteau.

— Les traces de sang mènent à un renfoncement dans le tunnel. Ensuite, plus rien.

Vicki fronça les sourcils en réfléchissant à ce qui avait pu se passer avant qu'elle débouche sur le quai.

— Vous avez examiné l'autre voie ?

— C'est là que la piste s'arrête, rétorqua-t-il d'un ton genre « ce n'est pas aux vieux singes qu'on apprend à faire la grimace ».

Il leva la main pour l'interrompre avant qu'elle pose la question suivante.

— L'un de mes hommes a interrogé le vieux pendant que Dave s'occupait de toi, mais il est hystérique. Il n'arrête pas de parler d'Armageddon. Son beau-fils va passer le chercher, et je lui rendrai une petite visite demain.

Vicki jeta un œil sur l'autre quai où le vieil homme qui était descendu du bus derrière elle discutait avec un policier. Même à cette distance, il paraissait mal en point. Le visage couleur de cendre, il parlait sans arrêt, la main crispée sur la manche de l'agent. Elle reporta son attention sur Celluci.

— Et le métro ? Vous le fermez pour la nuit ?

— Ouais. J'ai envoyé Jake inspecter l'alcôve.

Des flashes à intervalles irréguliers indiquaient que le photographe était toujours à l'œuvre. Celluci enfouit les mains dans ses poches, l'air soucieux.

— C'est le genre d'affaire qui demande du temps et de la minutie. Ce que la régie des Transports a du mal à comprendre. À les entendre beugler, on aurait cru qu'on leur avait demandé d'arrêter le trafic en pleine heure de pointe à cause d'un papier sur la voie.

— Il s'agit de quel genre d'affaire exactement ? risqua-t-elle, curieuse de savoir si lui aussi percevait un truc bizarre.

Il haussa les épaules.

— C'est à toi de me le dire, non ? J'imagine que tu as fourni pas mal d'efforts pour atterrir au beau milieu de ce merdier.

— Détrompe-toi. Je me suis trouvée là par hasard. Tu aurais peut-être préféré que je fasse mine de n'avoir rien vu ?

— Tu n'avais pas d'arme, personne pour te couvrir, aucune idée de ce qui se passait, débita Celluci dans une litanie en tous points semblable à celle qu'elle s'était récitée un peu plus tôt. Tu n'as quand même pas tout oublié en huit mois ?

— Parce que, toi, tu aurais agi différemment ?

— Je n'aurais certainement pas mis ma vie en danger pour me prouver que j'étais encore à la hauteur.

Le silence qui tomba entre eux pesait des tonnes. Vicki serra les dents. Était-ce ce qu'elle avait fait ? Elle fixa le bout de ses bottes, puis releva les yeux vers Mike. Avec son mètre soixante-dix-huit, elle rencontrait peu d'hommes qui la dépassaient, mais Celluci, plus grand de vingt centimètres, lui donnait toujours l'impression d'être petite – une sensation qu'elle détestait.

— Si on doit recommencer à discuter de ma démission de la police, je m'en vais.

Il leva les mains en signe d'apaisement.

— C'est bon, tu as raison. Comme d'habitude. Je m'excuse. On ne va rien recommencer du tout.

— Alors, arrête de ramener ça sur le tapis.

Son ton était agressif, mais elle s'en fichait. Elle aurait dû s'écouter et filer d'ici une fois sa déposition terminée. Il fallait qu'elle ait perdu l'esprit pour se fourrer dans une situation pareille, à la disposition de Celluci.

Il crispa les mâchoires.

— Je me suis excusé. Mais, vas-y, joue les superwomen si ça t'amuse. Sache juste que je n'ai peut-être pas envie de te retrouver morte. Que je n'ai *peut-être* pas envie de voir huit années d'amitié foutues en l'air…

— D'amitié ?

Vicki haussa les sourcils, incrédule.

Celluci se passa la main dans les cheveux, geste qui trahissait généralement un effort pour garder son calme.

— Pas envie de voir quatre années d'amitié plus quatre autres de relations sexuelles foutues en l'air à cause d'un désaccord stupide, tu préfères ?

— De relations sexuelles, c'est tout ?

Prête à tout pour éviter le sujet de leur *désaccord*, autrement plus explosif, Vicki opta pour la voie la plus facile. De toute manière, les occasions de se disputer pullulaient.

— Eh bien, pour moi, il ne s'agissait pas que de sexe, inspecteur !

— Ai-je suggéré que c'était le cas pour moi ? s'écria-t-il. Sur ce plan, c'était fantastique, c'est vrai. Un pied comme… Quoi ?

L'agent West, rouge comme une pivoine, tressaillit.

— Vous… êtes sur le passage, bredouilla-t-il.

Tandis que le brancard passait devant eux, le contenu de la housse orange fluo bringuebalant, Vicki résista à l'envie d'envoyer son poing dans le nez racé de Celluci. Pourquoi ses piques la touchaient-elles autant ? Il avait l'art d'appuyer là où ça faisait mal, de la mettre dans tous ses états. Et le fait que, dans le cas présent, il ait raison ajoutait à sa contrariété. Elle ne put s'empêcher d'esquisser un sourire. Au moins, ils se reparlaient…

Quand le brancard se fut éloigné, elle posa la main sur le bras de Celluci.

— La prochaine fois, je suivrai la procédure.

C'était là le mieux qu'elle puisse faire en matière d'excuse, et il le savait.

Il soupira.

— Écoute, Vicki, à propos de ta démission, tu n'es pas aveugle, tu aurais pu rester encore…

— Celluci…

Elle avait prononcé son nom entre ses dents serrées. Pourquoi fallait-il toujours qu'il aille trop loin ?

— C'est bon, je n'ai rien dit.

Il lui remonta ses lunettes sur le nez.

— Je te raccompagne ?

Elle baissa les yeux sur son manteau maculé de sang.

— Pourquoi pas ?

Tandis qu'ils regagnaient la surface derrière le brancard, il lui envoya un petit coup de coude.

— Ça fait plaisir de retrouver nos disputes.

Déposant les armes – ces huit derniers mois constituaient des représailles suffisantes –, elle sourit.

— Toi aussi, tu m'as manqué.

Le crime était à la une de tous les quotidiens du lundi. Certains affichaient même une photographie du brancard sortant du métro, la housse fluo formant une tache obscène sur les bleus et les gris sombres de l'arrière-plan. Vicki jeta le journal dans la corbeille « recyclage » à gauche de son bureau, et se mordilla le pouce. D'après la théorie de Celluci – qu'il lui avait dévoilée à contrecœur sur le trajet du retour –, il s'agissait d'une combinaison de Phencyclidine et de griffes amovibles.

— Comme ce type dans le film.

— C'était un gant avec des lames de rasoir, Celluci.

— Peu importe.

Non seulement Vicki n'y croyait pas, mais elle savait que Mike n'était guère plus convaincu. Il n'avait simplement rien trouvé de mieux pour le moment. Souvent, ses conclusions n'avaient aucun rapport avec sa théorie de départ, mais il détestait partir de rien. Tout le contraire d'elle, qui préférait laisser les faits s'accumuler sans idée préconçue jusqu'à ce qu'une forme se dessine. L'ennui, c'était que, dans l'immédiat, aucune forme n'apparaissait. Il lui aurait fallu plus de matière.

Elle avait la main sur le combiné quand elle se souvint qu'elle n'avait aucune raison de les contacter. Maintenant qu'elle avait fait sa déposition, son rôle était terminé.

Elle retira ses lunettes, et les essuya avec le bas de son tee-shirt. Les bords de son champ de vision devinrent flous, comme si elle regardait dans un tube – un tube juste assez large pour la vie de tous les jours. Pour l'instant, elle avait perdu environ un tiers de sa vision périphérique. Pour l'instant. Le pire restait à venir.

Les lunettes ne corrigeaient que la vision de près. Rien n'était susceptible d'améliorer le reste.

— D'accord, celle-là est pour Celluci. Parfait. J'ai mes propres affaires à élucider, se rappela-t-elle à voix haute. Des affaires à ma mesure.

Des affaires qu'elle avait surtout intérêt à résoudre rapidement si elle ne voulait pas mourir de faim, car ses économies ne dureraient pas éternellement, et son business marchait d'autant moins bien que ses problèmes de vue l'avaient obligée à refuser plusieurs clients.

Mâchoires crispées, elle souleva le gros annuaire de Toronto et l'ouvrit sur ses genoux. Avec un peu de chance le F. Chan qu'elle cherchait, héritier d'une coquette somme d'un oncle de Hong Kong, ferait partie des trente-six abonnés répertoriés à cette initiale. Sinon… il y avait trois pages pleines de Chan sur seize colonnes, c'est-à-dire près d'un millier de personnes, parmi lesquelles la moitié au moins devait posséder un Foo dans sa famille.

Pendant ce temps-là, Mike Celluci recherchait un meurtrier.

Elle chassa cette pensée.

« Tu ne peux pas être flic si tu es aveugle », se rappela-t-elle.

Elle avait fait son lit. Il fallait qu'elle s'y couche.

Terri Neal s'adossa à la paroi de l'ascenseur, inspira profondément, puis, après avoir retrouvé un minimum d'énergie, leva le bras juste assez haut pour lire l'heure sur sa montre.

— Minuit dix-sept ? s'étonna-t-elle à voix haute.

Comment ce lundi avait-il pu filer aussi vite ? Et à quoi bon rentrer pour revenir ici dans huit heures ?

Le poids de son pager sur sa hanche lui fit ajouter une prière silencieuse pour que ces huit heures ne soient pas écourtées. Elle avait assez donné pour aujourd'hui avec ce satané biper qui s'était déclenché alors qu'elle montait dans sa voiture pour rentrer chez elle à 4 h 20. Peut-être qu'avec un peu de chance, ils lui ficheraient la paix cette nuit.

Les portes de l'ascenseur s'écartèrent en gémissant.

Les yeux plissés pour se protéger de la lumière fluorescente, Terri s'avança dans le parking souterrain, son ombre dansant autour d'elle telle une marionnette. Elle n'avait jamais aimé les néons. Ils rendaient tout froid et inamical. Et ce soir…

Elle secoua la tête. Le manque de sommeil lui donnait des idées idiotes. Résistant à l'envie de regarder par-dessus son épaule, elle atteignit enfin le seul avantage de ses nombreuses heures supplémentaires.

— Salut, ma belle.

Elle sortit les clés de voiture de sa poche.

— Je t'ai manqué ?

Après avoir ouvert le hayon, elle souleva sa mallette – ce maudit truc semblait peser trois tonnes ! – pour la déposer dans le coffre, et demeura un instant, penchée en avant, à respirer l'odeur de moquette neuve, de plastique neuf et de… viande pourrie ! Fronçant les sourcils, elle se redressa.

Au moins, ça venait de l'extérieur…

Refoulant un haut-le-cœur, elle referma le hayon et se détourna. La sécurité s'inquiéterait de cette puanteur demain. Quant à elle, tout ce qu'elle voulait, c'était rentrer chez elle.

L'instant d'après, elle comprit qu'elle n'y parviendrait pas.

Son cri n'eut pas le temps de franchir sa gorge déchirée : seul un gargouillement s'échappa de sa trachée sanglante.

La dernière chose qu'elle aperçut tandis que sa tête basculait en arrière, ce furent les dégoulinades rouge sombre sur la carrosserie de sa nouvelle voiture.

La dernière qu'elle entendit, le bip insistant de son pager.

La dernière qu'elle sentit, une bouche avide sur le trou béant de son cou.

L'ÉGORGEUR FRAPPE DE NOUVEAU annonçait la une d'un tabloïd en ce jeudi matin. Juste en dessous s'étalait la photographie de l'entraîneur des Toronto Maple Leafs assortie d'une interrogation – formulée à maintes reprises depuis le début de la saison – sur l'intérêt de garder un homme qui avait conduit son équipe à la dernière place de la division. C'était là un parfait exemple du type de mise en page dans lequel le quotidien excellait.

— Virez le propriétaire, murmura Vicki en remontant ses lunettes pour déchiffrer les minuscules caractères sous le gros titre.

Lire en page 2.

En page deux, elle trouva effectivement un compte rendu du récit hystérique de la femme qui avait découvert la nouvelle victime, accompagné d'une photo du parking où le crime avait eu lieu. La description du corps mutilé correspondait point par point à celui qu'elle-même avait découvert sur le quai de la station d'Eglinton.

— Bon sang !

Selon une déclaration de l'inspecteur Michael Celluci de la police criminelle, poursuivait l'article, *il ne fait aucun doute que l'assassin de Ian Reddick et celui de Terri Neal sont une seule et même personne.*

Vicki avait du mal à croire que Mike Celluci – qui voyait rarement l'intérêt de collaborer avec la presse, ou même de cacher le dégoût qu'elle lui inspirait – se soit montré aussi poli. Ce qui ne changeait rien au fond du message.

Elle relut l'article en s'attachant aux détails, et une peur sans nom s'empara d'elle tandis qu'elle se rappelait ce qu'elle avait éprouvé devant le tunnel : la sensation d'une présence hideuse et malfaisante, et la certitude que d'autres crimes suivraient. Sans même s'en rendre compte, elle décrocha son téléphone et composa un numéro.

— Mike Celluci, s'il vous plaît. Pardon ? Non, aucun message.

Qu'est-ce qu'elle lui aurait dit, de toute façon ? Qu'elle avait le pressentiment que ce n'était qu'un début ? Sûr qu'il aurait adoré.

Repoussant le journal de côté, Vicki en déplia un autre. Même histoire en page quatre, l'hystérie et un bon nombre d'adjectifs en moins.

Aucun des deux n'avait fait remarquer que trancher une gorge d'un seul coup était quasiment impossible.

« Si seulement je me souvenais de ce qui manquait sur ce corps », songea-t-elle.

Elle soupira, se frotta les yeux.

En attendant, elle avait rendez-vous avec cinq Foo Chan.

Il y avait quelque chose dans la fosse. DeVerne Jones s'appuya contre la barrière, son souffle chargé de bière formant un petit nuage de vapeur dans la nuit. Que faire ? C'était *sa* fosse, sa première en tant que chef d'équipe. Ils commenceraient la charpente le lendemain afin d'être prêts pour couler le béton au début du printemps.

Il plissa les yeux. Oui, il y avait bien un truc là-dedans.

L'espace d'un instant, il regretta d'être passé par le chantier en rentrant du bar. Il était plus de minuit, et à tous les coups, il s'agissait d'un ivrogne qui s'était réfugié là où les flics ne viendraient pas l'embêter. L'équipe s'en débarrasserait sans problème au matin. Sauf qu'il y avait pour une jolie somme, question matériel, là-dedans, et que si un voleur...

— Et merde !

Sortant ses clés, il s'approcha de la grille. Le cadenas était ouvert. Avec le froid et l'humidité, il arrivait qu'il ferme mal, mais DeVerne, parti le dernier, avait pris soin de vérifier. Du moins il lui semblait.

— Remerde.

Une chance qu'il soit passé, finalement.

Le portail s'ouvrit en grinçant. Il attendit un instant en haut de la rampe au cas où le bruit ferait fuir l'intrus.

Aucune réaction.

« Quatre ou cinq chopes et tu te prends pour un héros », nota-t-il, juste assez sobre pour se rendre compte qu'il se jetait peut-être tête la première dans les ennuis. Et juste assez ivre pour s'en moquer.

À mi-chemin, alors que ses yeux s'accoutumaient à la pénombre, il l'aperçut de nouveau : une silhouette masculine. Trop rapide pour un ivrogne. Elle disparut derrière un bulldozer.

DeVerne accéléra l'allure en s'efforçant de ne pas faire de bruit. Il prendrait cet enfant de salaud sur le fait. Il effectua un petit détour pour s'emparer d'un tuyau sur un tas de ferraille. Autant ne prendre aucun risque : même un rat attaquait lorsqu'il se sentait acculé. Le raclement du métal sur le métal se répercuta à travers la fosse. Sûr d'avoir été trahi par le bruit, il s'élança en hurlant vers le bulldozer, son arme improvisée brandie devant lui.

Quelqu'un était allongé sur le sol. DeVerne distinguait des chaussures hors de la flaque d'ombre. Et dans cette flaque – ou la créant, il n'aurait su dire – se tenait une autre silhouette. Ramassée.

DeVerne cria de nouveau. La silhouette se redressa et pivota vers lui, la nuit formant comme un tourbillon de noirceur autour d'elle.

Ce ne fut que lorsqu'elle lui arracha le tuyau qu'il se rendit compte qu'elle avait bougé. Il eut à peine le temps de lever l'autre main pour tenter de défendre sa vie.

« Ce genre de chose n'existe pas ! » gémit-il en silence avant de mourir.

Le mercredi matin, le gros titre s'étalait en lettres énormes en première page du tabloïd : *UN VAMPIRE DANS LA VILLE*.

2

Il lui souleva le bras et laissa courir sa langue sur la chair tendre à l'intérieur du poignet. La tête renversée, elle gémit, son souffle de plus en plus rapide et irrégulier.

Presque.

Il la regarda, attendit que son corps se tende, qu'il se cambre sous le sien, avant de placer la pointe de ses dents sur la veine palpitante à la base du pouce. La piqûre fut à peine perceptible, juste une sensation supplémentaire dans un système sensoriel déjà saturé par la puissance de l'orgasme. Il but.

Ils retombèrent sur l'oreiller en même temps.

Il lui caressa la joue, repoussa une longue mèche humide qui lui barrait le front.

— Merci, murmura-t-il.

— Non, merci à toi, chuchota-t-elle en lui embrassant la paume.

Ils restèrent un long moment allongés l'un près de l'autre, elle flottant dans un demi-sommeil, lui suivant les courbes délicates de ses seins, les lignes bleues des veines sous la peau crémeuse. Maintenant qu'il était repu, elles avaient cessé de le fasciner. Une fois certain que les coagulants contenus dans sa salive avaient fait effet et qu'elle ne risquait plus de saigner, il s'écarta d'elle et gagna la salle de bains.

Il se rhabillait lorsqu'elle s'éveilla.

— Henry ?

— Je suis là, Caroline.

— Mais tu t'en vas.

— J'ai du travail.

Il enfila son pull, et cligna des yeux quand elle alluma la lampe de chevet. Même s'il avait appris à la supporter au fil du temps, ses yeux demeuraient sensibles à la lumière.

— Pourquoi ne travailles-tu pas le jour, comme tout le monde ? se plaignit Caroline en tirant la couette sur elle. Ça te permettrait de passer le reste de la nuit avec moi.

Il sourit et répondit :

— Je n'arrive pas à réfléchir dans la journée.

Ce qui était la stricte vérité.

— Ah, les écrivains… soupira-t-elle.

— Eh oui, les écrivains, acquiesça-t-il en se penchant pour l'embrasser sur le nez. Nous sommes une race à part.

— Tu m'appelles ?

— Dès que j'en ai le temps.

— Ah, les hommes !

Il éteignit la lampe.

— Eh oui, encore !

Évitant adroitement ses mains tendues vers lui, il la gratifia d'un dernier baiser, puis sortit silencieusement de la chambre. Sa respiration dans son dos lui indiqua qu'elle s'était déjà rendormie. En général, elle s'assoupissait juste après l'amour, si bien que son départ passait inaperçu. C'était une des choses qu'il aimait le plus chez elle, une particularité qui évitait d'interminables discussions autour de ses disparitions au beau milieu de la nuit.

Caroline ne nourrissait aucun soupçon quant à sa véritable nature. Elle ne voyait en lui qu'un intermède agréable, un amant épisodique avec qui elle faisait l'amour sans culpabilité. Il n'avait quasiment eu aucun effort à fournir pour aboutir à ce résultat.

Il fronça les sourcils en surprenant son reflet dans les portes métalliques de l'ascenseur.

— Il m'en faut encore.

Depuis quelque temps, le malaise s'amplifiait, ne le laissant quasiment jamais en paix. Le sang de Caroline l'avait un peu apaisé, mais déjà le manque se faisait ressentir. Réprimant un cri de rage, il pivota sur lui-même, et abattit la paume contre la paroi de plastique. Le coup claqua comme une détonation dans l'espace clos. Henry regarda les fissures s'étendre en fins réseaux à partir du point d'impact. Sa paume le brûlait, mais la violence du choc avait atténué son mal-être.

Heureusement, le bruit n'avait attiré personne dans le hall, et c'est d'une humeur presque joyeuse qu'Henry sortit de l'immeuble.

Il faisait froid dehors. Il resserra son écharpe autour de son cou et remonta son col. Même si sa nature le rendait moins sensible à la température ambiante que la plupart des gens, il n'aimait pas sentir le vent glacé glisser le long de son dos. Les pans de son long manteau de cuir claquant autour de lui, il descendit jusqu'à Bloor Avenue et bifurqua vers l'est en direction de chez lui.

Malgré l'heure tardive et la température hivernale de ce début de printemps, il y avait encore du monde dans les rues. De nombreuses voitures se croisaient sur l'axe est/ouest, et plus Henry se rapprochait de l'intersection des avenues Yonge et Bloor, le plus grand carrefour de la ville, plus les trottoirs s'animaient. C'était l'une des raisons qui l'avaient poussé à s'installer ici : Toronto ne dormait jamais. Deux rues après le carrefour, il emprunta une allée circulaire qu'il suivit jusqu'à son immeuble.

Au fil du temps, il avait habité toutes sortes de châteaux, un bon nombre de domaines privés, et même une crypte ou deux pendant les périodes difficiles, mais il y avait des siècles qu'il ne s'était pas senti aussi bien que dans cet appartement au cœur de Toronto.

— Bonsoir, monsieur Fitzroy.

— Bonsoir, Greg. Rien de particulier ?

Le gardien de nuit lui sourit et appuya sur le bouton de l'entrée.

— Tout est aussi calme qu'une tombe.

Henry Fitzroy haussa un de ses sourcils roux, mais attendit que la porte s'ouvre pour remarquer :

— Si tant est que les tombes soient calmes.

Greg sourit.

— Elles le sont, je suis bien placé pour le savoir : j'ai été gardien au cimetière de Mount Pleasant.

Henry secoua la tête.

— Décidément, vous avez réponse à tout.

— En effet, monsieur. Bonne nuit, monsieur

La lourde porte en verre de la loge se referma, mettant un point final à la conversation. Greg reprit son journal, et Henry lui adressa un signe de la main avant de se tourner vers les ascenseurs… puis de faire volte-face.

UN VAMPIRE DANS LA VILLE.

Accompagnant sa lecture d'un mouvement des lèvres, Greg étala le journal sur son bureau, cachant la une.

Son univers soudain réduit à cinq mots, Henry rouvrit brusquement la porte.

— Vous avez oublié quelque chose, monsieur Fitzroy ?

— Votre journal. Passez-le-moi.

Surpris par son ton, Greg obéit sans discuter et tendit le quotidien à Henry, qui le lui arracha des mains.

UN VAMPIRE DANS LA VILLE.

Lentement, Greg recula son fauteuil, veillant à mettre le plus de distance possible entre lui et l'homme qui lui faisait face. En soixante-trois ans et deux guerres, il n'avait jamais vu sur aucun visage une expression semblable à celle qui déformait les traits d'Henry Fitzroy en cet instant. Et espérait ne jamais la revoir.

« Par pitié, Seigneur, ne le laissez pas s'en prendre à moi », supplia-t-il silencieusement, en proie à une terreur aussi intense qu'inexplicable.

Plusieurs minutes s'écoulèrent. Le papier se froissait sous les doigts qui l'enserraient.

— Euh… monsieur Fitzroy…

Les yeux gris, aussi froids qu'une brume d'hiver, se posèrent sur lui. Tremblant, le gardien dut avaler plusieurs fois sa salive avant de poursuivre :

— … vous pouvez, euh… garder le journal.

La peur contenue dans la voix de Greg se fraya un chemin à travers la rage. La peur était dangereuse. Assez pour qu'Henry contienne le prédateur en lui et retrouve le vernis de l'homme civilisé.

— Je hais ce genre d'articles à sensation !

Il jeta le journal sur le bureau. Greg sursauta, son fauteuil heurta le mur derrière lui.

— Il faut être irresponsable pour jouer ainsi avec la peur des gens !

Henry soupira dans l'espoir de dissimuler sa fureur derrière une apparence de contrariété lasse. Quatre cent cinquante années de pratique lui permettaient de donner le change, même si l'exercice lui semblait de plus en plus pénible, ces derniers temps.

— Ils nous transforment tous en monstres potentiels.

Greg soupira à son tour et essuya ses mains moites sur ses cuisses.

— Je suppose que les écrivains sont particulièrement sensibles à ce genre de choses, hasarda-t-il.

— Certains, acquiesça Henry. Vous êtes sûr pour le journal ? Je peux le garder.

— Pas de problème, monsieur Fitzroy. J'ai regardé les résultats de hockey.

Son esprit avait déjà minimisé ce qu'il venait de voir, recourant à des rationalisations rendant la scène acceptable. Il attendit néanmoins que les portes de l'ascenseur se soient refermées pour rapprocher son fauteuil du bureau.

Les muscles noués par l'effort qu'il avait dû fournir face au gardien, Henry se concentra sur sa respiration, essayant de contrôler sa colère. La survie des gens comme lui dépendait de leur discrétion, de leur aptitude à se fondre dans la masse, et il venait de commettre une grave erreur en laissant ainsi libre cours à son émotion face à un mortel. Non qu'il s'attendît à voir le gardien le pointer subitement du doigt en hurlant « au vampire ! »...

Sa culpabilité vis-à-vis du vieil homme, qu'il avait de toute évidence effrayé, l'aida à se maîtriser. Il aimait bien Greg ; dans ce monde d'égalité et de démocratie, cela faisait plaisir de rencontrer quelqu'un qui servait volontiers les autres. Cette attitude lui rappela celle des hommes qui travaillaient sur le domaine lorsqu'il était enfant, et le ramena, l'espace d'un instant, à une époque moins compliquée.

Son masque de nouveau en place, il sortit au quatorzième étage et tint les portes de l'ascenseur pour Mme Hugues qui allait promener son mastiff. Le gros chien passa devant lui en grognant, la démarche raide, les poils dressés le long de l'échine.

Comme d'habitude, Mme Hugues se confondit en excuses :

— Je ne comprends pas, monsieur Fitzroy. Owen est un chien tellement gentil d'habitude. Jamais il... Owen !

Le mastiff, que son envie d'attaquer faisait trembler, vint se placer entre Henry et sa maîtresse, sans doute pour la protéger de la menace qu'il percevait.

— Ne vous inquiétez pas, madame Hugues. Owen ne peut pas aimer tout le monde, la rassura Henry.

Juste avant que les portes se touchent, il adressa ce qui ressemblait à un sourire au chien. Ce dernier reçut aussitôt le message pour ce qu'il était et se jeta en avant. Le sourire d'Henry se fit plus sincère tandis qu'il traversait le couloir au son des aboiements frénétiques d'Owen.

Dix minutes seul avec l'animal auraient suffi à régler le problème une fois pour toutes. La règle de la meute était simple : le plus fort dominait. Le problème, c'était qu'Owen ne sortait qu'en compagnie de Mme Hugues, et que Mme Hugues ne comprendrait pas. Henry n'avait donc d'autre choix que de supporter l'animosité du mastiff. Dommage ! D'autant qu'il aimait bien les chiens.

Une fois chez lui, la porte verrouillée, il relut l'article, et laissa échapper un rugissement.

UN VAMPIRE DANS LA VILLE.

Les corps de Terri Neal et de DeVerne Jones avaient été retrouvés exsangues.

Le gros titre semblait justifié.

Et il savait qu'il n'y était pour rien.

D'un mouvement vif, il balança les pages à travers la pièce, et les regarda avec satisfaction virevolter jusqu'au sol tels des moineaux blessés.

— Merde. Merde. Et merde !

En quelques enjambées, il gagna la fenêtre, ôta son manteau qu'il jeta sur le canapé, et écarta les rideaux. La ville s'étalait à ses pieds, ses milliers de lumières scintillant dans l'obscurité. Les vampires étaient des créatures solitaires, ils ne s'occupaient pas des affaires de leurs pairs, et ne recherchaient pas leur compagnie. Même s'il se doutait que d'autres partageaient son territoire, il en ignorait le nombre, et n'était pas certain d'être capable de les reconnaître si jamais il les croisait au hasard de la nuit.

En revanche, il était sûr d'une chose : le vampire – si c'en était bien un – était un nouveau-né, une métamorphose récente, car eux seuls avaient besoin d'une telle quantité de sang.

— Pas l'un des miens, murmura-t-il, le front appuyé contre la vitre fraîche.

Une prière autant qu'une affirmation. Tous ceux de son espèce craignaient de donner naissance à un tel monstre, un enfant non désiré, une transformation accidentelle. Mais quant à lui, il s'était toujours montré prudent, ne se nourrissant jamais à la même source avant que le sang ait eu le temps de se renouveler, veillant à ne pas transmettre son propre sang. Peut-être aurait-il un enfant un jour, mais celui-ci se transformerait par choix, et il serait là pour le guider, l'empêcher de tuer.

Non, il n'était pas responsable de cet enfant-là. Mais il ne pouvait pour autant le laisser terroriser la ville. La peur n'avait pas changé de nature au cours des siècles, pas plus que les réactions des hommes, et une cité sous l'emprise de la peur risquait vite de ressortir les torches et de tailler les pieux… ou leurs équivalents modernes.

— Et je n'ai pas plus envie de me retrouver sanglé à une table de laboratoire pour le restant de mes jours que d'avoir la tête tranchée et la bouche remplie d'ail, déclara-t-il à voix haute.

Il fallait qu'il trouve cet enfant avant que la police lui mette la main dessus et l'interroge. Qu'il le trouve et le détruise. Car, sans lien de sang, il serait incapable de le contrôler.

— Après quoi, ajouta-t-il en découvrant ses dents, je partirai à la recherche de son géniteur.

— Bonjour, madame Kopolous.

— Bonjour, ma belle, vous êtes debout de bonne heure.

Vicki se dirigea vers les réfrigérateurs au fond du magasin.

— Je n'arrivais pas à dormir. Et je n'ai plus de lait.

— Prenez les packs, ils sont en promotion.

— Je n'aime pas les packs.

Du coin de l'œil, elle surprit l'expression désapprobatrice de Mme Kopolous, choquée qu'on néglige ainsi une économie de quarante-neuf cents.

Elle posa sa bouteille de lait sur le comptoir.

— Les journaux ne sont pas arrivés ?

— Si, si, juste là, mon chou.

Mme Kopolous se pencha sur les paquets posés à ses pieds, cachant les gros titres sous son corps replet. Après avoir pris un exemplaire de chacun, elle les disposa près de la caisse.

Sabers bat Leafs 10-2, proclamait la une.

Vicki expira l'air qu'elle retenait dans ses poumons sans même s'en rendre compte. Pas de nouveau meurtre cette nuit. La ville était sauve.

— Ces histoires horribles, vous vous en occupez, pas vrai ?

— Quelles histoires horribles, madame Kopolous ?

Elle vérifia sa monnaie, puis la reposa sur le comptoir en échange d'un œuf de Pâques fourré à la crème. Bon sang, elle avait des raisons de se laisser aller, non ?

Mme Kopolous secoua la tête – à cause de l'œuf ou de la vie en général, Vicki n'aurait su le dire.

— Vous avez regardé ces journaux avec la même expression qu'à l'époque où on avait retrouvé ces petites filles mortes.

— C'était il y a deux ans.

Une éternité…

— Je sais bien. Mais cette fois, vous ne devriez pas vous en mêler. Ce n'est pas pour vous ces… choses qui se nourrissent de sang.

Le tiroir-caisse se referma avec un bruit sec.

— Cette fois, ce n'est pas net.

— Ce n'est jamais *net*, fit remarquer Vicki en glissant les journaux sous son bras.

— Vous me comprenez.

Le ton était sans réplique.

— Oui, je vous comprends.

Vicki pivotait pour partir, lorsqu'elle se ravisa et demanda :

— Madame Kopolous, vous croyez aux vampires ?

— Je ne dis pas que je n'y crois pas. Il y a plus de choses dans le ciel et sur la terre…

Vicki sourit.

— Shakespeare ?

— Le fait que cette phrase soit d'un poète ne la rend pas moins vraie, rétorqua Mme Kopolous sans se départir de son air grave.

Lorsque Vicki regagna son immeuble – un bâtiment de trois étages en grès brun au cœur de Chinatown – à 7 h 14, le quartier commençait tout juste à s'éveiller. Elle songea un instant à aller courir avant que les gaz d'échappement saturent l'air, mais y renonça en voyant son souffle se transformer en vapeur. Il serait toujours temps de faire du sport quand la température s'accorderait à la saison. En attendant, elle se contenta de gravir les marches deux par deux, en remerciant la génétique de l'avoir dotée d'un corps svelte qu'un minimum d'exercice suffisait à garder en forme. Même si à trente et un ans, rien ne garantissait que ça durerait encore longtemps…

Pour apaiser sa conscience, elle effectua tout de même quelques mouvements de gymnastique au son des infos de 7 h 30.

À 8 h 28, elle avait parcouru les trois quotidiens achetés chez Mme Kopolous, vidé une théière et demie, et mis sous enveloppes ses lettres photocopiées à destination des différents Foo Chan. Repoussant sa chaise, elle ôta ses lunettes pour les essuyer, réduisant son champ de vision à un cercle sur le plafond. *Plus de choses dans le ciel et sur la terre*… Elle n'était pas sûre de croire aux vampires. En revanche, elle croyait ce que lui disaient ses sens – même s'ils se montraient moins fiables ces derniers temps – et ceux-ci lui assuraient qu'il y avait bien quelque chose d'étrange dans le tunnel du métro, le soir du meurtre. Et qu'aucun être humain n'était capable d'infliger un tel coup. Une phrase dans le journal du mercredi tournait sans cesse dans sa tête : « Selon un membre du bureau du légiste, les corps de Terri Neal et de DeVerne Jones auraient été vidés de leur sang. » Certes, ce n'était pas son problème, mais…

Brandon Singh arrivait toujours au bureau à 8 h 30, se rappela-t-elle. Une fois sur place, il se préparait un thé avec un bagel, ce qui le rendait à peu près disponible jusqu'à 8 h 45.

Même si sa position ne lui permettait plus de le faire officiellement, rien ne lui interdisait de le contacter. Après tout, le légiste était un fonctionnaire, et elle payait des impôts. Elle attrapa le combiné. De toute façon, ça ne serait pas pire qu'avec Celluci.

— Le Dr Singh, s'il vous plaît. Oui, je reste en ligne.

Pourquoi diable posaient-ils la question ? se demanda-t-elle en remontant ses lunettes. Comme si on avait le choix.

— Dr Singh, j'écoute.

— Brandon ? C'est Vicki Nelson.

— Victoria ?

Son accent d'Oxford – celui de sa voix téléphonique – s'effaça un peu.

— Ça fait plaisir de t'entendre. Tu as été très occupée depuis que tu as quitté la police ?

— Pas mal, répondit-elle en posant les pieds sur le bord de son bureau.

Depuis la mort de sa grand-mère maternelle, dans les années 1970, le Dr Brandon Singh était la seule personne à l'appeler Victoria. Elle n'avait jamais réussi à déterminer s'il s'agissait d'un reste d'éducation à l'ancienne ou de pure perversité dans la mesure où il savait qu'elle détestait ce prénom.

— J'ai créé ma propre agence de détective.

— C'est ce que j'ai entendu dire, en effet. Mais les rumeurs…

Tandis qu'il parlait, Vicki imagina ses longues mains de chirurgien qui balayaient l'air devant lui.

— On raconte aussi que tu es devenue aveugle et que tu vends des crayons dans la rue.

— Non. Pas encore.

La colère ôta toute chaleur à sa voix.

En réaction, celle de Brandon se fit plus douce :

— Je suis vraiment désolé, Victoria. Tu sais que je manque de tact, et que je n'ai jamais eu beaucoup l'occasion de développer mes bonnes manières, ajouta-t-il en référence à leur première rencontre lors de l'autopsie d'un dealer. À présent…

Il s'arrêta le temps de boire une gorgée à l'écart du récepteur.

— … si tu me disais ce que je peux faire pour toi.

Vicki appréciait cette façon qu'avait Brandon d'aller droit au but sans attendre des autres plus de tact qu'il en montrait lui-même. « Ne me faites pas perdre mon temps, je suis un homme occupé », percevait-on en filigrane derrière chacune de ses phrases.

— Cet article qui est paru dans le journal d'hier. Où il est dit que Neal et Jones ont été vidés de leur sang. Qu'est-ce qui est vrai ?

— J'ignorais que tu t'occupais de cette affaire.

Le ton était redevenu formel.

— Je ne m'en occupe pas exactement. Mais c'est moi qui ai découvert le premier corps.

— Raconte.

Vicki s'exécuta ; l'échange d'informations garantissait les bonnes relations entre fonctionnaires de la police, même si, désormais, elle ne faisait plus partie de la maison.

— Ton opinion professionnelle ? s'enquit Brandon d'une voix neutre quand elle eut terminé.

— Tout ce que je peux te dire, c'est qu'en trois ans à la Criminelle, je n'ai jamais vu une blessure pareille. Et n'ai aucune idée de ce qui a pu l'infliger. Il est impossible de déchirer la peau, le muscle et le cartilage en une seule fois.

Au bout du fil, Brandon poussa un soupir.

— Oui, oui, je sais ce qui s'est passé et, franchement, je ne suis pas plus avancé que toi. Et pourtant, je fais ce boulot depuis plus de trois ans. En réponse à ta question initiale, presque tout ce que dit l'article est exact. J'ignore si c'est l'œuvre d'un vampire ou d'un aspirateur, mais Neal et Jones n'avaient quasiment plus une goutte de sang dans le corps.

— Plus une goutte ? Oh, Seigneur !

Elle entendit Brandon avaler une autre gorgée de thé.

— Tout cela, bien sûr, doit rester entre nous.

— Bien sûr.

— Eh bien, si j'ai pu répondre à tes questions…

— Oui. Merci, Brandon.

— De rien, Victoria.

Elle demeura immobile, le regard dans le vide, jusqu'à ce que le bip insistant de fin de communication la sorte de son hébétude.

— Plus une goutte. Merde.

De quelle manière l'enquête officielle comptait-elle exploiter une telle information ? « Sois honnête. Ce qui t'intéresse vraiment, c'est la manière dont Mike Celluci compte l'utiliser », dut-elle admettre. Sauf qu'elle n'allait pas l'appeler pour le lui demander. Même s'il s'agissait-là du genre de choses dont on discutait entre amis quand l'un était flic, et que l'autre l'avait été. Il en profiterait pour lui envoyer un coup bas, surtout s'il pensait qu'elle se servait de cette histoire pour garder un lien avec son ancien job.

Était-ce le cas ?

Elle réfléchit à la question en écoutant le gamin des voisins courir au-dessus de sa tête. C'était un bruit apaisant, le genre de son qui rassure sur la bonne marche de l'univers, et elle s'y accrocha pour garder l'esprit alerte, ne pas sombrer dans l'une de ces crises d'auto-apitoiement qui absorbaient l'essentiel de son énergie depuis huit mois.

Non, conclut-elle finalement, son intérêt pour ces meurtres ne lui servait pas d'excuse pour tenter de remettre un pied dans la police. Elle était intriguée, point. Intriguée comme le serait n'importe qui dans des circonstances identiques, à la différence qu'elle-même savait comment satisfaire sa curiosité.

— Et si Celluci ne comprend pas ça, marmonna-t-elle tandis qu'elle composait le numéro, il n'a qu'à aller se… Mike Celluci, s'il vous plaît. Oui, j'attends.

Un jour, elle répondrait non. Elle refuserait de rester en ligne et se payerait le luxe de rendre une secrétaire hystérique.

— Celluci.

— Bonjour. C'est Vicki.

— Ouais. Et ?

Apparemment, son appel ne l'emplissait pas de joie.

— C'est pour m'annoncer un autre meurtre ou pour prendre de mes nouvelles à...

Il fit une pause, pour jeter un coup d'œil à sa montre, devina Vicki qui en profita pour regarder la sienne.

— ... 9 h 02...

— 8 h 58.

Il ignora son interruption.

— ... un jeudi matin ?

— Pas de nouveau meurtre, Celluci. Je me demandais juste où en était l'enquête.

— Il s'agit d'informations confidentielles, Vicki. Au cas où tu l'aurais oublié, tu n'es plus flic.

Touchée ! Mais moins douloureusement que prévu.

— Rien de neuf, hein ? Vous êtes dans une impasse ? Les médias, eux, semblent avoir trouvé une réponse, ajouta-t-elle en feuilletant le journal de manière à être entendue à l'autre bout de la ligne.

Secouant la tête, elle éloigna de son oreille le récepteur d'où s'écoulait un flot d'interjections fleuries à l'adresse de certains journalistes incompétents qui racontaient n'importe quoi. Vicki sourit, savourant l'instant.

— Bien joué, Mike, mais j'ai appelé le bureau du légiste et, pour l'essentiel, l'article dit la vérité.

— Je me demande pourquoi je ne te lis pas *mon* rapport au téléphone. Ou peut-être devrais-je te le faire porter par coursier afin que tu résolves l'affaire avant midi.

— Et que dirais-tu d'en discuter comme deux êtres intelligents autour d'un dîner ?

Un dîner ? Seigneur quelle mouche venait de la piquer ?

— Un dîner ?

« Bon, une fois qu'on a mis le pied dedans… comme disait ma grand-mère », songea-t-elle.

— Oui, un dîner, tu sais quand tu t'assois devant une table le soir et que tu mets de la nourriture dans ta bouche.

— Oh, un dîner ! Pourquoi ne pas l'avoir dit tout de suite ?

Elle perçut le sourire dans sa voix. Y répondit malgré elle. Mike Celluci était le seul homme de sa connaissance capable de changer d'humeur aussi rapidement qu'elle. Ce qui expliquait peut-être pourquoi…

— C'est toi qui invites ?

C'était aussi un joli petit saligaud quand il le voulait.

— Pourquoi pas ? Je ferai passer ça en note de frais. Entretien professionnel avec le gratin de la police.

Il ricana.

— Il t'a fallu du temps pour t'en souvenir. Je passerai vers 19 heures.

— Parfait.

Elle raccrocha, repoussa ses lunettes sur son nez, et se demanda à quoi elle jouait exactement. Tandis qu'ils discutaient – d'accord, pendant qu'ils se livraient à l'une de ces joutes verbales qui leur tenaient lieu de conversation, corrigea-t-elle – il lui avait semblé que les huit derniers mois et les disputes qui les avaient précédés n'avaient jamais existé. Peut-être leur amitié était-elle assez forte pour qu'ils se retrouvent malgré tout ? Ou qu'elle avait enfin réussi à reprendre le contrôle de sa vie…

— Ne reste plus qu'à souhaiter que je n'aie pas présumé de mes forces, murmura-t-elle à l'appartement vide.

3

Norman Birdwell se jeta rapidement sur la droite pour éviter un énorme sac à dos, entra en collision avec un blouson de cuir marqué *Université de York*, et revint à son point de départ, dans le couloir, devant l'entrée de l'amphi. Les doigts serrés autour de la poignée de son attaché-case, il se redressa pour un nouvel essai. Il n'avait jamais compris pourquoi aucun règlement n'obligeait les étudiants qui sortaient de cours à passer par le battant de gauche de la porte afin de laisser entrer les arrivants par celui de droite.

Se glissant entre deux filles qui discutaient sèche-cheveux et inégalité des sexes face aux méthodes contraceptives, il parvint enfin à pénétrer dans la salle.

Norman aimait arriver tôt pour s'installer au centre du troisième rang, sa place porte-bonheur depuis qu'il y avait rédigé un devoir de mathématiques parfait. Il s'était inscrit au cours de sociologie de ce soir parce qu'il avait entendu deux types à la cafétéria déclarer que c'était un bon moyen de rencontrer des filles. Tout en ajustant sa nouvelle cravate en cuir, il se demanda s'il n'aurait pas dû réclamer aussi un blouson.

Comme il s'asseyait, son attaché-case heurta le siège devant lui et lui échappa des mains. Il se pencha pour le ramasser, mais alors son stylo Rotring glissa de sa poche de poitrine et roula dans l'obscurité.

— Putain ! marmonna-t-il en s'agenouillant.

Ces derniers temps, il essayait de se familiariser avec les termes obscènes pour se donner un air macho. Sans grand succès jusqu'à présent.

Malgré les nombreuses histoires qui couraient sur le genre d'objets égarés sous les sièges des amphithéâtres de l'université de York, tout ce que trouva Norman en dehors de son stylo – qu'il n'avait que depuis dimanche soir et ne voulait surtout pas perdre – fut un exemplaire du journal de mercredi. Après avoir soigneusement rangé le stylo, il ouvrit le quotidien. Le professeur, les avait-on prévenus, aurait un quart d'heure de retard ; ce qui lui laissait le temps de lire les bandes dessinées.

UN VAMPIRE DANS LA VILLE.

Les doigts tremblants, il feuilleta les pages à la recherche de l'article correspondant.

Quelques mètres plus loin, un étudiant envoya un coup de coude à son voisin.

— Vise un peu Birdwell. On dirait un fantôme tellement il est blanc.

Frottant sa côte endolorie, le destinataire de cette tendre confidence lança un regard à la silhouette solitaire au troisième rang de l'amphi.

— Va savoir, c'en est peut-être un. Ça expliquerait pourquoi il est aussi naze.

— Je ne savais pas, murmura Norman à la page imprimée. Je jure devant Dieu que je ne savais pas. Ce n'est pas ma faute.

Il… non, *ça* lui avait dit que ça devait se nourrir. Norman n'avait demandé ni où ni comment. Peut-être, reconnut-il, parce qu'il préférait ne pas savoir. Sa seule instruction avait été *Ne te montre à personne*.

Tremblant, il souleva ses mains moites et tachées d'encre en jurant :

— Jamais je ne recommencerai. Jamais, je le jure.

Le gong annonçant la commande d'un nouveau canard laqué résonna, à peine perceptible au milieu du brouhaha des conversations en trois ou quatre langues. Vicki porta sa cuillère à sa bouche et contempla Mike Celluci d'un air songeur. Cela faisait une demi-heure qu'il lui faisait le coup du charme, et elle commençait à avoir sa dose.

Elle avala sa soupe, et lui adressa son sourire genre « on ne me la fait pas ».

— Alors, tu crois toujours à ta théorie d'un nouveau Freddy Krueger avec PCP et griffes métalliques ?

Celluci jeta un coup d'œil à sa montre.

— Trente-deux minutes et dix-sept secondes, commenta-t-il en secouant la tête. J'avais parié avec Dave que tu ne tiendrais pas une demi-heure. Tu m'as fait perdre cinq dollars, Vicki. Pas très sympa.

— Arrête de te plaindre.

Elle récupéra un morceau d'oignon vert au bord de son bol.

— Je te rappelle que c'est moi qui paye le dîner. Maintenant, réponds à ma question.

— Et moi qui imaginais que tu recherchais ma compagnie.

Elle détestait ce petit ton sarcastique. Même après être restée huit mois sans l'entendre.

— C'est à la cuisine que je vais faire profiter de ta compagnie si tu ne me réponds pas.

— Bon sang, Vicki ! Tu veux vraiment parler de ça en mangeant ?

Où était le problème ? N'avaient-ils pas discuté de toutes leurs affaires, ensemble et avec d'autres, autour d'un repas ? Vicki repoussa son bol et croisa les mains. À moins que, maintenant qu'elle ne faisait plus partie de la police, il refuse de partager ses impressions sur les meurtres avec elle. Ce qui était peu probable. Du moins priait-elle pour que ce soit peu probable...

— Si tu es capable de me regarder dans les yeux et d'affirmer que tu n'as pas envie de parler de cette affaire avec moi, je n'insisterai pas.

Voilà exactement ce qu'il devrait faire, songea-t-il : la fixer droit dans les yeux, et lui déclarer qu'il ne voulait pas discuter de ça avec elle. À la Criminelle, on n'appréciait pas ceux qui ne savaient pas tenir leur langue. Mais Vicki faisait partie des meilleurs : trois promotions éclairs et deux citations l'attestaient, ainsi que son record en matière d'affaires résolues. Record qu'il était d'ailleurs le seul à battre à condition d'oublier – ce dont il ne se privait pas dans ce cas – qu'il avait trois ans d'ancienneté de plus qu'elle.

Plongeant son regard dans le sien, il déclara avec calme :

— D'accord, Einstein, tu as une meilleure idée que la PCP et les griffes ?

— Difficile d'en trouver une pire, railla-t-elle en se redressant le temps que la serveuse remplace leurs bols par des plats brûlants.

Elle profita de cet intermède pour tenter de retrouver son sang-froid, priant pour qu'il ne voie pas à quel point cet échange comptait pour elle. Elle-même n'en avait pas eu conscience jusqu'à ce que son cœur se mette à battre plus fort lorsqu'il avait dit « d'accord ». Comme si elle était morte après avoir donné sa démission, et venait de renaître à la vie. Sa réaction, elle le savait, serait passée inaperçue aux yeux d'un observateur ordinaire, mais Mike Celluci n'avait rien d'ordinaire.

« S'il vous plaît, mon Dieu, implora-t-elle en silence, faites qu'il croie juste faire appel à mes lumières. Qu'il ne devine pas à quel point c'est important pour moi. »

Pour la première fois depuis longtemps, Dieu sembla l'écouter. En tout cas, si Mike avait perçu son anxiété, il n'en laissa rien paraître.

— Tu as une meilleure idée ? s'enquit-il dès que la serveuse se fut éloignée.

— Difficile d'émettre une hypothèse sans avoir toutes les infos.

Sa remarque le fit sourire, et elle comprit une fois de plus pourquoi les témoins, hommes ou femmes, s'épanchaient si facilement devant cet homme.

— Émettre une hypothèse… Jolie formule. Tu continues à faire des mots croisés ?

— Ouais, entre deux poursuites de trafiquants de diamants. Allez, Celluci, crache le morceau.

Apparemment, il y avait encore moins d'indices dans le deuxième crime que dans le premier. Aucune empreinte hormis celles de la victime, aucun témoin susceptible d'avoir vu le tueur entrer ou sortir du parking.

— Sans compter qu'on est arrivés sur place des heures après le meurtre.

— Tu m'as dit que les traces dans le métro conduisaient à un renfoncement.

Il acquiesça, et fixa le haricot coincé entre ses baguettes en fronçant les sourcils.

— Le mur du fond était couvert de sang. Le problème, c'est que si la trace y menait, aucune n'en repartait.

— Et derrière le mur ?

— Tu penses à un passage secret ?

Elle hocha la tête, un peu gênée.

— Pour être franc, c'est une solution qui me satisferait. Sauf qu'on a vérifié, et qu'il n'y a rien d'autre que de la terre.

Dans le cas de DeVerne, ils n'avaient rien découvert de plus sinon un morceau de cuir arraché dans sa main. Et de la terre. Et un clochard qui bredouillait quelque chose à propos de l'Apocalypse.

— Attends…

Vicki plissa le front et remonta ses lunettes sur son nez.

— Le vieil homme dans le métro, il ne parlait pas d'Apocalypse, lui aussi ?

— Non. D'Armageddon.

— C'est la même chose.

Celluci poussa un soupir exaspéré.

— Qu'est-ce que tu essaies de me dire, là ? Qu'il ne s'agit pas d'un seul type mais de quatre, montés sur des chevaux ? Merci. Tu m'es d'un grand secours.

— Je suppose que vous avez vérifié s'il existait un lien entre les victimes ? Un mobile possible ?

Il se frappa le front du plat de la main.

— Un mobile ! Comment n'y ai-je pas pensé plus tôt ?

Attrapant un champignon avec ses baguettes, Vicki murmura :

— C'est ça, joue au petit malin.

— Aucune connexion, pas de mobile apparent. On continue à creuser.

— Une secte, vous y avez pensé ?

— Vicki, j'ai discuté avec plus de cinglés et d'allumés pendant ces derniers jours qu'au cours de ces dernières années. Toi mise à part, bien sûr, ajouta-t-il avec un sourire.

Arrivés près de chez elle, alors qu'il lui avait pris la main et l'avait glissée sous son bras pour la guider dans les rues sombres, elle risqua :

— Tu as envisagé qu'il pourrait y avoir un fond de vrai dans cette histoire de vampires ?

Elle se raidit au son de son rire.

— Je suis sérieuse, Celluci.

— Sérieuse ? Arrête, tu as pété les plombs ou quoi ? Les vampires n'existent pas.

— Tu en es certain ? Il y a plus de choses...

— Ah non, ne commence pas à me citer Shakespeare. J'ai tellement entendu cette phrase ces derniers temps que je commence à penser que les brutalités policières ne sont pas une mauvaise idée.

— Tu dois pourtant reconnaître qu'un vampire collerait parfaitement aux paramètres.

Non qu'elle crût plus que lui à la thèse du vampire, mais c'était si facile de le faire marcher.

Il eut un reniflement méprisant.

— D'accord, un truc qui se baladerait en smoking dans les rues de la ville en murmurant : « Je veux boire votre sang. »

— Tu as un meilleur suspect ?

— Ouais. Un type balèze sous PCP muni de griffes métalliques.

— Tu ne vas pas recommencer avec ça. C'est ridicule !

— Ridicule ?

— Ouais. Ridicule, répéta-t-elle.

— Ça te va bien de dire ça, alors que tu n'arrives même pas à tirer une conclusion logique lorsque les faits crèvent les yeux.

— Au moins, je ne suis pas aveuglée par la soi-disant supériorité de mon intelligence au point de refuser d'envisager les autres possibilités.

— Les autres possibilités ? Tu n'as aucune idée de ce qui se passe !

— Toi non plus !

Ils restèrent un instant face à face, haletants, puis Vicki remonta ses lunettes et sortit ses clés.

— Tu montes ?

Son invitation sonnait comme un défi.

— Oui.

La réponse aussi.

Un peu plus tard, Vicki abordait un tout autre sujet, et décida en obtenant la réponse attendue, qu'il existait des moments dans la vie où le fait d'être quasiment aveugle dans la pénombre n'avait aucune importance.

Le capitaine Raymond Roxborough s'attarda sur les formes arrondies de son mousse, se demandant comment il avait pu se montrer aussi aveugle. Certes, il avait remar-

qué la grâce du jeune Smith, le désordre soyeux de ses boucles brunes et son regard couleur saphir, mais pas un instant il avait soupçonné que le garçon n'était pas un garçon. Même si, il devait bien l'admettre, cette éventualité apportait une réponse aux sentiments pénibles dont il était la proie depuis quelque temps.

— Je suppose que tu as une explication à me fournir, dit-il d'une voix traînante en s'adossant à la porte de la cabine, ses bras bronzés croisés sur son large torse.

La jeune femme – fille, plutôt, car elle ne devait pas avoir plus de dix-sept ans – plaça vivement sa chemise devant le renflement pâle de ses seins, tandis que, de l'autre main, elle rejetait ses cheveux humides en arrière.

— Je devais me rendre en Jamaïque, déclara-t-elle d'un air fier en dépit d'un léger tremblement dans la voix. C'est la seule solution que j'ai trouvée.

— Tu aurais pu payer ton voyage, suggéra le capitaine, flegmatique.

Ses yeux s'attardèrent sur la courbe délicate de ses épaules dénudées.

— Je n'avais pas de quoi payer.

Il se redressa et s'approcha d'elle, un sourire aux lèvres.

— Il me semble que tu sous-estimes tes atouts.

— Vas-y, Smith, frappe-le là où ça le titille !

Henry Fitzroy s'adossa à son siège et se frotta les tempes. Jusqu'où entraîner son héros ? La moralité du capitaine devait-elle être plus forte que sa concupiscence ou pouvait-il n'avoir aucune moralité ? Mais, dans ce cas, s'agissait-il encore vraiment d'un héros ?

— Franchement, mon ami, soupira-t-il, je m'en contrefiche.

Il enregistra son travail et éteignit l'ordinateur. En général, il prenait plaisir à écrire les premiers chapitres d'un nouveau roman, à découvrir les personnages, à adapter leur personnalité à l'intrigue, mais cette nuit…

Faisant rouler son fauteuil en arrière, il regarda la ville endormie par la fenêtre de son bureau. Quelque part dans ces rues, se dissimulant dans les ténèbres, rôdait un monstre ivre de sang, aveuglé par le désir et la faim. Henry avait juré de l'arrêter, mais n'avait aucune idée de la façon dont il devait s'y prendre. Comment deviner l'endroit du prochain crime quand l'assassin frappait au hasard ?

Il se leva en soupirant. Il n'y avait pas eu de nouveau meurtre au cours des dernières vingt-quatre heures. Cela signifiait peut-être que le problème s'était résolu tout seul... Attrapant son manteau, il se dirigea vers la porte.

Les journaux du matin devaient être arrivés, il allait en acheter un et... – devant l'ascenseur, il consulta sa montre. 6 h 10. Plus tard qu'il l'aurait cru – ... restait à espérer qu'il serait de retour avant de se consumer. Le soleil se levait aux environs de 6 h 30 s'il avait bonne mémoire. Cela lui laissait peu de temps, mais il avait besoin de savoir si le nouveau-né avait encore frappé. Si la culpabilité irrationnelle qu'il ressentait devant son incapacité à le localiser et à l'arrêter allait croître.

Il courut jusqu'au distributeur du quotidien national, au coin du bâtiment. Il titrait en une sur le discours du Premier ministre aux Philippines à propos des relations Nord/Sud.

— Et je parie qu'il va rester dans le Sud jusqu'à la mi-mai, marmonna Henry en remontant le col de son manteau de cuir pour se protéger du vent glacé.

Le distributeur du journal local se trouvait une centaine de mètres plus bas, sur l'autre trottoir. Henry attendit au feu tandis que les premières voitures descendaient Boor Street, puis il traversa.

LEAFS BATTU À PLATE COUTURE.

Ouf ! Pas de nouvelle mort, excepté celle de rêves sportifs. Soulagé, il glissa la feuille de chou sous son bras, fit demi-tour, et s'aperçut que le soleil pointait à l'horizon.

Il le sentait trembloter à la lisière du monde, et dut faire appel à tout son sang-froid pour ne pas paniquer.

L'ascenseur, le feu rouge, les gros titres, tout cela lui avait pris trop de temps. Comment il avait pu commettre une erreur aussi grossière après une course contre le jour de plus de quatre cent cinquante ans lui importait peu désormais. Une seule chose comptait : regagner le sanctuaire de son appartement. Il percevait la chaleur du soleil à la frange de sa conscience, pas encore une sensation physique, non, mais le sentiment d'une menace, de la proximité de la mort.

Le feu était de nouveau rouge, petit soleil moqueur enfermé dans sa boîte. Au son des battements affolés de son cœur, Henry bondit sur la chaussée. Des freins hurlèrent, et l'aile d'une camionnette effectuant une brusque embardée lui heurta la cuisse. Ignorant la douleur et les insultes du chauffeur, il s'appuya sur une voiture assez petite pour se retourner sous son poids, et plongea entre deux véhicules.

Le ciel vira au gris, au rose, au doré.

Ses semelles martelant le bitume, Henry courait à perdre haleine, conscient du feu mortel qui lui léchait les talons. Sa terreur lutta contre la léthargie dans laquelle la lumière du jour emprisonnait ceux de son espèce, et gagna. Il atteignit la porte d'entrée en verre fumé de son immeuble quelques secondes avant le soleil.

Un rayon parvint cependant à lui mordre le dessus de la main.

Son bras ramené contre lui, Henry puisa dans l'atroce brûlure la force pour marcher jusqu'à l'ascenseur. Même si la lumière diffuse ne pouvait plus lui faire mal, il était toujours en danger.

— Ça va, monsieur Fitzroy ? s'inquiéta le gardien en lui ouvrant la porte intérieure.

La vision brouillée par la peur, Henry tourna la tête en direction de la voix.

— Migraine, marmonna-t-il en titubant.

La lumière totalement artificielle de l'ascenseur le ramena un peu à la vie. Il parvint à traverser le couloir sans s'effondrer. Un instant, il crut qu'insérer la clé dans la serrure lui serait impossible, mais il réussit finalement à ouvrir la lourde porte, à la refermer derrière lui et à tourner les verrous. Enfin, il était en sécurité.

Sécurité. Cette seule idée le soutint jusqu'à l'abri de sa chambre, plongée dans une obscurité totale. Là, il s'effondra sur le lit, abandonnant une bataille perdue d'avance contre le jour.

— Vicki, s'il vous plaît !

Vicki grimaça. Elle ne supportait pas ces rendez-vous chez l'ophtalmologue. Cette batterie d'exercices avec l'œil droit, l'œil gauche, lui flanquait mal au crâne et la rendait d'une humeur massacrante.

— Quoi ? demanda-t-elle entre ses dents serrées.

— Vous regardez la cible.

— Et alors ?

Le Dr Anderson réprima un soupir et, avec la patience infinie d'une mère de deux enfants, expliqua pour la énième fois, d'un ton apaisant :

— Les résultats du test n'ont aucune valeur si l'on regarde directement la cible. Il faudra tout recommencer.

Le pire, c'était qu'elle n'hésiterait pas à le faire. Autant de fois que nécessaire. Retenant la remarque acerbe qui lui brûlait les lèvres, Vicki s'obligea à coopérer.

— Alors ? s'enquit-elle lorsque le Dr Anderson éteignit enfin l'appareil.

— Ce n'est pas pire.

Vicki plongea son regard dans le sien.

— Mais est-ce que c'est mieux ?

Cette fois, la spécialiste ne chercha pas à retenir son soupir.

— Vicki, je vous l'ai déjà dit : il n'y a pas d'amélioration possible dans les cas de rétinite pigmentaire. Ça ne peut que se détériorer. En revanche, il arrive que la dégénérescence s'arrête.

— C'est mon cas ?

— Seul le temps nous le dira. Vous avez déjà de la chance, enchaîna-t-elle en levant la main pour l'empêcher de l'interrompre. En général, cette maladie s'accompagne d'autres formes de dégénérescence.

— Surdité, débilité légère, sénilité précoce et obésité, récita Vicki, agacée. Je sais tout ça. Mais ça ne change rien au fait que je ne vois plus rien la nuit, que ma vision périphérique est réduite à trente-cinq degrés et que je suis brusquement devenue myope.

— Vous le seriez devenue de toute façon.

Vicki remonta ses lunettes.

— Voilà qui me console. Je serai aveugle quand, à votre avis ?

Le Dr Anderson pianota nerveusement sur son carnet d'ordonnances.

— Vous ne serez peut-être jamais aveugle. Pour le moment, malgré votre état, votre vue est tout à fait fonctionnelle. Vous ne devriez pas laisser tout ceci vous rendre amère.

— Mon état, comme vous dites, rétorqua Vicki en se levant, m'a forcée à quitter un travail que j'adorais et qui avait une certaine utilité pour cette ville. Même si cela ne change rien pour vous, je pense, moi, que ça me donne le droit d'être amère !

Sur ce, elle sortit, se retenant au dernier moment de claquer la porte derrière elle.

— Qu'est-ce qui se passe, mon chou ? Ça n'a pas l'air d'aller.

— Disons que ce n'est pas un grand jour, madame Kopolous.

La vieille dame émit un petit claquement de langue désolé et secoua la tête d'un air désapprobateur en voyant le sachet familial de biscuits apéritifs sur le comptoir.

— Vous devriez vous préparer de vrais repas, ma belle, si vous voulez aller mieux. Ce n'est pas bon pour vous, ces cochonneries. En plus, ça teinte les doigts en orange.

Vicki farfouilla dans le tas de pièces au fond de son porte-monnaie, puis en posa quelques-unes près de la caisse. Un jour, il faudrait qu'elle s'attaque à toute cette ferraille.

— Il y a des moments dans la vie, madame Kopolous, où on a besoin de se faire plaisir en mangeant des cochonneries.

Lorsqu'elle entra chez elle, le téléphone sonnait.

— Ouais, qu'est-ce qu'il y a ?

— Quelque chose dans le ton de ta douce voix me réconcilie avec cette journée pourrie.

— Épargne-moi tes sarcasmes, Celluci.

Le récepteur coincé contre l'épaule, elle se débarrassa de son manteau.

— Qu'est-ce que tu veux ?

— Hé, hé ! On dirait que tu t'es levée du mauvais pied ce matin.

Vicki sourit malgré elle.

— Non, et tu le sais parfaitement, répondit-elle en tirant son fauteuil à roulettes pour s'y installer. Mais je reviens de chez l'ophtalmo.

— Ah.

Elle l'imagina s'adossant à son siège, les pieds calés sur son bureau. Tous ses supérieurs avaient tenté de lui faire passer cette habitude, sans succès.

— Le spécialiste des yeux et des mauvaises nouvelles. Ça s'arrange ?

La moindre note de compassion, et elle lui aurait raccroché au nez, mais il semblait juste intéressé.

— Ça ne peut pas s'arranger, Celluci.

— Tu es sûre ? J'ai lu un article où ils disaient que de fortes doses de vitamines A et E pouvaient améliorer le champ visuel et la vision nocturne.

Il lui livrait l'information sans intonation particulière. Juste une indication.

Elle hésitait entre être touchée ou furieuse qu'il s'intéresse ainsi au sujet. Étant donné son humeur…

— Tu n'as rien de plus utile à faire de ton temps, Celluci ? Tu n'es pas le seul à lire, tu sais. Seule l'abetalipoproteninaemia RP est liée à une anomalie biochimique. Et ce n'est pas ce que j'ai.

— Abetalipo*protein*aemia, corrigea-t-il. Et excuse-moi de m'intéresser. J'ai aussi appris que beaucoup de personnes continuaient à vivre tout à fait normalement avec ton problème.

Il fit une pause. Elle l'entendit boire une gorgée de ce qu'elle devinait être du café froid.

— Même si, dans ton cas, la notion même de « vie normale » ne signifie pas grand-chose, reprit-il.

Ignorant son dernier commentaire, elle saisit un feutre noir et se mit à griffonner nerveusement au dos de sa facture de carte de crédit.

— Ma vie est tout à fait normale !

— Démissionner et te cacher, tu appelles ça une vie normale ? Tu aurais pu rester dans la police…

— Je *savais* que tu allais recommencer.

Elle avait lancé les mots avec force, mais la voix furieuse – et amère – de Mike l'empêcha de poursuivre.

— … mais, bien sûr, tu ne supportais pas l'idée de juste faire partie de l'équipe, de ne plus être *Super Inspectrice*, la grande blonde qui a réponse à tout. Tu es partie parce que tu voulais être au top, et que si tu n'étais pas au top, si tu ne *pouvais* plus être au top, tu préférais te mettre hors-jeu ! Voilà la vraie raison de ton départ. Ce n'est pas seulement du boulot que tu voulais t'éloigner, Nelson, mais de moi aussi.

Ainsi, c'était ça. Ça qu'il cherchait à lui dire à travers toutes les disputes qui les avaient opposés après le diagnostic et sa démission. Sa dernière phrase résumait des heures de discussion, de cris, de portes claquées.

— Tu aurais fait la même chose, Celluci, se contenta-t-elle de répondre.

Sur quoi, elle coupa la communication, et reposa doucement le combiné… avant de balancer le feutre à travers la pièce.

Et sa colère avec.

« Il se fait vraiment du souci pour toi, Vicki. Pourquoi est-ce que ça te dérange tellement ? s'interrogea-t-elle. Parce qu'on trouve facilement des amants, alors que les amis assez proches pour qu'on s'engueule avec ne courent pas les rues. »

Le front entre les mains, elle soupira. L'analyse de Mike était juste, et il ne devait plus avoir aucun doute à ce sujet après ce qu'elle lui avait répondu. Maintenant, il ne restait plus qu'à attendre qu'il se rende compte qu'elle aussi avait raison. Alors leur relation pourrait repartir sur de nouvelles bases. À moins que la nuit passée n'ait été un cadeau d'adieu, un au revoir pour la quitter la tête haute…

« Si c'est le cas, j'aurai au moins eu le dernier mot », se dit-elle en remontant ses lunettes. Ce qui était une maigre consolation.

— Tiens, mais c'est ce vieux Norman. Comment ça va, Norman ? Ça ne t'ennuie pas si on s'assoit ?

Sans attendre la réponse, le jeune homme s'installa sur l'une des chaises autour de la table, bruyamment imité par ses amis.

Finalement, Norman se retrouva coincé entre deux types baraqués – Roger et Bill, si ses souvenirs étaient exacts – et face à trois filles : une blonde qu'il avait croisée plusieurs fois au bras de Roger, une autre qui, à en juger par les œillades qu'elle lançait à Bill devait être sa petite amie, et une troisième – seule – qu'il gratifia d'un sourire carnassier. Celui-là même qu'il répétait devant le miroir de sa salle de bains.

Après un instant de stupéfaction, la fille émit un petit rire et se détourna.

— C'est vraiment gentil de la part de ce vieux Norman de nous avoir gardé une table, pas vrai, Bill ?

— Sûr, acquiesça Bill en se penchant un peu, réduisant encore l'espace de Norman. Sans lui, on aurait été obligés de s'asseoir par terre.

Norman balaya du regard la salle du pub. La faune habituelle du vendredi soir avait envahi le rez-de-chaussée.

— En fait, je... euh... je me doutais que vous alliez arriver.

— Bien sûr que tu t'en doutais, renchérit Bill en lui souriant, un peu étonné tout de même de se rendre compte que ce blaireau de Birdwell était aussi grand que lui. Comme je disais à Roger sur la route : pas de vrai vendredi soir sans un premier verre avec ce bon vieux Norman.

Roger s'esclaffa, et les trois filles sourirent. La plaisanterie échappa à Norman, mais il s'en moqua. La seule chose qui comptait, c'était qu'on recherche sa compagnie.

Il offrit la première tournée.

— Après tout, c'est ma table.

— Et la seule de libre dans tout le pub, murmura la blonde.

Il offrit aussi la deuxième tournée.

— Parce que j'ai de l'argent.

La liasse de billets de vingt qu'il sortit de la poche de son anorak – cinq mille dollars en petites coupures : la troisième chose qu'il avait réclamée – laissa ses compagnons bouche bée.

— Bon sang, Norman, d'où tu sors tout ce fric ? Tu as attaqué une banque ?

— Je n'en ai pas eu besoin, répondit-il d'un ton vague. Et je peux en avoir autant que je veux.

Il offrit la troisième tournée. Et la quatrième. En insistant cette fois pour commander de la bière d'importation.

— Ça fait plus classe, commenta-t-il en s'adressant à l'épaule de Roger qui s'était détourné. Les nanas n'y résistent pas.

— Les nanas ?

L'écho avait une tonalité menaçante.

D'un geste vif, Bill prit le verre qu'Helen s'apprêtait à boire et le vida d'un trait.

— Regarde d'où ça vient, Helen. Ne gâche pas de la bière pour rien.

Les cinq amis furent pris d'un fou rire, et Norman se joignit à eux. Que surtout personne ne se rende compte que la plaisanterie lui avait encore échappé.

Quand ils se levèrent, il les imita. La salle tanguait autour de lui. Il faut dire que c'était la première fois qu'il buvait quatre bières d'affilée. En fait, il n'était même pas certain d'avoir déjà bu quatre bières dans toute sa vie.

— Où va-t-on ?

— *Nous* allons à une soirée privée, répondit Bill en le repoussant sur sa chaise.

Roger lui tapota l'épaule.

— Toi, tu restes ici, Norman.

Norman les regarda tour à tour sans comprendre. Ils partaient sans lui ?

— Bon sang, j'ai l'impression de donner un coup de pied à un chien, marmonna Bill.

Roger acquiesça d'un signe de tête.

— Écoute, Norman, c'est uniquement sur invitation. On t'emmènerait sinon…

Ils *partaient* sans lui. Il pointa l'index en direction de la fille.

— Mais, elle devait être pour moi, geignit-il.

En un clin d'œil, les expressions compatissantes s'effacèrent des visages, laissant place au dégoût. La seconde d'après, Norman était seul. En dépit du brouhaha, la voix d'Helen lui parvint depuis la porte :

— Si je ne détestais pas autant vomir, je la lui aurais rendue sa bière !

Après avoir essayé en vain d'attirer l'attention de la serveuse, il se perdit dans la contemplation des auréoles sur la table. La fille était censée être pour lui. D'un doigt tremblant, il dessina une étoile à cinq branches avec la bière renversée, oubliant le serment qu'il avait fait un peu plus tôt. Il leur montrerait !

Son estomac se mit brusquement à protester, et il se précipita vers les toilettes, la main sur la bouche.

« Je leur montrerai, se répéta-t-il, penché au-dessus de la cuvette. Mais… pas cette nuit. »

Henry tendit vingt dollars au jeune type à l'entrée.

— Quel programme, ce soir ?

Pour l'instant, il n'avait pas encore besoin de hurler pour être entendu, mais la nuit ne faisait que commencer.

— Comme d'hab.

L'homme fourra l'argent dans la poche de droite de son costume trop grand et sortit trois rouleaux de tickets de celle de gauche. Beaucoup d'organisateurs de soirées publiques avaient opté pour ce système afin d'éviter les ennuis. Si la police débarquait, ils pouvaient arguer qu'ils vendaient des billets, pas des boissons.

— Pour vous aussi, ce sera comme d'hab ?

— Oui. Deux Perrier.

— Vous vous rendez compte, Henry, que vous payez un max juste pour de l'eau et des bulles ?

Henry sourit, et désigna la salle devant eux d'un geste ample.

— Je paye pour l'ambiance, Thomas.

— L'ambiance ! Mon cul, oui. Hé, ça me revient : Alex vient de recevoir une caisse de bourgogne pas trop mal…

— Merci, Thomas, je ne bois jamais… de vin.

Henry balaya le loft du regard et, l'espace d'un instant, visualisa une autre soirée…

Les vêtements, velours, satin et dentelle, offraient un éclatant kaléidoscope de couleurs. Il avait horreur de l'atmosphère de la Cour, et n'y apparaissait que lorsque son père l'exigeait. Les flatteries, la compétition incessante pour les honneurs et le pouvoir, les talents d'équilibriste qu'il fallait déployer pour éviter le billot ou le bûcher: tout cela mettait les nerfs du jeune duc de Richmond à vif.

Tous les visages qui se tournaient vers lui tandis qu'il traversait le salon arboraient la même expression: un masque de gaieté factice qui dissimulait l'ennui, le soupçon et la peur…

Les premières notes « heavy metal » d'Anthrax ramenèrent Henry au présent. Velours et joyaux laissèrent la place au cuir noir, au strass et au plastique. Sous la gaieté ne se cachait plus que l'ennui. Un progrès, sans doute…

« Je devrais être dehors », songea-t-il en se dirigeant vers la cuisine-bar, écoutant au passage des bribes de conversations au sujet des crimes récents et des créatures supposées les avoir perpétrés. Ce n'était pas ici qu'il trouverait le nouveau-né… Mais celui-ci ne s'était pas nourri depuis la nuit de jeudi, ce qui signifiait peut-être qu'il était passé à un autre stade de sa métamorphose. Alors que son géniteur… Il serra les poings, réveillant la douleur de sa main droite sous le bandage. Il devait à tout prix découvrir son identité. Et pour ce faire, cet endroit n'était pas plus mal qu'un autre. Deux fois déjà, il avait senti un autre prédateur dans le loft d'Alex, mais il n'avait jamais pris la peine de le pister parmi les effluves de sang de tant de personnes. Si cela se reproduisait ce soir, il le suivrait.

Soudain, il remarqua qu'un passage s'ouvrait devant lui et s'empressa de modifier sa physionomie. Les hommes et les femmes réunis ici, malgré leurs visages maquillés et leurs accessoires en métal précieux, étaient encore assez proches de leurs origines primitives pour percevoir une présence animale parmi eux.

« D'abord, le gardien, puis le jour, et maintenant ça. Tu vas finir par t'attirer des problèmes si tu ne te montres pas plus prudent », se tança-t-il. Que lui arrivait-il ces derniers temps ?

— Eh, Henry ! Ça faisait un bail qu'on ne t'avait pas vu.

Alex, le propriétaire du loft – un black impressionnant de près de deux mètres –, passa le bras autour de ses épaules, lui colla une bouteille d'eau gazeuse dans la main, et l'entraîna à l'écart du bar.

— Il faut que je te présente quelqu'un qui veut te parler, mec.

— Quelqu'un qui veut me parler ? répéta Henry sans opposer de résistance.

Tous ceux qui connaissaient un peu Alex savaient qu'il était plus facile de se plier à ses lubies que de gaspiller de l'énergie à discuter.

— Qui est-ce ?

Un sourire entendu sur les lèvres, Alex lui adressa un clin d'œil.

— Mais dis-moi, qu'est-ce qui t'est arrivé à la main ?

Henry baissa les yeux sur le bandage. Malgré la lumière tamisée, le tissu blanc semblait irradier.

— Je me suis brûlé.

— Pas bon, les brûlures, mec. Tu faisais chauffer un truc ?

— On peut dire ça, répondit-il, incapable de réprimer un sourire malgré le tragique de la situation.

— J'ai dit quelque chose de drôle ?

— Ce serait trop long à expliquer. En revanche, il y a une chose que j'aimerais bien que toi, tu m'expliques.

— Demande toujours, mec.

— Pourquoi ce faux accent jamaïcain ?

— Faux ? se récria Alex.

Sa voix avait monté de plusieurs décibels, et une dizaine de personnes durent se courber pour éviter le bras qu'il brandissait dans un grand geste outré.

— Mon accent est tout ce qu'il y a de vrai, mec. Je retourne à mes racines.

— Alex, tu es originaire d'Halifax !

— Et alors ? Je te parle de mes vraies racines, mec. Celles de mes ancêtres… Voilà, crevette, livré à domicile, ajouta Alex – sans aucune trace d'accent – à l'intention de la jeune femme assise sur les marches qui menaient à son studio.

Elle se leva. Elle ne devait pas mesurer plus d'un mètre soixante, et son corps fluet disparaissait sous un jean et un tee-shirt deux fois trop grands qui lui donnaient l'allure d'une gamine abandonnée. Le contraste avec ses cheveux courts platine et l'intensité de son expression n'en était que plus saisissant.

Se dégageant du bras d'Alex, Henry exécuta une superbe révérence très XVIe siècle.

— Isabelle !

Isabelle s'avança, le tira à elle par le col de son manteau et écrasa sa bouche sur la sienne.

Henry lui rendit son baiser avec enthousiasme, prenant soin de protéger leurs langues de la pointe aiguisée de ses dents. Si, un peu plus tôt, il n'était pas certain de se nourrir cette nuit, à présent, il n'en doutait plus.

— Bon, je préfère partir plutôt que d'assister à de telles démonstrations d'hétérosexualité dans ma maison, lança Alex d'un air faussement choqué avant de s'éloigner en ondulant exagérément des hanches.

Le suivant des yeux parmi la foule, Henry déclara :

— Il aura changé de personnage deux ou trois fois avant d'avoir atteint l'autre bout de la salle.

— Je n'ai jamais vu quelqu'un porter autant de masques, acquiesça Isabelle.

Henry caressa du bout du doigt un de ses sourcils platine.

— Nous en portons tous.

Elle le considéra d'un regard narquois.

— Comme c'est profond. Et est-ce qu'on se démasque à minuit ?

— Non.

Une profonde tristesse résonna malgré lui dans sa voix. Cela faisait si longtemps qu'il n'avait trouvé personne à qui confier sa vraie nature. Si longtemps que ses relations avec les mortels se limitaient au sexe et au sang. Et, sans qu'il comprenne pourquoi, l'idée qu'un enfant issu du lien le plus profond qui puisse exister entre humains et vampires ait été abandonné rendait son sentiment de solitude encore plus aigu.

Il sentit la caresse d'Isabelle sur sa joue, vit sa compassion mêlée de surprise, et jura intérieurement en se rendant compte qu'une fois encore, il venait de laisser tomber le masque. Si cette situation perdurait, s'il ne rencontrait pas quelqu'un capable de l'accepter tel qu'il était, il allait finir par commettre une erreur fatale.

Dans un suprême effort, il se ressaisit.

— Alors, c'était comment ce concert ?

— Mars à Sudbury, répondit-elle avec un haussement d'épaules. Rien de spécial à raconter.

S'il ne pouvait partager la réalité, il y avait pire que de partager des masques avec quelqu'un.

Il baissa les yeux sur la ligne bleutée qui disparaissait dans l'encolure du tee-shirt d'Isabelle. Son souffle s'accéléra à la vision du sang qui pulsait sous la peau translucide. Ce n'était pas du désir, juste un besoin. Mais, au fond, quelle différence ?

— Tu restes à Toronto jusqu'à quand ?

— Demain.

— Dans ce cas ne perdons pas de temps.

Entrecroisant ses doigts aux siens, elle l'attira à elle.

— Je commençais à croire que tu ne me le demanderais jamais.

À 23 h 15, ce samedi, Norman s'aperçut qu'il n'avait plus de charbon pour l'hibachi. Le magasin le plus proche fermait à 21 heures. Un instant, il envisagea d'utiliser un autre ustensile, puis y renonça de peur de tout faire rater.

La nuit du samedi s'écoula tranquillement.

La nuit du dimanche...

— Merde ! Merde ! Merde !

Mme Kopolous émit un claquement de langue, et fronça les sourcils. Pas à cause du triple juron de Vicki – qui n'avait rien d'exceptionnel –, mais plutôt du gros titre du journal posé sur son comptoir.

UN ÉTUDIANT VICTIME DU VAMPIRE. Un jeune homme vidé de son sang à York Mills.

4

— Bon sang ! Vise un peu notre vieux pote Norman.

— Qu'est-ce qu'il... ?

Roger se détourna de son casier, et resta bouche bée.

— Nom de Dieu ! Dommage que Bill ne soit pas là pour voir ça.

— Où est-il ?

Les yeux toujours fixés sur Norman Birdwell, Roger haussa les épaules.

— Aucune idée. En tout cas, il va être vert d'avoir raté ça.

Conscient des regards rivés sur lui, Norman continua sa route en se rengorgeant. La chaîne qui pendait de son nouveau blouson en cuir noir cliquetait agréablement contre ses reins. Il contempla d'un air satisfait les bouts argentés de ses santiags, se demandant néanmoins s'il n'aurait pas dû ajouter des éperons. À chaque pas, le frottement des coutures de son jean neuf – plus serré que tous ceux qu'il avait jamais portés jusqu'à présent – produisait un petit son étouffé.

Il allait leur montrer. Ils le prenaient pour un mec pas cool, hein ? Un ringard ? Eh bien, ils allaient changer d'avis ! Norman redressa le menton. Ils le voulaient cool, il serait *glacé*. Cette nuit, il réclamerait une Porsche rouge. Il passerait son permis plus tard.

— Qu'est-ce qu'il lui est arrivé ? s'exclama Bill.

Roger lui envoya un coup de coude dans les côtes en souriant.

— Pour une fois, t'es pas mécontent d'être à l'heure, pas vrai ? Ça t'en bouche un coin.

Bill se laissa aller contre son casier, incrédule.

— Où il a trouvé le fric pour se payer tout ça ?

— Va lui demander.

— Pourquoi pas… ?

Bill se détacha de son casier à l'instant où Norman passait devant lui.

Ce dernier s'en aperçut, croisa son regard un dixième de seconde avant de continuer sa route, aux anges. « Alors, quel effet ça te fait qu'on te snobe ? » lança-t-il en silence.

La question qu'il s'apprêtait à poser coincée au fond de la gorge, Bill demeura figé, le regard fixe, jusqu'à ce que son ami le tire par la manche.

— Eh, qu'est-ce qui t'arrive ?

Bill remua la tête.

— Il y a quelque chose de changé chez Birdwell.

— Tu parles ! ricana Roger. Il a de nouvelles fringues, et il joue les durs, c'est vrai, mais à part ça, je t'assure qu'il s'agit toujours de ce bon vieux Norman-le-naze.

— Ouais, tu dois avoir raison, acquiesça Bill.

Mais il était persuadé du contraire. Même s'il n'avait aucune explication à cela, hormis cette sensation d'effroi et de dégoût mêlés, comme si, tâtonnant sous un lit, il avait touché un truc suintant et pourri.

Conscient de les avoir impressionnés, Norman – qui pour se venger d'une humiliation avait décidé que la mort d'un inconnu ne comptait pas – s'éloigna d'un pas tranquille.

— Victoria Nelson ?

— Oui ?

Victoria examina la jeune femme – la jeune fille plutôt, si elle était majeure, ça ne devait pas dater de plus de deux heures – qui se tenait sur le seuil.

— Si c'est pour me vendre un truc…

— Vous êtes bien détective privé ?

Vicki marqua une pause avant d'acquiescer.

— J'ai un travail pour vous.

Les mots avaient été prononcés avec une telle intensité que Vicki ne put réprimer un sourire attendri devant la gravité tout adolescente de son interlocutrice.

Celle-ci rejeta ses boucles rousses en arrière.

— J'ai de quoi payer, si c'est ce qui vous inquiète.

La question de l'argent ne lui ayant pas traversé l'esprit, Vicki se contenta d'un marmonnement évasif.

Leurs regards s'accrochèrent un instant – lentilles de contact de couleur, Vicki l'aurait parié. Ça allait avec les cheveux teints –, puis elle reprit d'un ton détaché :

— La plupart des gens me contactent par téléphone.

— J'ai failli le faire. Mais j'ai pensé que ça vous serait plus difficile de refuser en face.

Presque malgré elle, Vicki ouvrit la porte en grand. Le travail n'était pas rare au point de bosser pour des gamins, mais elle ne risquait rien à écouter ce que cette fille avait à lui dire.

— Vous feriez mieux d'entrer. Trente secondes de plus dans le couloir, et M. Chin va sortir voir ce qui se passe.

— M. Chin ?

— Le vieux monsieur qui habite en dessous. Il aime être au courant de tout. Et fait semblant de ne pas connaître un mot d'anglais.

La jeune fille passa devant elle en lui lançant un regard désapprobateur.

— Peut-être qu'il ne parle vraiment pas anglais.

Cette fois, Vicki n'essaya même pas de dissimuler son sourire.

— M. Chin parlait déjà anglais avant que vous et moi soyons nées. Ses parents ont émigré à Vancouver dans les années 1880. Il a été professeur au collège et enseigne actuellement l'anglais en seconde langue au Centre de la communauté chinoise.

Son interlocutrice la fusilla de son regard vert.

— J'ai horreur qu'on me fasse la leçon.

— Moi aussi, rétorqua Vicki en fermant derrière elle.

Un silence suivit, au cours duquel, Vicki l'aurait juré, sa visiteuse se remémorait chaque mot, chaque intonation de leur conversation. Finalement, elle sourit.

— Excusez-moi. Je vous promets de faire attention si vous en faites autant.

— Marché conclu.

Vicki la guida jusqu'à son bureau, repoussant au passage le canapé convertible contre le mur de son minuscule salon. C'était la première fois qu'un client se présentait chez elle, et elle prit conscience qu'elle n'avait rien aménagé dans cette éventualité.

— Euh… attendez-moi, je vais chercher une autre chaise dans la cuisine.

— C'est bon, ne vous en faites pas, répondit la jeune fille en s'installant sur le banc de musculation. En ce qui concerne ce travail…

— Attendez.

Vicki s'installa dans son fauteuil.

— Parlons d'abord de vous. Comment vous appelez-vous ?

— Coreen. Coreen Fergus. Et je veux que vous retrouviez le vampire qui terrorise la ville.

Vicki ne marqua qu'un bref instant de surprise, avant de pousser un soupir las. Le dernier meurtre ne datait que de quelques heures, et déjà la panique faisait des ravages !

— Je vois. C'est Michael Celluci qui vous a envoyée chez moi ?

— Qui ?

— Peu importe.

Elle se leva.

— Écoutez, j'ignore qui vous a conseillé de venir ici, mais je vous suggère de retourner le ou la voir pour lui dire que…

— Ian Reddick était mon…

Coreen fronça les sourcils à la recherche du terme adapté à leur relation.

— … amant.

— Ian Reddick, répéta Vicki en se rasseyant.

Ian Reddick, la première victime. L'homme qu'elle avait découvert égorgé dans le métro.

— Je veux que vous trouviez la chose qui l'a tué.

— Écoutez, Coreen, commença-t-elle de ce ton « apaisant » que maîtrisent tous les policiers à travers le monde, je comprends que vous soyez bouleversée, mais ne croyez-vous pas que ce genre d'affaire dépend plutôt de la police ?

— Non.

Il y avait quelque chose d'intraitable dans ce « non ». Vicki remonta ses lunettes sur son nez, et chercha de nouveaux arguments tandis que Coreen expliquait :

— Ils s'entêtent à rechercher un homme sans envisager un seul instant que les journaux puissent avoir raison. Ils sont incapables de voir plus loin que leur petit monde étriqué.

— Envisager que l'assassin puisse effectivement être un vampire ?

— Oui.

— Les journalistes non plus ne croient pas vraiment à la thèse du vampire, vous savez.

— Et alors ? Ça ne change rien au fait que Ian a été vidé de son sang. Je suis sûre qu'il ne lui en serait pas resté une seule goutte si quelqu'un ne l'avait pas découvert aussi vite.

« Elle ignore qu'il s'agit de moi. Dieu merci ! » se dit Vicki. Une fois de plus, elle revit le visage du mort, son expression de pure terreur au-dessus du trou béant dans son cou… non, de sa gorge arrachée. Non pas tranchée, mais littéralement arrachée ! C'était *ça* qui la tracassait ; cette incongruité qui l'obsédait depuis plus d'une semaine maintenant. Où était passé le devant de la gorge d'Ian Reddick ?

— … alors, vous êtes d'accord ?

Vicki revint péniblement au présent.

— Si je résume, vous voulez que je trouve le meurtrier de Ian en partant de l'idée qu'il s'agit véritablement d'un vampire ? Avec chauves-souris, cercueils et toute la panoplie ?

— Oui.

— Et une fois que j'aurai mis la main dessus, je devrai lui planter un pieu dans le cœur ?

— Les créatures de la nuit peuvent difficilement être traînées devant un tribunal, fit remarquer Coreen, à juste titre, une lueur haineuse dans le regard. Ian doit être vengé.

Penser à la vengeance pour ne pas penser à la douleur : une façon classique de réagir à la perte d'un être cher que Vicki comprenait.

— Pourquoi moi ? demanda-t-elle.

Coreen se redressa.

— Vous êtes la seule détective privée femme inscrite dans les pages jaunes.

Cette réponse avait le mérite d'être claire. Et expliquait l'incroyable coïncidence qui avait conduit Coreen chez celle qui avait découvert le corps de Ian.

— Ça risque de vous coûter cher. Mes honoraires sont élevés.

Pourquoi cette précision ? Elle n'avait tout de même pas l'intention de partir à la chasse au vampire ?

— Ce n'est pas un problème. Mon père me verse une fortune pour se faire pardonner d'avoir quitté ma mère pour quelqu'un d'autre quand j'étais au lycée.

Vicki secoua la tête.

— Le mien est parti avec sa secrétaire quand j'étais en primaire, et il ne m'a jamais envoyé un centime. Les temps changent. Elle était jeune et jolie ?

— Il, corrigea Coreen. Et, oui, il n'est pas mal. Ils ont ouvert un nouveau cabinet d'avocats aux Bahamas.

— Comme je le disais, les temps changent.

Vicki poussa un soupir. Une chasse au vampire… Sauf qu'il était impossible qu'il s'agisse d'un vampire.

Il fallait juste essayer de découvrir qui avait tué Ian Reddick. Ce qu'elle ferait, de toute façon, si elle était toujours dans la police. Et elle était bien placée pour savoir que, étant donné leur manque chronique de personnel, son aide serait la bienvenue.

Coreen, qui n'avait pas détaché les yeux des siens, afficha un sourire triomphal et sortit son chéquier.

— Michael Celluci, s'il vous plaît.

— Un instant.

Vicki pianota nerveusement sur le combiné en patientant. Les trois quarts de la gorge de Ian Reddick avaient disparu, et ce petit salopard de Celluci n'avait pas jugé utile de lui dire si on les avait retrouvés ou si les autres victimes avaient subi le même sort. Et tant pis s'il n'avait pas envie de l'entendre, parce qu'*elle* était bien décidée à lui parler.

— Brigade criminelle, sergent Graham à l'appareil.

— Dave ? C'est Vicki Nelson. Je cherche Celluci.

— Il est absent pour l'instant. Je peux t'aider ?

Pour avoir travaillé avec lui, Vicki savait que Dave était un piètre menteur – pire qu'elle si c'était possible. La sincérité de son ton lui confirma donc qu'il ne servirait à rien d'insister. Mieux valait profiter de la situation.

— J'aurais besoin d'un service.

— Je t'écoute.

Maintenant, il s'agissait de ne pas se trahir. Elle devait persuader Dave qu'elle était déjà au courant de pas mal de choses si elle ne voulait pas qu'il prenne peur et se retranche derrière le règlement.

— Le morceau de gorge arraché sur le premier cadavre, on l'a retrouvé ?

— Non.

— Et pour les autres ?

— Non plus.

— Pas même celui d'hier ?

— Pas encore. Pourquoi ?

— Pour rien. Je me posais juste la question. Merci, Dave. Dis de ma part à ton partenaire que c'est un sale con de cachottier.

Sur ce, elle raccrocha, et réfléchit. Peut-être Celluci lui avait-il dissimulé l'information dans le but de l'échanger contre une autre plus tard. À moins qu'il ait véritablement oublié de lui en faire part. Ouais, c'est ça, et le monde était rempli d'honnêtes gens…

Dès que le grondement du métro s'atténua, Vicki s'approcha de l'entrée du tunnel. Maintenant qu'elle s'occupait officiellement de l'affaire, elle ne pouvait plus se contenter d'informations de seconde main : il fallait qu'elle examine le renfoncement où s'arrêtait la trace de l'assassin.

Alors qu'elle s'immobilisait en haut de la volée de marches qui descendait dans le tunnel, son pouls se mit à résonner anormalement fort à ses oreilles. Elle s'était toujours considérée comme immunisée contre les superstitions, les peurs ancestrales et les terreurs nocturnes, pourtant, face au souterrain sombre qui s'étirait devant elle tel un ver géant, elle se sentait soudain incapable d'aller plus loin. Ses cheveux se dressèrent sur sa tête au souvenir de la nuit où elle avait découvert le corps de Ian Reddick, de cette présence mystérieuse et effrayante qu'elle avait sentie rôder.

« Ne sois pas ridicule, Nelson, s'admonesta-t-elle en descendant les marches. Le pire qui puisse t'arriver, c'est de rencontrer un employé des Transports et de payer une amende. Ressaisis-toi, bon sang ! On dirait une ado stupide dans un film d'horreur. » Elle s'avança sur l'étroit passage en béton qui longeait le rail extérieur.

Tu vois. Il ne se passe rien. Après avoir essuyé ses paumes moites sur son manteau, elle sortit la torche de sa poche et éclaira devant elle. Elle aurait préféré se contenter de la lueur des néons de la station, mais sa vue était trop détériorée pour prendre le risque de continuer dans la pénombre. À cette seule idée, elle sentit sa peur se volatiliser comme par miracle et la colère prendre sa place. Pour un peu, elle aurait souhaité qu'il y ait effectivement quelqu'un dans ce tunnel : il aurait trouvé à qui parler !

Les yeux fixés sur le faisceau lumineux, elle accéléra le pas. Si les horaires étaient exacts, il devait lui rester environ huit minutes avant le passage du prochain train. Largement de quoi mener son enquête.

Elle atteignit l'alcôve deux minutes plus tard, et fit la moue.

— Sûr que vous ne faites rien pour faciliter la tâche des autres, marmonna-t-elle en contemplant les traces laissées par la police.

Situé à hauteur de la taille, le trou creusé dans le mur du fond mesurait environ vingt centimètres de diamètre. Enjambant les morceaux de béton au sol, Vicki se pencha pour voir de l'autre côté : juste de la terre, comme le lui avait indiqué Celluci.

— S'il n'est pas passé par là, où est-il ?

Ce fut alors qu'elle remarqua la fissure qui courait le long du mur à partir de l'excavation. Elle se rapprocha et, le nez quasiment collé à la paroi pour l'examiner, reconnut aussitôt l'odeur qui s'en dégageait. Les sourcils froncés, elle sortit son couteau suisse et en gratta les bords.

La lame était couverte de résidus brun-rouge constata-t-elle en l'étudiant à la lumière de la torche. De la rouille ? Vicki les goûta de la pointe de la langue. Du sang séché ! Après avoir essuyé le couteau dans un sac en plastique, elle s'accroupit et l'inséra dans la fissure juste au-dessus du trou.

À vrai dire, elle ne savait pas très bien ce qu'elle cherchait. La quasi-totalité du sang de Ian avait aspergé le carrelage de la station, et il était inconcevable que les vêtements de l'assassin aient été ensanglantés au point d'imbiber en profondeur une fissure dans une paroi de béton de quinze centimètres d'épaisseur.

Pourtant, les mêmes traces brun-rouge, mêlées à de la terre et à des morceaux de ciment, souillaient la lame quand elle l'exposa sous la lampe électrique. Elle les déposa rapidement dans un autre sachet, et recommença l'opération juste au-dessous du trou. Même résultat.

La vibration qui la secoua au passage d'une centaine de tonnes d'acier hurlant la réconforta presque, terreur normale, rassurante, face à l'incroyable conclusion qui s'imposait à elle : la chose qui avait tué Ian Reddick se serait échappée par une fissure dans le mur en béton.

Totalement ridicule.

Ou pas ?

Spécialisée dans la fabrication et la vente en gros de vêtements en polyester, la société *Sigman* n'avait jamais ressenti le besoin de sécuriser ses bâtiments au-delà du minimum requis. Du moins, jusqu'au meurtre de Terri Neal dans le parking.

Pourtant, en dépit d'un règlement augmenté de quatre pages et demie sur les admissions dans l'immeuble, le gardien leva à peine les yeux de son livre lorsque Vicki traversa le hall d'entrée. Avec son velours côtelé, ses boots et son caban, elle ressemblait aux centaines de femmes qui passaient ici chaque jour, et personne ne s'attendait qu'il arrête tout le monde. Juste les journalistes, mais ceux-là, il les repérait au premier coup d'œil, et s'empressait de les adresser aux services concernés. Quant aux flics, ils se présentaient systématiquement. Du reste, elle ne ressemblait pas à un flic.

Vicki ne s'était pas trompée dans ses prévisions : à 14 h 30, le parking souterrain était effectivement désert. Elle sortit de l'ascenseur, et plissa les yeux sous la lumière crue des néons. « Bon sang, pourquoi n'ont-ils pas installé de caméras là-dessous ? » s'interrogea-t-elle tandis que ses pas résonnaient sur le bitume.

Même sans les marques de craie, elle n'aurait eu aucun mal à repérer l'endroit où était tombée la victime : les trois emplacements vides qui l'encadraient créaient un large espace entre les voitures collées les unes aux autres, telle une zone de décontamination.

Elle trouva ce qu'elle était venue chercher sous une vieille berline rouillée. Se mordillant la lèvre inférieure, elle sortit son couteau et s'agenouilla devant la fissure. La lame s'y enfonça sur toute sa longueur sans en atteindre le fond. Les particules brun-rouge qui maculaient sa surface lorsqu'elle la remonta ne venaient en aucun cas du véhicule au-dessus.

Assise sur ses talons, elle fronça les sourcils. Tout ça ne lui plaisait pas du tout.

Après avoir sorti une bille de son sac, elle la posa sur le trait de craie et lui donna une pichenette. La bille roula en direction du mur, s'éloignant de la brèche dans le sol à un angle d'environ quarante-cinq degrés. Elle répéta plusieurs fois l'expérience avec le même résultat. Le sang – ou quoi que ce soit d'autre – ne pouvait pas avoir coulé du corps jusqu'à la fissure de façon naturelle.

— Si tant est qu'il y ait une seule chose de naturelle dans toute cette histoire, marmonna-t-elle pour elle-même en fourrant le troisième sachet de sang séché dans son sac.

Au lieu de repasser par l'immeuble, elle remonta par la rampe jusqu'à Saint Clair Avenue.

— Excusez-moi ?

Le gardien à l'entrée du parking leva les yeux de son magazine.

Vicki désigna le souterrain derrière elle.

— Vous savez ce qu'il y a sous le parking ?

L'homme regarda dans la direction indiquée, ramena les yeux sur elle et répéta :

— Sous le parking ?

— Oui.

— De la terre, ma petite dame.

Elle sourit et se faufila sur le côté de la barrière.

— Merci, vous m'avez été d'une grande aide.

Le grillage protesta et s'inclina légèrement quand Vicki s'y appuya pour inspecter le site de construction. Pour l'instant, il s'agissait surtout d'un gigantesque trou avec au fond de plus petits, remplis d'eau boueuse. Les machines avaient été enlevées et les travaux semblaient arrêtés – à cause du meurtre ou du mauvais temps ? Vicki n'aurait su le dire.

— Bien, murmura-t-elle en enfonçant les mains dans les poches de son caban, il y a effectivement de la terre.

Quant au sang, s'il y en avait, il était impossible de le voir.

— Pas de problème, Vicki.

Rajeet Mahadevan glissa les trois sachets en plastique dans la poche de sa blouse.

— Je pourrai m'en occuper ce soir avant de rentrer chez moi sans que personne n'en sache rien. Tu seras encore dans les parages ?

— Non.

La lueur de compassion dans le regard du chercheur ne lui échappa pas, mais elle préféra l'ignorer. Rajeet lui rendait service après tout.

— Si tu ne me trouves pas chez moi, laisse un mot sur le répondeur.

— Même numéro ?

— Même numéro.

Rajeet sourit.

— Même message ?

Elle ne put s'empêcher de sourire en retour. La dernière fois que le labo de la police l'avait appelée chez elle, c'était au pire moment de sa relation avec Celluci.

— Non, différent.

— Dommage, soupira Rajeet tandis qu'elle se dirigeait vers la porte. J'ai oublié quelques-uns des endroits où tu lui conseillais de fourrer ses statistiques.

Il lui adressa un petit salut – un souvenir de l'époque où elle était une jeune femme avec un insigne – et retourna au rapport qu'il remplissait avant d'être interrompu.

Dans le couloir, Vicki hésita à emprunter la galerie jusqu'au quartier général, histoire de vérifier si Celluci se trouvait dans son bureau. Elle pourrait lui toucher un mot des fissures, essayer de savoir s'il lui avait dissimulé d'autres informations et… Non. Étant donné son humeur la dernière fois qu'ils s'étaient parlé – plus le fait qu'il n'avait pas donné signe de vie du week-end –, elle ne ferait que le déranger dans son travail, chose qu'ils s'interdisaient l'un et l'autre.

Ce ne fut qu'une fois sortie de l'immeuble qu'elle se rendit compte que l'idée de découvrir un autre flic assis à son ancien bureau n'avait joué aucun rôle dans sa décision. Un peu coupable, comme si elle venait de trahir son passé, elle courba les épaules pour affronter le froid et rentra chez elle.

Depuis des années, Vicki se promettait d'acheter une bonne encyclopédie. Depuis des années, elle repoussait la dépense à plus tard. Celle qu'elle possédait lui avait coûté cinq dollars quatre-vingt-quinze cents le volume, à l'épicerie du coin. Elle ne racontait pas grand-chose sur les vampires.

— Créatures fantastiques… Europe centrale, Vlad l'empaleur, Bram Stoker…

Remontant ses lunettes sur son nez, Vicki tenta de se souvenir des caractéristiques du Dracula de Stoker. Elle avait vu la pièce au théâtre et devait avoir lu le livre au lycée – dans une autre vie.

— Plus fort, plus rapide, les sens plus développés... récita-t-elle en comptant sur ses doigts. Il dort la journée, sort la nuit et traîne avec un mec qui gobe des mouches. Et des araignées.

Avec une grimace de dégoût, elle reporta son attention sur l'encyclopédie. *Le vampire,* lut-elle, *est censé se métamorphoser en chauve-souris, en loup, en brume ou en vapeur.*

La brume ou la vapeur, voilà qui collerait avec les fissures... Le sang de sa victime, plus lourd, se déposerait sur les parois de l'étroit passage.

— Et une créature sortie de sa tombe ne devrait pas avoir de problème pour se déplacer sous terre, ajouta-t-elle à voix haute.

Après avoir marqué la page à l'aide d'une facture de téléphone, elle quitta le canapé pour aller allumer le téléviseur. Soudain, elle avait besoin de bruit.

— C'est complètement dingue, murmura-t-elle en reprenant le livre.

Elle poursuivit sa lecture en marchant, trop bouleversée par cette brusque collusion entre fantastique et réalité pour rester en place.

La suite de l'article exposait les différentes manières de se débarrasser de ces créatures, depuis les pieux en frêne jusqu'aux crucifix en passant par l'ail et les graines de moutarde, et donnait moult informations sur les techniques d'empalement, de décapitation et d'immolation par le feu.

Vicki ferma le volume et releva la tête pour regarder par la fenêtre. En dépit du réverbère à moins de trois mètres de chez elle, la rue ne lui avait jamais paru aussi obscure. Quelle profusion de détails pour détruire une créature supposée imaginaire...

Derrière le ruban jaune de la police, une ombre s'accroupit au-dessus du bout de trottoir où avait été retrouvée la quatrième victime. Bien que la nuit n'ait pas de secrets pour lui, et qu'à l'inverse de ceux qui avaient déjà examiné les lieux, il sache ce qu'il cherchait, il ne trouva rien.

— Rien, murmura Henry en se redressant. Et pourtant, il devrait y avoir quelque chose.

Un vampire était capable de dissimuler ses traces aux humains, mais pas à ceux de son espèce. Il huma le vent. Un chat – non, deux – en chasse, de la pluie avant le matin, et...

Il plissa le front, ses sourcils formant un V profond entre ses yeux. Et quoi ? Il connaissait l'odeur de la mort sous toutes ses formes, et il y avait là, derrière les résidus du meurtre de la nuit passée, d'autres miasmes, plus anciens, plus fétides, presque familiers.

Il replongea dans les quatre cent cinquante ans de sa mémoire. Quelque part se trouvait...

La voiture de police était presque devant lui quand il l'aperçut. Le minuscule soleil du projecteur s'alluma avant qu'il ait le temps de faire un geste.

— Merde ! Tu as vu ça ?

— Quoi ?

L'agent auxiliaire Wojtowicz regarda le large éventail de lumière projeté par le projecteur sur le toit de la voiture.

— Je ne sais pas, répondit l'agent Harper. J'aurais juré avoir vu un mec debout derrière le ruban jaune au moment où j'ai allumé.

Wojtowicz ricana.

— Si c'était le cas, on le verrait encore. Personne ne se déplace aussi vite. Sans compter qu'il n'y a nulle part où se cacher, ajouta-t-elle en désignant le trottoir et la pelouse boueuse.

— On devrait quand même jeter un coup d'œil.

— C'est toi le boss.

— Eh bien...

Aucun mouvement parmi les ombres ni dans la lumière. Harper secoua la tête. La nuit le rendait nerveux ces derniers temps, il fallait qu'il se ressaisisse.

— Tu as sans doute raison. Il n'y a rien.

— Évidemment que j'ai raison, répliqua sa collègue en éteignant le projecteur. Ce sont ces histoires de vampires que racontent les journaux qui te montent à la tête.

— Tu ne crois pas aux vampires ?

— Bien sûr que non. Ne me dis pas que toi, si ?

Ce fut au tour de Harper de ricaner.

— Moi, rétorqua-t-il, flegmatique, j'ai passé un examen pour entrer à l'école de police.

Sur la pelouse, la silhouette, face contre terre, se souvenait. L'odeur était plus forte par ici. Mêlée à celle du sang et de la terre, elle ramenait Henry des siècles en arrière.

*

* *

Londres, 1593. Le règne de la reine Elizabeth s'étirait en longueur. Il était mort depuis cinquante-sept ans. Il venait d'assister à la première représentation de Richard III au théâtre. Dans l'ensemble, la pièce lui avait plu, même s'il avait l'impression que l'auteur s'était autorisé quelques libertés autour de la personnalité du roi.

Un jeune homme ivre surgit en titubant d'une allée, mince, les cheveux en bataille, et d'une grande beauté. Il traînait derrière lui, telle une petite brume personnelle, une odeur de charogne.

Henry s'était déjà nourri avec une prostituée avant le spectacle, mais même si ça n'avait pas été le cas, il n'aurait pas bu le sang de cet homme. Moins à cause de ces effluves inquiétants que de la lueur de folie qui brillait au fond de son regard sombre.

— Je vous demande humblement pardon…

Bien que sa voix soit celle d'un homme cultivé, il parvenait à peine à articuler.

— … mais j'ai passé la nuit en enfer, et j'ai quelques difficultés à revenir sur terre. Christopher Marlowe, ajouta-t-il avec une petite révérence, pour vous servir, milord. Auriez-vous quelques sous à m'octroyer pour boire ?

*
* *

— Christopher Marlowe, répéta doucement Henry à la nuit, plus de quatre cents ans après la mort de ce pauvre homme.

Roulant sur le dos, il regarda les nuages obscurcir le ciel. Bien qu'il ait lu la pièce dès sa publication posthume, en 1604, il se demanda pour la première fois ce soir quel genre de recherches Marlowe avait effectuées avant d'écrire son *Histoire tragique du Dr Faust*.

— Vicki, c'est Rajeet. Désolé d'appeler aussi tard. 23 h 15 un lundi soir, tu dois être couchée, mais j'ai pensé que tu aurais envie de connaître les résultats des examens. Il s'agit bien du même sang que pour Ian Reddick et Terri Neal. J'ignore ce que tu as découvert, mais j'espère que ça va t'aider.

5

Bien que la police se refuse à toute déclaration concernant l'affaire, le bureau du légiste a confirmé que Mark Thompson, la cinquième victime, a également été vidé de son sang après le meurtre. Un habitant de Saint Dennis Drive, qui a souhaité garder l'anonymat, assure avoir vu une chauve-souris géante voler devant son balcon quelques instants avant que le corps soit découvert.

Vicki froissa le journal en une grosse boule qu'elle lança sur le mur en face d'elle.

— Des chauves-souris géantes ! Tu m'étonnes qu'il veuille rester anonyme. Merde !

La sonnerie du téléphone lui fit faire un bond de plusieurs centimètres sur son fauteuil. Elle décrocha, et s'apprêtait à brailler « Quoi ? » quand elle se souvint qu'il pouvait s'agir d'un client.

— Détective privée Nelson, j'écoute.

— Vous avez vu le journal ?

Une voix de femme, jeune et vaguement familière.

— Qui est à l'appareil, je vous prie ?

— C'est moi, Coreen Fergus. Est-ce que vous avez lu le journal de ce matin ?

— Oui, Coreen, mais…

— Alors, vous y croyez cette fois ?

— Croire quoi ?

Vicki attrapa sa tasse de café. Elle sentait qu'elle allait en avoir besoin.

— Qu'il s'agit bien d'un vampire ! Il y a un témoin. Quelqu'un l'a vu ! s'écria Coreen, triomphante.

Vicki prit une longue inspiration.

— N'importe quoi peut passer pour une chauve-souris géante, Coreen. Un sac en plastique soulevé par le vent, l'ombre d'un avion, un vêtement tombant d'un balcon.

— Ou une chauve-souris géante. Vous allez interroger cette personne, n'est-ce pas ?

Le ton était plus affirmatif qu'interrogatif, et même si Vicki n'avait aucune envie de rechercher une source anonyme dans le dédale d'immeubles et de maisons autour de Saint Dennis Drive, elle devait reconnaître que discuter avec « cette personne » représentait une étape logique. Elle rassura donc Coreen, lui promit de l'appeler dès qu'elle aurait du nouveau et raccrocha.

— Autant chercher une aiguille dans une meule de foin, soupira-t-elle.

Mais il fallait le faire. Un témoin pouvait tout changer.

Elle termina son café et jeta un œil à sa montre. Elle devait vérifier une chose avant de se mettre en route. 8 h 43. Avec un peu de chance, Brandon serait à son bureau.

Il décrocha à la troisième sonnerie.

Après les salutations d'usage – de son côté du moins –, Vicki exposa la raison de son appel.

— … et nous savons tous deux que tu n'as pas tout dit à la presse.

— En effet, Victoria, admit le légiste. Et tu es bien placée pour comprendre qu'il m'est impossible de t'en dire plus à toi. Je suis désolé, mais tu n'appartiens plus à la police.

— Mais j'ai été engagée pour travailler sur cette affaire.

En quelques mots, elle résuma son entrevue avec Coreen, évitant néanmoins de mentionner le dernier coup de fil de la jeune fille et son opinion quant à la nature de l'assassin.

— Tu es engagée en tant que détective privée, Victoria. À ce titre, tu n'as pas le droit à plus de détails que n'importe quel citoyen.

Vicki retint un soupir et réfléchit à une meilleure approche. Quand Brandon Singh voulait dire non, il s'exprimait sans fioritures ni détours. S'il n'avait pas encore raccroché, cela signifiait qu'il était possible de le convaincre.

— Écoute, Brandon, tu connais mes états de service. Tu sais que si quelques personnes dans cette ville ont une chance de résoudre cette affaire, j'en fais partie. Et tu *veux* que cette affaire soit résolue. Je multiplierai mes chances d'y parvenir si je détiens toutes les infos.

— Certes, mais ça sent un peu le chantage.

— Le chantage ? Franchement, Brandon, tu crois que j'agirais ainsi si je n'étais pas persuadée que la sécurité de chaque habitant de Toronto est en jeu ? Je ne te demande pas de m'aider à retrouver un mari adultère, mais un meurtrier susceptible de frapper n'importe qui n'importe quand, lui rappela-t-elle en dessinant machinalement une chauve-souris sur le bloc devant elle.

D'un geste vif, elle arracha la page et la jeta dans la corbeille. Vu les circonstances, il y avait mieux que des chauves-souris comme motif décoratif.

— Sans compter que c'est à double sens, poursuivit-elle. Je te jure de prévenir aussitôt le service si je découvre quoi que ce soit.

— Je te crois, Victoria.

Le légiste marqua une pause, dont Vicki profita aussitôt :

— Avec un fou de ce calibre en liberté, penses-tu vraiment que la police peut se permettre de mépriser mon aide, même en tant que privée ?

— Tu as une haute opinion de toi-même, pas vrai ?

Au sourire qu'elle perçut dans sa voix, elle comprit qu'elle avait gagné. Le Dr Brandon Singh n'était pas du genre à négliger une ressource, et bien qu'il ait quelques réserves sur son style, trop intuitif à son goût, il devait admettre que « Victory » Nelson en représentait une, de qualité. Elle avait peut-être une haute opinion d'elle-même, mais pas sans raison.

— Parfait, concéda-t-il d'un ton solennel. Mais tu risques d'être déçue ; presque tout ce que nous savons est paru dans les journaux.

Il prit une longue inspiration. Vicki retint son souffle.

— Nous avons trouvé, lâcha-t-il enfin, sur toutes les blessures à l'exception de la première, une substance qui ressemble beaucoup à de la salive.

— Qui ressemble beaucoup à de la salive ? répéta-t-elle, incrédule. Je ne comprends pas. Qu'est-ce qui peut *ressembler* à de la salive ?

— Rien *a priori*. Sauf ça. En outre, toutes les victimes, y compris le jeune Reddick, avaient les trois quarts de la gorge arrachés.

— Je le savais déjà.

— Évidemment.

Un instant, Vicki craignit qu'il ne s'offense de son interruption, mais il enchaîna :

— Le dernier détail non communiqué à la presse concerne la troisième victime, DeVerne Jones. Il tenait quelque chose dans son poing : un morceau de tissu membraneux.

— Un tissu membraneux ?

— Oui ?

— Comme une aile de chauve-souris ?

— Très similaire, oui.

Ce fut au tour de Vicki d'inspirer un bon coup. Une substance qui ressemblait à de la salive et un morceau d'aile de chauve-souris.

— Je comprends pourquoi vous n'avez rien dit à la presse.

Celluci raccrocha et attrapa le journal, incapable de décider si le fait de tomber sur le répondeur lui avait rendu les choses plus faciles ou non. Peu importe ! Il s'était excusé, cela seul comptait. À présent, la balle était dans le camp de Vicki.

Dave Graham n'eut que le temps de s'emparer de sa tasse de café avant que son collègue la fasse tomber en frappant du poing sur le bureau.

— Tu as vu ces conneries ?

— La... euh... chauve-souris géante ?

— Rien à foutre de la chauve-souris ! Ces connards ont trouvé un témoin, et ils n'ont pas jugé utile de nous en faire part.

— Mais on va se rendre à Saint Dennis ce matin...

— Sûr...

D'un regard, Celluci fit comprendre à Dave qu'il était temps de se lever.

— ... mais on va faire un détour par le journal avant. Ce témoin est peut-être le déclic qui va enfin nous permettre de démarrer, et je n'ai pas l'intention de perdre mon temps s'ils ont un nom.

— Le nom de quelqu'un qui voit des chauves-souris géantes, marmonna Dave sans conviction.

Ce qui ne l'empêcha pas d'enfiler son manteau et d'emboîter le pas à son coéquipier.

— Tu crois qu'il pourrait vraiment s'agir d'un vampire ?

— Ne commence pas ! grommela Celluci.

— Qui est-ce ?

— La police, monsieur Bowan. Nous désirons vous parler.

Son insigne levé à hauteur du judas, Celluci attendit. Au bout d'un long moment, il entendit un bruit de chaîne, puis deux – non, trois – verrous qu'on tirait. Il recula quand la porte s'entrebâilla.

Le vieil homme les considéra, Dave et lui, de ses yeux chassieux.

— Vous êtes le sergent Michael Celluci ?

— Oui, mais…

Ce type avait une vue d'aigle ou quoi ? Comment avait-il réussi à déchiffrer son nom à travers le judas ?

— Elle m'avait prévenu que vous viendriez ce matin. Entrez, entrez.

Après avoir échangé un regard surpris, les deux policiers pénétrèrent dans le petit appartement. Tandis que le vieil homme refermait les verrous un à un, Celluci examina les lieux. Toutes les lampes étaient allumées et d'épaisses couvertures masquaient chaque fenêtre. Il y avait une bible sur le guéridon, juste à côté d'un verre de whisky. Quoi qu'ait vu le vieillard, cela l'avait suffisamment effrayé pour qu'il se terre chez lui en tentant de se réconforter.

Dave s'assit sur le divan avachi.

— Qui vous a prévenu de notre visite, monsieur Bowan ?

— La jeune femme qui vient de partir. Je suis étonné que vous ne l'ayez pas croisée sur le parking. Une fille charmante, très amicale.

— Et comment s'appelle cette fille charmante et très amicale ? s'enquit Celluci, les dents serrées.

Son interlocuteur eut un faible sourire.

— Elle m'avait aussi averti que vous réagiriez ainsi.

Secouant la tête, il prit la carte de visite sur la table et la lui tendit.

Dave se releva pour lire par-dessus l'épaule de son coéquipier, et eut à peine le temps d'apercevoir le nom avant que Celluci serre le poing.

— Qu'est-ce que Mlle Nelson vous a dit d'autre ?

— Oh, elle avait l'air de tenir à ce que je coopère avec vous, messieurs. Que je vous raconte tout. J'en avais bien l'intention, de toute manière, même si je ne vois pas ce que la police peut faire. Un exorciste ou un prêtre seraient plus adap…

Un bâillement qui faillit lui décrocher la mâchoire l'interrompit.

— Excusez-moi, mais je n'ai pas beaucoup dormi cette nuit. Voulez-vous du thé ? Il est encore chaud.

Après que les deux hommes eurent refusé, il s'installa dans un fauteuil râpé et les considéra tour à tour.

— Vous préférez me poser des questions, ou que je commence par le début et vous raconte tout avec mes mots à moi.

Commencez par le début, et racontez-nous tout avec vos mots à vous.

Celluci, qui avait entendu ces instructions dans la bouche de Vicki des centaines de fois, ne doutait pas de leur origine. Malgré lui, sa colère laissa place à une certaine admiration. Vicki possédait un sacré savoir-faire avec les témoins, et quelle qu'ait été l'humeur de M. Bowan à son arrivée, elle l'avait préparé à recevoir leur visite.

— Dites les choses comme elles vous viennent, nous vous arrêterons si nécessaire.

— D'accord.

M. Bowan se frotta les mains, visiblement ravi en dépit de sa peur, de répéter son histoire pour la deuxième fois devant un auditoire captivé.

— Il était un peu plus de minuit, je le sais parce que j'éteins toujours la télé à minuit pile. Donc, je m'apprêtais à aller me coucher et j'avais déjà éteint, quand je me suis dit que je ferais peut-être bien de sortir voir sur le balcon s'il n'y avait pas de problème. Juste au cas où, ajouta-t-il en se penchant en avant. On a déjà eu des ennuis avec des gosses qui traînaient dans le coin.

Tandis que Dave approuvait d'un signe de tête, Celluci dissimula un sourire. De toute évidence, M. Bowan passait pas mal de temps sur son balcon à surveiller les alentours… et les voisins. L'étui à jumelles à côté de son fauteuil l'attestait.

La nuit dernière, il avait à peine posé le pied sur le balcon qu'il avait compris qu'il se passait quelque chose d'anormal.

— À cause de l'odeur. On aurait dit des œufs pourris, en pire. C'est alors que je l'ai vue, énorme et d'une laideur sans nom. Elle était si près que j'aurais pu la toucher – encore aurait-il fallu que je sois aussi sénile que le croit ma belle-fille. Ses ailes devaient mesurer dans les deux mètres, deux mètres cinquante d'envergure.

Il marqua une pause pour donner plus de poids à ses propos.

— La chauve-souris géante. Nosferatu. Le vampire. Quand vous trouverez sa tombe, messieurs, vous aurez votre assassin.

— Pourriez-vous nous décrire cette créature ?

— Si vous voulez savoir si je serais capable de la reconnaître parmi d'autres, non. Pour être franc, tout s'est passé tellement vite que je n'ai aperçu que sa silhouette. Mais laissez-moi vous dire, enchaîna-t-il, une note d'épouvante dans la voix, cette chose possédait des yeux comme je n'en ai jamais vu sur aucune créature vivante. Jaunes, et froids comme la mort. Je suis sûr que s'ils m'avaient repéré, je ne serais plus là pour vous en parler. C'était le mal à l'état pur, pas cette sorte de mal dont font preuve les hommes, mais celui, dépourvu d'humanité, qui vient du diable lui-même.

Avalant sa salive avec difficulté, il les fixa l'un après l'autre.

— Rien ne vous oblige à me croire – ce journaliste à qui j'ai tout raconté quand je suis descendu après avoir entendu les sirènes ne m'a pas cru – mais, moi, je sais ce que j'ai vu et ce que j'ai senti.

Aussi fort soit son désir de se rallier à l'opinion du reporter qui avait décrit M. Bowan comme un vieux chnoque amusant, Celluci ne parvenait pas à mettre en doute les paroles de son interlocuteur. Quelque chose dans le ton ou l'expression de ce dernier lui flanquait la chair de poule, et si sa raison refusait de s'y laisser prendre, son instinct, lui, n'était pas loin de le faire.

Il aurait aimé en discuter avec Vicki, mais il ne lui donnerait pas cette satisfaction.

— Seigneur, je déteste ces machines !

L'enregistrement restitua parfaitement le long soupir exaspéré qui suivit.

— D'accord, j'aurais réagi à peu près pareil. Je me serais montré aussi emmerdant. Donc, on dit que j'ai raison et toi aussi, et on oublie tout.

La bande crachota quelques secondes, laissant les bruits environnants – deux hommes qui se disputaient, le staccato d'une vieille machine à écrire et les sonneries de téléphone incessantes – venir au premier plan. Puis la voix de Celluci reprit, juste assez agacée pour attester qu'il ne plaisantait pas :

— Et arrête de harceler mon coéquipier pour obtenir des informations. C'est un brave type, tu lui fiches des palpitations.

Il raccrocha sans la saluer.

Vicki contempla le répondeur en souriant. Question excuses, Mike Celluci n'était pas plus doué qu'elle. Sans doute estimait-il s'être montré aimable. Le pire, c'était qu'il avait de toute évidence laissé ce message *avant* de se rendre chez M. Bowan. Elle préférait ne pas songer à ce que ç'aurait été après.

Elle n'avait eu aucun mal à retrouver le témoin anonyme du journal.

— C'est le vieux Bowan que vous cherchez, lui avait indiqué la première personne qu'elle avait interrogée dans le quartier. Si quelqu'un a vu quelque chose par ici, ça peut être que lui. Toujours à fourrer son nez dans les affaires des autres.

Sur quoi, le jeune homme lui avait indiqué le 25, Saint Dennis Drive d'un mouvement de tête si énergique que sa capuche lui était tombée sur ses yeux.

Quant au témoignage du vieux Bowan… Si déplaisante cette idée soit-elle, Vicki commençait à se demander si Coreen n'avait pas vu juste.

Elle hésita un instant à appeler Celluci. Ils pourraient partager leurs impressions sur le vieil homme et la « créature » qu'il avait décrite… Sauf qu'à en juger par le ton de sa voix sur le répondeur, Celluci n'était pas d'humeur à partager quoi que ce soit aujourd'hui. Mieux valait lui laisser le temps de se calmer.

Dépliant le plan de Toronto, qu'elle venait d'acheter, sur la table de la cuisine, elle se mit au travail.

Elle traça un premier cercle autour de la station d'Eglinton West, un deuxième aux environs de l'immeuble de *Sigman*, sur Clair West Street, et un troisième qui englobait le site de construction de Symington Avenue, là où DeVerne Jones avait été assassiné. Les trois lieux, remarqua-t-elle, étaient situés à l'extérieur du centre-ville, dans ces anciens petits villages que la ville avait absorbé au cours de son incessante expansion. Elle les joignit par une ligne. Si l'on tenait compte des petites inexactitudes concernant l'emplacement du premier et du deuxième, la droite traversait les trois cercles suivant un axe sud-ouest/nord-ouest.

Les deux derniers meurtres, en revanche, semblaient n'avoir aucun lien avec les précédents, mais plutôt commencer une nouvelle ligne.

Et ce n'était pas tout.

— Personne ne serait à ce point stupide, murmura-t-elle en allant chercher une règle dans le tiroir de son bureau.

La distance entre les deux premiers crimes correspondait grosso modo à celle qui séparait le quatrième du cinquième – une similitude inexacte en termes purement mathématiques, mais assez importante pour éliminer la thèse de la coïncidence.

— Personne ne serait à ce point stupide, répéta-t-elle en se frappant la paume de la règle.

La seconde droite suivait un axe nord-ouest/sud-est, et tenait dans un cercle dont le centre se situait à l'angle de Woodbine et Mortimer. Vicki était prête à parier qu'entre minuit et le lever du jour, un sixième corps viendrait achever le tracé.

Les lignes se rencontraient à l'ouest de l'université de York.

Leur croisement indiquait-il le lieu du prochain meurtre ?

Vicki remonta ses lunettes sur son nez, plissa le front. C'était trop simple. Il devait y avoir un piège.

— D'accord…

Elle reposa la règle pour énumérer sur ses doigts :

— Éventualité numéro un : le tueur veut qu'on le trouve. Éventualité numéro deux : il a élaboré un schéma au hasard, et s'amuse comme un petit fou à l'idée que ces crétins de flics vont perdre du temps et de l'énergie à essayer de lui trouver un sens.

Une possibilité qui, soit dit en passant, la concernait également.

— Et éventualité numéro trois…

Elle contempla son majeur comme s'il allait lui fournir une réponse.

— … nous poursuivons un vampire, et n'avons aucun moyen de savoir ce qui se passe dans la tête de ce genre de créature.

Celluci était tout aussi capable qu'elle de tracer des lignes sur une carte, néanmoins, elle décrocha son téléphone. Parfois, il ne voyait pas ce qui crevait les yeux.

Elle fut étonnée de le trouver à son bureau. Sa réaction, en revanche, ne la surprit pas.

— Ce n'est pas aux vieux singes qu'on apprend à faire des grimaces, Vicki.

— Dans ce cas, je suppose que les meilleures équipes se trouveront à l'angle de Mortimer et de Woodbine cette nuit.

— Suppose ce qui te plaît, je ne peux pas t'en empêcher, mais si tu penses te pointer sur place avec ton kit de détective, autant te prévenir que tu risques d'avoir des ennuis.

— Qu'est-ce que tu comptes faire ? M'arrêter ? répliqua-t-elle, furieuse.

Comment osait-il lui dicter sa conduite ?

— Si nécessaire, oui. Tu ne fais plus partie de la police, tu ne vois quasiment rien la nuit, et tu as dix fois plus de chances de finir en cadavre qu'en héros.

— Je n'ai pas besoin que tu me maternes, Celluci !

— Alors, comporte-toi en adulte et reste chez toi !

Ils raccrochèrent quasiment en même temps. Il savait qu'elle viendrait, et elle savait qu'il le savait. En outre, elle ne doutait pas un instant que si, par malheur, leurs chemins se croisaient, il trouverait un prétexte pour l'arrêter afin de la protéger.

Il avait raison : la nuit, elle était pratiquement aveugle. Mais la police cherchait un homme, et désormais, elle avait la certitude que l'auteur de ces crimes n'était pas humain. Alors, aveugle ou non, elle se rendrait là-bas.

En attendant, ça ne ferait pas de mal de se renseigner sur ce qui se disait dans la rue.

— Au moins, il ne m'a pas hurlé dessus pour Bowan.

— Yo, Victory, ça fait un bail qu'on t'a pas vue.

— Environ deux mois. Comment va, Tony ?

Le jeune homme haussa les épaules.

— Je m'en sors.

— Tu es clean ?

Il lui jeta un regard de biais.

— Je croyais que t'étais plus flic. Je suis pas obligé de te répondre.

Vicki haussa les épaules à son tour.

— En effet, tu n'es pas obligé.

Ils marchèrent côte à côte en silence, se frayant un chemin parmi la foule qui montait et descendait Yonge Street. Comme ils s'arrêtaient au feu pour traverser Wellesley, Tony poussa un soupir.

— C'est bon, je suis clean. T'es contente ? Tu vas te tirer et me foutre la paix maintenant ?

Elle lui sourit.

— Tu crois vraiment que c'est aussi simple ?

— Pas avec toi, c'est sûr. Écoute…

Il désigna un restaurant à l'angle, un peu moins branché que la moyenne du quartier.

— … si tu veux pas me lâcher, paye-moi au moins à bouffer.

Elle l'invita à déjeuner, refusant cependant de lui offrir la bière qu'il avait commandée, et l'interrogea sur ce qui se disait dans la rue.

— À propos de quoi ? demanda-t-il en enfournant une énorme bouchée de purée. Sexe ? Drogue ? Rock'n'roll ?

— Les mauvaises rencontres nocturnes.

— Ah, le vampire.

Vicki avala une gorgée de café tiède et attendit. Depuis des années, Tony lui servait d'yeux et d'oreilles. Ce n'était pas vraiment un indic, plutôt un baromètre des humeurs et des émotions de la ville, et bien qu'il n'ait jamais dénoncé personne, ses indications l'avaient plus d'une fois orientée dans la bonne direction. Aujourd'hui âgé de dix-neuf ans, il en avait quinze la première fois qu'elle avait acheté ses services.

Il étala méthodiquement une couche de beurre d'un centimètre d'épaisseur sur son dernier morceau de pain.

— Ce qu'on raconte, c'est que, sur ce sujet, les journalistes ont raison.

— Quand ils parlent de vampire ?

Il la considéra de son regard bleu.

— Le tueur n'est pas humain, voilà ce que tout le monde croit. Il boit le sang de ses victimes, pas vrai ? Les flics l'auront jamais parce qu'ils cherchent un mec.

Il sourit.

— Les flics de cette ville valent pas un pet de lapin. C'est pas comme autrefois.

— Merci.

Tout en le regardant racler son assiette, elle enchaîna :

— Tony, est-ce que tu crois aux vampires ?

Il sortit un minuscule crucifix de sous son col de chemise.

— Je crois surtout au fait de rester en vie.

Dehors, elle voulut savoir s'il avait besoin d'argent. Puisqu'il refusait qu'elle l'aide à sortir de la rue, elle lui offrait ce qu'il était prêt à accepter. Celluci appelait ça « l'argent de la culpabilité des petits bourgeois blancs ». Il avait sans doute raison, mais elle s'en moquait.

— Non, répondit-il en repoussant une mèche châtain de son front. Je me débrouille pour le fric.

— Tu fais le trottoir ?

— Pourquoi tu poses la question ? De toute façon, t'as plus le droit de m'arrêter. À moins que t'aies envie que je te fasse un prix ?

— J'ai surtout envie de te gifler. Tu n'es pas au courant qu'il y a une épidémie ?

Il s'écarta souplement, hors de portée de main.

— Eh ! je fais gaffe. Comme je te l'ai dit, ajouta-t-il, l'air soudain beaucoup plus vieux que son âge, je crois au fait de rester en vie.

— Vicki, je me fous de ce que pense ton gourou du tapin et de ce qui se raconte dans la rue ; les vampires n'existent pas, et tu perds la boule !

Vicki éloigna le récepteur de son oreille avant que Celluci coupe brutalement la communication. Secouant la tête, elle raccrocha à son tour. Bon, elle lui avait dit. Et il avait réagi comme prévu. Au moins était-elle en paix avec sa conscience.

— Et il ne s'agit pas de croire aux vampires, argumenta-t-elle pour son propre compte, mais de garder l'esprit ouvert.

« Car, moi aussi, je crois au fait de rester vivante », songea-t-elle en repensant au crucifix de Tony.

À ses pieds, était posé l'énorme sac contenant ses emplettes de l'après-midi.

À 23 h 48, Vicki émergeait du bus sur Woodbine, à quelques mètres du croisement avec Mortimer. À l'angle, elle s'adossa à la vitrine d'une boutique de jardinage, le temps que ses yeux s'habituent à la pénombre. Là, sous le réverbère, sa vue était encore fonctionnelle, mais un peu plus loin, entre deux sources lumineuses, les formes deviendraient moins nettes. Et une fois sortie de la rue principale, ce serait pire. Afin de ne pas être prise au dépourvu, elle sortit sa torche.

Quand le feu passa au rouge, elle traversa. Il n'y avait pas plus de raison que la créature apparaisse d'un côté de la rue que de l'autre, mais avec le temps, elle avait pris l'habitude de se laisser guider par son intuition.

Se souvenant que l'épicerie située plus haut dans la rue restait ouverte la nuit, elle prit cette direction.

Elle en profiterait pour poser quelques questions, acheter un paquet de chips, et voir si… Merde ! Deux types de la Criminelle se trouvaient déjà à l'intérieur du magasin. Ils discutaient avec un adolescent à l'air buté qui, à première vue, n'était pas le propriétaire. Les yeux larmoyants à cause de la brusque luminosité des néons, Vicki dévala les six marches du perron plus rapidement qu'elle ne les avait montées, avisa la voiture banalisée sur le parking, et fila dans le sens opposé, quasiment certaine que Celluci avait prévenu ses hommes à son sujet.

Les maisons qui longeaient la rue étaient toutes bâties sur le même modèle : petites, non mitoyennes, à un étage. Le style de quartier à attirer un vampire ? À vrai dire, elle aurait été surprise que la créature fasse son apparition sur Woodbine : l'artère était trop éclairée, trop passante. Elle misait plutôt sur l'une des allées résidentielles juste derrière.

À la hauteur de Holborne, sans raison précise, elle bifurqua vers l'ouest. Les lampadaires étaient plus espacés à présent, l'obligeant à presser le pas d'une flaque de lumière à une autre – et à faire confiance à l'efficacité des services d'entretien municipaux de la voirie. Soudain, son pied heurta un monticule de terre. Son sac glissa de son épaule, lui heurta douloureusement le genou. Promenant sa torche autour d'elle, elle s'aperçut alors qu'elle se trouvait devant une maison en construction. Le genre d'endroit où la créature avait déjà frappé. Pourtant, de manière inexplicable, elle sentait que cela ne se produirait pas ici. Elle se remit en marche.

Le hurlement inattendu d'une sirène lui fit faire volte-face, le souffle court, sa torche brandie devant elle telle une arme. Au coin, un camion de pompiers sortit de la caserne et, dans un crissement de pneus, vira en direction de Woodbine.

— Un peu à cran, Vicki ? murmura-t-elle pour elle-même avant de prendre une longue inspiration.

Le sang lui battait aux tempes, ses paumes étaient moites dans ses gants. Les jambes en coton, elle marcha vers le réverbère le plus proche et s'y adossa.

Il éclairait presque la maison d'à côté, sans lui permettre cependant de la distinguer. Tout ce qu'elle apercevait, c'était un carré de pelouse bien net malgré les dernières pluies et une haie de rosiers taillés pour l'hiver. Une bonne partie des habitants du quartier devaient être d'origine italienne ou portugaise, estima-t-elle, car les uns et les autres prenaient toujours grand soin de leurs jardins. Si c'était le cas, il y avait sûrement des icônes de saints et des statues de la Vierge ou du Christ dans chaque pièce.

De telles images auraient-elles un effet répulsif sur un éventuel vampire ?

À l'extrémité de la rue, deux faisceaux lumineux, tels des yeux jaunes trouant l'obscurité, lui indiquèrent qu'une voiture avançait lentement vers elle. Il n'y avait que la police pour rouler à cette allure la nuit… Luttant contre son envie de bondir sur le bas-côté, Vicki se remit en marche et emprunta l'allée qui menait à la maison la plus proche en feignant de chercher ses clés dans son sac.

La voiture glissa derrière elle dans un ronronnement de moteur.

Avec un soupir de soulagement, elle revint sur le trottoir, consciente que sa chance ne durerait pas. Visiblement, les hommes de Celluci avaient envahi la zone et, tôt ou tard, elle finirait par croiser quelqu'un qu'elle connaissait – sinon Celluci en personne.

Tout en poursuivant sa route, elle fignola son argumentation au cas où on lui demanderait ce qu'elle fichait à rôder dans les rues en pleine nuit au milieu d'une chasse à l'homme. « Je me suis dit qu'une paire d'yeux supplémentaires ne vous ferait pas de mal. » À elle non plus, d'ailleurs… « Je doute que vous soyez prêt à affronter un vampire. » Comme si sa présence allait dissuader ce dernier de s'abattre sur eux telle une chauve-souris sur sa proie ? « Vous n'avez pas le droit de m'interdire d'aller où bon me semble. » Bien sûr, qu'ils l'avaient. Comme celui d'empêcher quiconque de se suicider.

Mais alors, que faisait-elle ici ? Venir se jeter ainsi dans la gueule du loup était à peu près aussi stupide que de foncer seule dans une station de métro pour affronter Dieu sait quoi. Que cherchait-elle à prouver ?

Qu'en dépit de tout, elle avait toujours un rôle actif dans la société ? Elle haussa les épaules. D'un autre côté, il y avait beaucoup d'autres actifs dans la société qu'elle ne risquait pas de croiser ici cette nuit.

Ce qui la ramena à sa précédente interrogation : que cherchait-elle à prouver ?

Trop compliqué pour ce soir, décida-t-elle. La situation était déjà assez difficile sans qu'elle en rajoute avec de l'introspection.

Au croisement de Woodmount, elle s'arrêta, inspira une longue goulée d'air froid. La nuit sentait la terre humide. Une odeur qu'elle aimait en général, mais qui, ce soir, lui évoqua une tombe, l'obligeant à resserrer son col avec un frisson. Elle entendait au loin la rumeur de la circulation. Un chien aboya.

Devant elle s'alignaient les globes pâles des réverbères. Rien ne distinguant une direction d'une autre, elle tourna à gauche pour repartir vers le sud.

Une portière claqua.

Son cœur bondit dans sa poitrine. C'était *ça*, elle en était certaine. Plus certaine qu'elle l'avait jamais été de sa vie.

Elle se mit à courir, limitant juste un peu son allure de peur de percuter un obstacle ou de tomber dans un trou. Seuls les halos lumineux des lampes lui permettaient de se repérer – elle avait éteint sa torche pour ne pas interférer avec eux. Arrivée à hauteur de Baker Street, elle s'immobilisa.

Par où maintenant ? Ses quatre autres sens en alerte pour pallier sa vue défaillante, elle se concentra.

Un grincement métallique sur du bois ; des ongles forcés de relâcher leur prise.

Est. Elle pivota pour foncer dans cette direction, trébucha, tomba, se releva, et s'élança de nouveau, faisant confiance à ses pieds pour trouver le chemin qu'elle était incapable de distinguer. Un peu plus loin, une ombre glissa dans son champ de vision – quelque chose traversait son chemin ! L'ombre disparut dans une allée étroite entre deux maisons, et au moment où, poussée par son instinct de chasseur, Vicki s'engouffrait à sa suite, elle aperçut les feux arrière d'une voiture à une centaine de mètres.

Une odeur nauséabonde empuantissait l'air, comme si une charogne pourrissait au bout de l'allée. Vicki pensa aussitôt à cette vieille femme assassinée dans sa petite chambre le premier juillet, et dont on avait retrouvé le corps fin août.

Elle perçut le grondement de moteur qui s'amplifiait, le crissement du gravier, et un bruit qu'elle refusa d'identifier.

La présence maléfique qu'elle avait sentie dans le métro n'était qu'une persistance, une image rémanente de celle qui l'attendait ici.

Une silhouette aux contours indéfinissables se dessina alors entre elle et les feux du véhicule.

Se guidant d'une main sur le mur en fausse brique, sa torche serrée dans l'autre comme une lance, Vicki remonta l'allée au pas de course, insensible à la petite voix dans sa tête qui lui ordonnait d'arrêter.

Quelque chose cria. Le son strident la fit reculer d'une dizaine de pas.

Tous les chiens du quartier se mirent à hurler à la mort.

Glacée de transpiration, la gorge nouée par la peur, Vicki s'obligea à poursuivre sa route.

À moitié affalée sur le capot d'une voiture, elle alluma sa torche.

L'horreur tremblota juste à la limite du faisceau lumineux, là où une porte de garage en bois pendait à une charnière à demi arrachée. Un noyau de noirceur pure tourbillonna dans l'obscurité, et l'esprit de Vicki s'en détourna si vite et dans une telle panique qu'il la persuada qu'il n'y avait rien du tout.

À quelques pas, un jeune homme accroupi avait replié le bras devant ses yeux pour se protéger du faisceau aveuglant de sa torche. À ses pieds était allongé un barbu d'une trentaine d'années, la gorge arrachée. Le sang qui s'écoulait encore de la plaie béante s'épaississait en coagulant sur le gravier. Il était mort avant de toucher le sol, devina-t-elle à sa position ; seuls les morts s'effondraient dans une si totale indifférence au corps qu'ils ressemblaient à des marionnettes désarticulées.

Un seul regard suffit à Vicki pour décrypter la scène. Alors, le jeune homme se leva, son manteau ouvert flottant autour de lui telles deux grandes ailes noires. Il fit un pas vers elle, le visage grimaçant, les yeux plissés. Ses mains étaient rouges de sang.

Tout en plongeant dans son sac pour en sortir le lourd crucifix d'argent qu'elle avait acheté l'après-midi même – et n'avait jamais vraiment envisagé d'utiliser –, Vicki ouvrit la bouche pour appeler des renforts. Ou hurler de terreur. Elle ne le sut jamais, car l'homme fit un pas supplémentaire, et tout devint noir.

Henry rattrapa la jeune femme au vol et l'allongea sur les graviers. Il regrettait d'avoir dû agir ainsi, mais il ne pouvait prendre le risque de la laisser crier. Il y avait trop de choses que la police ne comprendrait pas.

« Elle m'a vu me pencher sur le corps », songea-t-il en éteignant la torche avant de la jeter dans le grand cabas sombre. Après avoir eu la sensation d'être brûlées au fer rouge, ses pupilles hypersensibles accueillirent avec soulagement le retour de l'obscurité. « Elle m'a vu assez longtemps pour me reconnaître, dut-il admettre. Bon sang ! » La raison lui soufflait de la tuer. Avec sa force, il n'aurait pas trop de mal à imiter les autres meurtres. Alors, il serait de nouveau en sécurité.

Des sirènes de police résonnèrent dans la nuit, se rapprochant à toute allure.

— Bon sang ! répéta-t-il, à voix haute cette fois.

Un claquement de portière au bout de l'allée lui rappela qu'il n'avait pas de temps à perdre. Mettant un genou à terre, il souleva la jeune femme, la fit basculer sur son épaule, ramassa son sac, et fila. Son poids ne lui posait pas de problème – comme tous ceux de son espèce, il possédait une force exceptionnelle –, sa taille, en revanche, nuisait à son agilité.

— Fichu siècle d'échalas, maugréa-t-il en bondissant par-dessus la barrière au fond du jardin.

6

À genoux sur le sol, Henry vida le contenu du cabas noir sur la table basse et fouilla dedans, à la recherche d'un passeport, d'une carte d'identité, d'un portefeuille, de n'importe quoi.

Rien.

Comment était-ce possible ? De nos jours, plus personne ne se déplaçait sans papiers, pas même ceux qui ne sortaient que la nuit. Il dénicha finalement la carte d'identité et le portefeuille dans une poche latérale du sac.

Victoria Nelson, détective privée

Une détective. Ouf ! Il avait eu peur qu'il ne s'agisse d'un policier en civil. Auquel cas, il aurait dû se préparer à une gigantesque chasse à l'homme. Tandis qu'un détective était un citoyen comme les autres – qui, dans le cas présent, ne devait même pas être encore porté disparu.

Tout en se redressant, Henry contempla la femme inconsciente sur le canapé. Il détestait tuer, mais si sa survie en dépendait, il n'hésiterait pas une seconde. Heureusement, cette fois, ce ne serait pas nécessaire.

Après avoir ôté son manteau, il réfléchit à l'histoire qu'il lui raconterait au réveil…

… si elle se réveillait.

Les battements de son cœur qui emplissaient l'appartement de leur rythme deux fois plus rapide que le sien lui ouvraient l'appétit. Une chance qu'il ait l'habitude de maîtriser ses instincts.

Il consulta sa montre : 2 h 13. Le jour se lèverait dans quatre heures. Si elle était commotionnée…

Il espérait bien que non, mais, contrairement à ce qu'on voyait au cinéma ou à la télé, mettre quelqu'un K.-O. n'était pas si facile. Bien qu'un entraînement sporadique sur plusieurs siècles lui ait appris où et comment frapper, aucune expérience n'empêcherait jamais le cerveau de cogner contre les os du crâne, créant un traumatisme difficile à évaluer pour les tissus.

Plutôt plaisante, nota-t-il en l'examinant plus attentivement. Malgré une trace d'obstination évidente dans la ligne de la mâchoire. Il jeta un nouveau coup d'œil sur sa carte d'identité. Trente et un ans. Pas un seul fil blanc dans ses courts cheveux blond foncé – ou châtain clair ?… Il fronça les sourcils, incapable de trancher –, mais de fines rides d'expression au coin des yeux. À l'époque où il était « vivant », on était dans la force de l'âge à trente et un ans. Aujourd'hui, on commençait à peine sa vie d'adulte.

Elle n'était pas maquillée, ce qu'il appréciait. Un léger hâle donnait à ses joues l'aspect du velours.

Sa douceur également… Henry retira vivement la main. Il s'agissait de désir, pas de besoin, et il refusait de laisser son appétit le contrôler.

Les muscles du visage de la jeune femme frémirent, elle ouvrit les yeux. Comme ses cheveux, ils possédaient une teinte indéfinissable, entre le bleu, le gris et le vert. Elle s'humecta les lèvres et croisa son regard sans la moindre trace de frayeur.

— Espèce de salaud, articula-t-elle clairement, avant de grimacer.

Vicki retrouva peu à peu ses esprits, et avec eux, le besoin de savoir où elle se trouvait et comment elle était arrivée là. Mais ses pensées s'effilochaient, tandis que le martèlement douloureux dans son crâne semblait s'amplifier. Dieu qu'elle avait mal ! Et douleur était synonyme de danger. Il fallait absolument qu'elle retrouve…

Un visage masculin apparut devant le sien. Elle le reconnut aussitôt.

— Espèce de salaud, articula-t-elle, avant de grimacer de douleur.

Les mots, le mouvement de sa mâchoire, avaient décuplé les coups de marteau dans sa tête. Elle essaya de les ignorer. La dernière fois qu'elle avait vu cet homme, il venait d'égorger quelqu'un et s'apprêtait à l'attaquer. Même si elle ne se rappelait rien, il était évident qu'il l'avait mise K.-O. et emmenée jusqu'ici.

Elle tenta d'apercevoir la pièce derrière lui, mais il faisait trop sombre pour qu'elle distingue quoi que ce soit. Quelles informations susceptibles de l'aider possédait-elle ?

« Je suis habillée, étendue sur un canapé en compagnie d'un tueur fou, et même si le reste de mon corps semble en bon état, ma tête est au bord de l'éclatement », résuma-t-elle. Ne voyant qu'une seule chose à faire, elle tenta de se lever.

C'était compter sans la gravité.

Lorsqu'elle heurta le sol, un arc-en-ciel de couleurs explosa sous ses paupières, et elle sombra de nouveau dans l'inconscience.

Lorsqu'elle reprit connaissance, Vicki sentit que, cette fois, elle avait retrouvé ses esprits. Elle décida de garder les yeux fermés.

— C'était stupide de faire ça, remarqua une voix masculine quelque part sur sa gauche.

Elle ne protesta pas.

— C'est sans doute difficile à croire, mais je ne vous veux aucun mal.

À sa propre surprise, elle le croyait. À cause de son intonation, peut-être. Ou du timbre de sa voix. Ou du sac de glaçons contre sa joue. À moins que son cerveau en ait pris un coup, ce qui semblait plus que probable.

— Je n'ai jamais eu l'intention de vous blesser. Je suis désolé pour ça, poursuivit-il en déplaçant un peu le sac de glace, mais je n'avais pas le temps de vous expliquer.

Elle ouvrit les paupières.

— M'expliquer quoi ?

Le visage de l'homme apparut dans son champ de vision, pâle ovale dans la pénombre. Elle regretta de ne pas le distinguer mieux.

— Je n'ai pas tué cet homme. J'ai trouvé le corps juste avant vous.

— Ah oui ?

Soudain, elle comprit ce qui clochait.

— Où sont mes lunettes ?

— Vos… ? Oh.

L'ovale disparut, revint un instant plus tard.

Elle ferma les paupières le temps qu'il glisse les branches derrière ses oreilles et pose délicatement la monture sur son nez. Quand elle les rouvrit, les choses ne s'étaient pas améliorées de manière significative.

— Vous pouvez allumer ?

Vicki perçut sa perplexité comme il se levait. De toute évidence, elle ne réagissait pas comme il s'y attendait : s'il espérait l'effrayer, il faudrait qu'il essaie plus tard, pour l'instant, elle avait trop mal au crâne pour éprouver une peur quelconque. D'autant que, s'il se révélait être l'assassin, il n'y avait pas grand-chose qu'elle puisse faire dans l'immédiat.

La lumière, bien que très insuffisante, lui permit de discerner la pièce autour d'elle. De là où elle se trouvait, elle avait vue sur une chaîne stéréo haut de gamme et une partie de bibliothèque avec des portes vitrées. Lentement, en veillant à ne pas bouger la tête, elle s'assit.

— Vous êtes sûre que c'est prudent ?

Il ne ressemblait pas à un tueur fou. « D'accord, Vicki, ironisa-t-elle, toi qui es tellement maligne, dresse-nous donc en quelques mots le portrait d'un tueur fou. » Il avait un regard bleu profond, des cils et des sourcils plus roux que ses cheveux blond vénitien, un visage plein – le genre qu'on qualifie d'honnête –, et une bouche au tracé sensuel. Séduisant, sans aucun doute. Elle évalua sa taille par rapport à la chaîne stéréo. Mais petit.

— Alors, commença-t-elle d'un ton détaché en s'adossant avec précaution contre les coussins du canapé.

Parler avec eux, conseillait le manuel. *Gagner leur confiance.*

— … pourquoi devrais-je vous croire quand vous me dites que vous n'avez pas égorgé cet homme ?

Henry s'approcha pour lui tendre la poche de glace.

— Vous étiez juste derrière moi, répondit-il d'un ton calme. Vous avez forcément vu.

Vu quoi ? Elle avait vu le cadavre, lui penché dessus, les phares de la voiture, la porte du garage arrachée, et l'obscurité autour. « Un noyau de noirceur qui tourbillonne dans l'obscurité, puis s'évanouit », se souvint-elle. Non. Elle secoua la tête. Déclenchant une nouvelle vague de douleur et, avec elle, la même vision fugitive. *Un noyau de noirceur pure tourbillonnant dans l'obscurité, puis s'évanouissant.* Le souffle coupé, elle lutta contre les mains puissantes qui la maintenaient.

— Non…

— Si.

Peu à peu, sous la force de son regard et de son contact, elle s'apaisa.

— Qu'est-ce… ?

Elle humecta ses lèvres sèches.

— Qu'est-ce que c'était ?

— Un démon.

— Les démons ne…

Un noyau de noirceur qui tourbillonne dans l'obscurité, puis s'évanouit.

— Oh.

Henry se redressa, il souriait presque. De l'extérieur, il avait tout suivi : son refus d'affronter les faits, son acceptation de l'évidence, la façon dont elle avait changé sa vision du monde pour l'intégrer. Elle n'en avait aucune envie, mais elle l'avait fait. Il était impressionné.

Vicki respira profondément. D'accord, un démon. C'était là une réponse qui, quoique d'une manière atroce, expliquait un certain nombre de choses.

— Que faisiez-vous là-bas ?

Sa voix était presque redevenue normale, nota-t-elle avec une pointe de soulagement.

Il hésita. Que répondre ? Bien qu'elle ne soit pas très réceptive – ce dont il ne pouvait la blâmer –, elle n'était pas non plus ouvertement hostile. Il opta pour la vérité, sans pour autant se mettre en danger.

— Je pourchassais le démon. Mais je suis arrivé une seconde trop tard. Je l'ai empêché de se nourrir, mais pas de tuer. Et vous, mademoiselle Nelson, enchaîna-t-il en fronçant les sourcils, que faisiez-vous là ?

Apparemment, il avait trouvé sa carte d'identité. C'est alors que Vicki remarqua ses affaires répandues sur la table basse. Parmi elles, l'ail, le sachet de graines de moutarde, le crucifix et la bible ridiculement exposés à la vue. Elle haussa les épaules.

— Je cherchais un vampire

À son grand étonnement, elle vit son ravisseur – le chasseur de démon – contempler d'un regard incrédule le contenu de son sac comme s'il le voyait pour la première fois, puis éclater de rire.

*
* *

Henry, duc de Richmond, avait senti ses yeux fixés sur lui tout au long du repas. Mais chaque fois qu'il essayait de croiser son regard, elle baissait vivement les paupières et, ses longs cils noirs caressant presque sa joue de porcelaine, fixait son assiette d'un air sage. Il lui semblait l'avoir vue esquisser un sourire, mais peut-être n'était-ce qu'un jeu de lumière.

Tandis que sir Thomas, à sa gauche, poursuivait son monologue interminable sur les moutons, il tritura une grappe de raisin en essayant de deviner qui pouvait être cette femme. Elle devait faire partie des membres de la noblesse locale invités à Sheriffhuton pour la journée, car autrement il l'aurait déjà remarquée à Londres. D'après le peu qu'il en voyait, elle portait une robe noire. Était-elle veuve ou avait-elle choisi cette couleur parce qu'elle mettait son teint en valeur ? Dans ce cas, il y avait sûrement un mari dans les parages.

Pour la première fois depuis des semaines, il se réjouissait que Surrey ait renoncé à séjourner à Sheriffhuton avec lui. Les femmes ne le regardaient jamais lorsqu'il était là…

Là, elle souriait, il en était certain. Il essuya ses mains poisseuses de raisin sur ses chausses et saisit son verre, vidant le contenu de la délicate coupe vénitienne d'un seul trait. Il ne pouvait plus attendre.

— Sir Thomas.

— … évidemment, le meilleur bélier dans ce cas est… Oui, milord ?

Henry se pencha vers le vieux chevalier ; inutile que toute la table entende, on se gaussait assez de lui. Déjà qu'il n'avait jamais vraiment réussi à faire oublier le petit couplet que Will Sommers avait composé à son propos : De son père, il a la figure/mais ne sait conserver la royale stature.

— Sir Thomas, murmura-t-il, qui est cette jeune femme assise près de sir Giles et son épouse ?

— Une femme, milord ?

— Oui, une femme.

Le jeune duc s'efforça de garder un ton calme et posé. Sir Thomas était un serviteur valeureux qui avait prouvé sa loyauté en tant que grand chambellan de Sheriffhuton pendant toutes les années que lui-même avait passées en France. D'ailleurs, son âge seul méritait le respect.

— Celle en noir, à côté de sir Giles et de son épouse.

— Ah, à côté de sir Giles…

Sir Thomas plissa les yeux. La jeune femme en question contemplait son assiette.

— Ah, mais c'est la relique du vieux Beswick…

— Beswick ?

Quoi ? Cette superbe créature, mariée à Beswick ? Mais le baron avait au moins l'âge de sir Thomas ! Henry ne parvenait pas à y croire.

— Mais il est vieux !

— Il est mort, milord, rectifia le chambellan. En homme heureux, je suppose. Mais je dois reconnaître que cette femme est délicieuse, et semble mal se remettre de la mort de ce vieux bouc. On la voit encore moins qu'avant.

— Ils étaient mariés depuis longtemps ?

— Un mois… non, deux…

— Et elle vit au château de Beswick ?

Sir Thomas eut un reniflement méprisant.

— Si on peut appeler cette ruine un château, oui, milord.

— Si on donne le nom de château à ce tas de pierres, on peut le donner à n'importe quoi, répliqua Henry en désignant d'un geste large la grande salle presque inchangée depuis le XIIe siècle.

— Il s'agit d'une résidence royale, protesta sir Thomas, choqué.

Elle avait souri, il l'avait bien vue. Elle lui avait souri. À lui !

— L'endroit où elle vit ne peut être que le paradis sur terre, murmura Henry, oubliant un instant où il se trouvait pour se perdre dans ce sourire.

Sir Thomas éclata d'un rire sonore, qui se transforma en quinte de toux lorsqu'il s'étrangla avec sa bière.

— Vous devriez faire montre de plus de tempérance dans vos émotions, sir Thomas, le réprimanda l'archevêque de York tandis que les personnes qui s'étaient précipitées pour tapoter le dos du chambellan regagnaient leurs places.

— Pas moi, votre Grâce, hoqueta le vieil homme. C'est notre bon duc, ici, qui se sent à l'étroit dans son haut-de-chausses.

Henry sentit ses joues s'empourprer, et maudit son teint, hérité des Tudor qui, au moindre embarras, faisait ressembler à une vierge effarouchée l'homme de seize ans qu'il était.

Un peu plus tard, alors que les musiciens qui venaient de s'installer dans la galerie des ménestrels commençaient à jouer, Henry passa parmi ses invités, essayant – avec succès, espérait-il – de dissimuler son véritable objectif. Ils devaient l'observer à présent, et certains, il le savait, ne manqueraient pas de faire leur rapport à son père.

Il venait enfin de traverser la pièce quand il la vit rassembler ses jupons noir et argent dans une main et se diriger vers l'une des portes-fenêtres ouvrant sur la cour. Il lui emboîta le pas résolument. Elle l'attendait au pied de l'escalier, assez loin pour demeurer dans la pénombre, et suffisamment près pour qu'il la trouve.

— Il... euh... il fait chaud à l'intérieur, n'est-ce pas ?

Elle pivota vers lui, son visage et son décolleté faisant une tache claire dans la nuit.

— On est en août.

— Oui... en effet.

Ils n'étaient pas le seul couple à la recherche d'un peu de calme et de solitude, mais dès qu'ils virent apparaître le duc, les autres s'éloignèrent discrètement.

— Vous... ne craignez pas la fraîcheur de la nuit ?

— Non. J'adore la nuit.

Sa voix évoquait le doux murmure des vagues... et aurait pu l'emporter au loin avec autant de facilité. À l'intérieur, à la lumière des torches, elle lui avait semblé son aînée, mais là, sous la lueur des étoiles, elle paraissait sans âge. La bouche sèche, il chercha quelque chose à dire.

— Vous n'étiez pas à la chasse aujourd'hui.

— Non.

— Vous ne chassez pas ?

Malgré l'obscurité, ses yeux cherchèrent les siens, et les tinrent captifs.

— Oh, mais si.

Henry avala sa salive et se dandina d'un pied sur l'autre, mal à l'aise – à présent, son haut-de-chausses était vraiment trop étroit. Si ses trois ans à la cour de France lui avaient appris une chose, c'était à reconnaître l'invite d'une jolie femme. Espérant que sa paume n'était pas trop moite, il lui offrit sa main.

— Vous avez un prénom ?

— Christina, répondit-elle en posant ses doigts froids sur les siens.

Henry dévisagea Christina, incrédule.

— Toi, un vampire ? Mais je plaisantais.

Elle se détourna de la fenêtre et le fixa, les bras croisés.

— Vraiment ? C'est pourtant ainsi que Norfolk me nomme, non ?

— Norfolk est un crétin jaloux.

Henry soupçonnait son père de lui avoir envoyé Norfolk afin de découvrir pourquoi il s'attardait à Sheriff-huton – une résidence qu'il avait toujours détestée – jusqu'à fin septembre. Et comme il n'avait toujours pas reçu l'ordre de rentrer à la Cour, il en déduisait que son père approuvait secrètement son aventure avec une belle veuve plus âgée que lui.

— Tu crois ? Tu ne t'es jamais demandé, Henry, pourquoi on ne se voit que la nuit ?

— Tant que je te vois…

— Et pourquoi tu ne m'as jamais vue manger ou boire ?

— Tu assistes à des banquets, protesta-t-il, troublé. Il avait juste voulu plaisanter.

— Mais tu ne m'as jamais vue manger ni boire, insista Christina. Et cette nuit même, tu t'es encore étonné de ma force.

— Pourquoi me dis-tu tout ça ?

Il ne vivait plus que pour ces heures qu'ils passaient ensemble dans le grand lit à baldaquin. Elle était la perfection incarnée. Rien ne le persuaderait jamais du contraire.

— Norfolk m'a traitée de vampire, rappela-t-elle en tenant son regard captif malgré lui. Voilà pourquoi je te dis tout ça. L'étape suivante sera de chercher à te prouver qu'il a raison. Il te demandera pourquoi, si je ne suis pas ce qu'il prétend, je te donne toujours rendez-vous la nuit.

Elle marqua une pause. Quand elle reprit, sa voix était glaciale :

— Alors, tu te poseras des questions, tu m'ordonneras de venir le jour. Finalement, je n'aurai d'autre choix que de fuir sans jamais te revoir, ou de mourir.

— Je ne t'ordonnerai jamais rien.

— Sauf si tu commences à me soupçonner d'être un vampire. Voilà pourquoi je préfère tout t'avouer.

Henry ouvrit la bouche. Et la referma. Lorsque, finalement, il parvint à articuler un son, sa voix était à la limite du coassement.

— Mais je t'ai vue communier.

— Je suis une aussi bonne catholique que toi, Henry. Meilleure, peut-être si l'on considère que je n'attends aucune récompense pour ma foi. Je suis née de parents mortels, précisa-t-elle avec un sourire triste, pas de la volonté du diable.

Tout à coup, il se rendit compte qu'elle avait raison : il ne l'avait jamais croisée à la lumière du jour, ne l'avait jamais vue absorber aucune boisson ni nourriture, et s'était souvent étonné de sa force sans commune mesure avec sa taille et son sexe. Mais, au fond, quelle importance ? Tout cela ne changeait rien au fait que cette femme illuminait ses nuits.

— Née ? répéta-t-il d'une voix proche de la normale. Quand ?

— En 1327, l'année où Edward III est monté sur le trône. Le grand-père de ton grand-père n'avait pas encore été conçu.

Il n'avait aucun mal à la considérer comme une beauté sans âge, à l'abri des méfaits du temps. À partir de là, pourquoi ne pas croire la suite ?

Un vampire…

Comprenant à son expression que la vérité ne changeait rien aux sentiments qu'il éprouvait à son égard, elle lui ouvrit les bras. Puis, tout en laissant sa robe souple tomber au sol, elle lâcha son regard, certaine qu'il ne le détournerait pas.

— Vas-tu me bannir ? chuchota-t-elle. M'envoyer au bûcher ? Ou auras-tu le courage de m'aimer et te laisser aimer en retour ?

Les flammes de la cheminée faisaient danser sa silhouette sur les tapisseries du mur. Ange ou démon, Henry s'en moquait. Il lui appartenait, cela seul comptait. Et tant pis s'il finissait en enfer !

Il l'attira à lui.

Alors qu'elle se blottissait contre son torse, il pressa les lèvres sur sa chevelure de jais, et demanda :

— Pourquoi n'as-tu pas bu mon sang ?

— Je l'ai fait.

Il fronça les sourcils.

— Je n'ai jamais remarqué de marque sur mon cou…

— Le cou est trop voyant.

Il la sentit sourire comme elle ajoutait :

— Et ton cou n'est pas la seule partie de ton corps sur laquelle je pose la bouche.

Pour le lui prouver, elle se laissa glisser le long de ses jambes, consciente que le surcroît de plaisir qu'elle lui donnait en se nourrissant de son sang l'emportait sur de tels sommets de volupté que la perspective même de l'enfer ne l'y ferait pas renoncer.

— L'idée vient de vous, n'est-ce pas ?

Le duc de Norfolk inclina la tête. Il avait les yeux cernés, et deux rides profondes autour de la bouche qui n'y étaient pas un mois auparavant.

— Oui, admit-il à contrecœur. Pour votre bien, Henry.

— Pour mon bien ? répéta Henry avec un rire amer. Pour le vôtre, plutôt. Une manière de vous rapprocher du trône.

Il constata avec plaisir qu'il avait fait mouche. Non qu'il crût vraiment que le vieil homme ait agi par intérêt – le duc avait prouvé son amitié à de nombreuses reprises –, mais après l'entretien douloureux qu'il venait d'avoir avec son père, il avait besoin de faire mal.

« Tu vas épouser Mary, la fille de Norfolk, avant la fin du mois. Vous resterez à la Cour pour Noël, puis vous vous retirerez sur vos terres à Richmond. Tu ne reviendras jamais à Sheriffhuton », lui avait annoncé son père.

Norfolk lui posa la main sur l'épaule en soupirant. Sa propre entrevue avec le père du jeune duc n'avait rien eu d'agréable.

— Ce qu'il ignore, il le soupçonne. Je n'ai pas trouvé d'autre échappatoire.

Henry se dégagea. Ne plus jamais revenir à Sheriffhuton. Ne plus jamais la voir… Ne plus entendre son rire ni sentir ses caresses… Ne plus la toucher…

Il serra les dents pour ne pas hurler.

— Vous ne comprenez pas, lança-t-il avant de s'éloigner à grands pas pour cacher ses larmes.

— Christina !

Henry courut vers elle, tomba à genoux, et enfouit la tête dans son giron. L'espace d'un merveilleux instant, le monde se réduisit à la sensation de ses mains sur lui, au son de sa voix. Lorsque, enfin, il trouva la force de se détacher d'elle, ce fut pour contempler son visage.

— Que fais-tu là ? Mon père et Norfolk se doutent de quelque chose. S'ils te trouvent…

Elle lui caressa la joue de ses doigts froids.

— Ils ne me trouveront pas. J'ai un abri sûr pour le jour, et nous ne disposons pas d'un nombre suffisant de nuits pour qu'ils nous repèrent.

Refermant les mains autour de son visage, elle poursuivit d'une voix sourde :

— Je m'en vais. Mais je ne voulais pas partir sans te dire adieu.

— Tu t'en vas ? répéta-t-il, incrédule.

Elle hocha la tête, et ses cheveux dansèrent sur ses épaules.

— L'Angleterre est devenue trop dangereuse pour moi.

— Mais où… ?

— En France, je suppose.

Il s'empara de ses mains, les serra dans les siennes.

— Emmène-moi. Je ne peux pas vivre sans toi.

— Tu ne peux pas vivre avec moi non plus, lui rappela-t-elle tristement.

— Vivre, mourir, n'être ni mort ni vivant, que m'importe ? Tout ce que je veux, c'est rester auprès de toi.

Pour confirmer ses paroles, il se releva et tendit les bras, poignet en l'air. Elle contempla un instant la veine bleutée qui palpitait sous la peau, puis secoua la tête.

— Tu es si jeune.

Le ton manquait de conviction. Aussitôt, il comprit qu'elle hésitait, qu'elle résistait, mais qu'au fond d'elle-même, elle désirait la même chose que lui. Elle le voulait ! Par Jésus et tous les saints, Christina le voulait !

— À quel âge es-tu morte ? demanda-t-il.

Elle se mordilla la lèvre inférieure.

— Dix-sept ans.

— J'aurai dix-sept ans dans deux mois. Tu te sens capable d'attendre ?

— Deux mois…

— Juste deux. Après quoi, tu m'auras pour l'éternité, déclara-t-il d'une voix triomphale.

Cette fois, elle rendit les armes. Dans un éclat de rire joyeux, elle l'attira à elle et le serra contre sa poitrine.

— Vous avez une haute opinion de vous, milord, remarqua-t-elle.

— En effet.

— Si ta femme arrivait…

— Mary ? Elle a ses propres appartements et ne demande pas mieux que d'y rester.

Sur ces mots, il l'entraîna vers le lit.

Deux mois plus tard, Christina commença à se nourrir chaque nuit, lui prenant autant de sang que son organisme pouvait le supporter.

Norfolk plaça des gardes devant sa porte, mais Henry les renvoya, s'affirmant pour la première fois comme le fils de son père.

Au bout de deux autres mois, alors que les médecins se grattaient la tête devant ce cas incompréhensible et que Norfolk fouillait en vain les environs, elle l'attira de nouveau contre son sein, et lui fit boire le sang de l'éternité.

*

* *

— Laissez-moi résumer : vous seriez un fils bâtard d'Henry VIII ?

— C'est cela.

Henry Fitzroy, autrefois duc de Richmond et du Somerset, comte de Nottingham et chevalier de la Jarretière, appuya le front sur la vitre froide et contempla les lumières de Toronto. Cela faisait longtemps qu'il n'avait pas raconté son histoire. Il avait oublié à quel point ça l'épuisait.

Vicki baissa de nouveau les yeux sur le manuscrit, datant des Tudor, ouvert sur ses genoux, et désigna un paragraphe.

— Il est écrit ici que vous êtes mort à dix-sept ans.

Sortant de sa léthargie, Henry se tourna vers elle.

— Oui. Enfin, je m'en suis remis.

— Vous ne faites pas dix-sept ans. Vingt-quatre, vingt-cinq, je dirais. Pas moins.

Il haussa les épaules.

— Nous vieillissons, mais lentement.

— Ils n'en font pas mention ici, mais vos funérailles n'ont-elles pas été entourées de mystère ?

Elle ne put retenir un petit sourire devant son étonnement.

— J'ai une maîtrise d'histoire, précisa-t-elle.

— N'est-ce pas un diplôme plutôt rare dans votre profession ?

Il parlait des détectives privés, réalisa-t-elle, mais la remarque aurait été tout aussi justifiée pour les policiers. Elle ne comptait plus le nombre de fois où quelqu'un, un supérieur en général, lui avait ressorti ce dicton éculé : « Ceux qui ne tirent pas de leçon de l'histoire sont condamnés à la répéter. »

— Ça ne m'a pas nui, rétorqua-t-elle d'un ton plein de sous-entendus. Alors, les funérailles ?

— Eh bien, ça ne ressemblait pas à ce à quoi je m'attendais, c'est certain.

Il croisa les doigts pour les empêcher de trembler tandis que les souvenirs affluaient…

Il s'éveilla, confus et désorienté. Lentement, il prit conscience des battements de son cœur, les laissa le ramener à la conscience. Jamais il ne s'était trouvé dans une obscurité aussi totale, et bien qu'il ait en mémoire les propos rassurants de Christina, il sentit la panique le gagner. Celle-ci s'accrût lorsqu'il voulut soulever le couvercle du cercueil… Qui ne bougea pas d'un pouce. Il n'y avait pas de pierre au-dessus de lui, juste des planches de bois brut, si proches que son torse les effleurait à chaque inspiration. Tout autour, l'odeur âcre de la terre.

C'était la tombe d'un manant, pas celle d'un noble.

Hurlant à s'en briser les cordes vocales, il se tortilla dans l'espace étroit, frappa de toutes ses forces contre le couvercle qui l'oppressait... avant de s'arrêter brusquement, songeant soudain que s'il brisait le cercueil, les tonnes de terre qui le recouvraient l'écraseraient, ce qui serait pire. Ce fut alors que la faim apparut.

Il aurait été incapable de dire combien de temps il était resté allongé, paralysé de terreur, en proie à cette pulsion qui lui dévorait les entrailles, mais sa raison ne tenait plus qu'à un fil quand il perçut les premiers coups de pelle au-dessus de lui.

— Vous savez, expliqua-t-il, une note d'épouvante encore perceptible dans la voix, ce n'est pas un hasard si la plupart des vampires sont issus de la noblesse ; il est beaucoup plus facile de sortir d'une crypte. On m'avait bel et bien enterré, et il a fallu trois jours à Christina pour me retrouver, et me déterrer.

Aujourd'hui encore, quatre cents ans plus tard, il lui arrivait de se réveiller en se croyant là-bas. Seul dans le noir, pour l'éternité.

— Donc votre père...

Vicki hésita, toujours un peu sceptique face au détail suivant.

— ... Henry VIII, avait vraiment des doutes ?

Henry eut un rire sans joie.

— Il avait plus que des doutes. J'ai même découvert plus tard qu'il avait ordonné qu'on me plante un pieu dans le cœur et qu'on me coupe la tête après m'avoir rempli la bouche d'ail et cousu les lèvres. Dieu merci, Norfolk s'est comporté en ami jusqu'au bout.

— Vous l'avez revu ?

— Deux ou trois fois. Il s'est montré beaucoup plus compréhensif que je ne m'y attendais.

— Et qu'est devenue Christina ?

— Elle a guidé mes premiers pas dans la frénésie qui a suivi la transformation. C'est elle qui a veillé sur moi l'année où j'ai dormi en attendant que mon corps s'adapte à sa nouvelle condition. À mon réveil, elle m'a appris à me nourrir sans tuer, puis elle est partie.

Vicki fronça les sourcils, surprise.

— Elle est partie ? Après tout ça ?

Henry contempla de nouveau les lumières de la ville. Christina aurait très bien pu se trouver là, quelque part, sans qu'il le sache. Ce qui lui était d'ailleurs indifférent, dut-il reconnaître avec une pointe de mélancolie.

— Lorsque le lien parent-enfant est rompu, nous préférons chasser seuls. C'est l'échange de sang qui nous rapproche le plus l'un de l'autre, mais une fois vampires, il devient impossible de nous nourrir mutuellement.

Il posa la main sur la vitre.

— Le lien émotionnel qui nous unit, l'amour, si vous voulez, qui nous pousse à offrir notre sang à un mortel ne survit jamais à la transformation.

— Mais vous pouvez quand même…

— Oui, mais ce n'est plus pareil.

Refusant de laisser la nostalgie le submerger, il lui fit de nouveau face et enchaîna :

— Sans le sang, cet aspect-là aussi perd de son attrait.

— Oh. Alors, ces histoires sur les vampires et leurs… euh…

— Prouesses ? suggéra Henry avec un sourire. Elles sont vraies. Mais il faut avouer que nous avons une très longue pratique.

À cette remarque, Vicki sentit ses joues s'empourprer. Elle baissa vivement les yeux. Quatre cent cinquante ans d'expérience… Elle serra les dents. Et accueillit comme une distraction bienvenue l'élancement douloureux dans sa mâchoire. *Pas ce soir, j'ai la migraine.* Après avoir refermé le livre sur ses genoux, elle le posa à l'écart et consulta sa montre. 4 h 43. Elle avait déjà entendu pas mal d'aveux étonnants, mais ceux-là… Elle pouvait, bien sûr, refuser de croire à ce récit, sortir de là et appeler un asile pour qu'ils viennent chercher M. Fitzroy, fils bâtard d'Henry VIII, et l'enferment dans un endroit adéquat. Sauf qu'elle y croyait – et que tenter de se persuader du contraire reviendrait à se mentir à elle-même.

— Pourquoi m'avoir raconté tout ça ? demanda-t-elle finalement.

Henry haussa les épaules.

— J'avais deux choix possibles. Soit je vous faisais confiance, soit je vous tuais. J'ai préféré opter pour la première solution. D'autant qu'elle ne m'empêche pas de passer à la seconde au cas où les choses tourneraient mal.

— Parce que vous pensez que je me laisserais faire aussi facilement ?

Henry se tenait devant la fenêtre, à dix pas, douze peut-être. L'instant d'après, il était assis à côté d'elle, les deux mains autour de son cou.

— Oh, dit-elle simplement.

La lâchant, il poursuivit comme si de rien n'était :

— En outre, nous pouvons nous être utiles mutuellement.

— Comment cela ?

Il était trop près, sa présence l'oppressait. Elle aurait voulu s'éloigner. Ou se rapprocher… « En quatre cent cinquante ans, on développe une personnalité écrasante », songea-t-elle en contemplant le velours blanc du canapé.

— Le démon chasse la nuit, comme moi. Mais celui qui l'invoque est mortel, ce qui signifie qu'il vit le jour.

— Vous êtes en train de suggérer une association ?

— Jusqu'à la capture du démon, oui.

Elle caressa le velours d'un geste lent… Puis regarda Henry. « Des yeux bleu clair, nota-t-elle. J'avais raison. »

— Pourquoi vous souciez-vous de cela ?

— De capturer le démon ?

Henry se leva et retourna près de la fenêtre. Les phares d'une voiture solitaire balayèrent Jarvis Street.

— En fait, je m'en fiche. Sauf que les journaux accusent un vampire, ce qui met tous ceux de mon espèce en danger. Jusqu'à il y a peu, moi aussi, je soupçonnais l'un des miens ; un nouveau-né, abandonné sans qu'on lui ait appris à dominer ses pulsions.

— Vous voulez dire, intentionnellement ?

— Peut-être. À moins que le parent ne soit pas au courant de son existence.

— J'avais cru comprendre qu'il devait exister un lien émotionnel entre les deux.

— Non, ce que j'ai dit, c'est que ce lien ne survivait pas à la transformation, pas qu'il était indispensable. C'est aussi facile pour les miens d'avoir un enfant non désiré que pour les humains. Il suffit que le vampire boive trop de sang, et que le mortel lui en prenne à son tour.

— Comment un mortel peut-il prendre le sang d'un vampire ? s'écria-t-elle.

Il pivota vers elle.

— Je vois, dit-il, flegmatique, vous ne mordez pas.

Sentant le feu lui monter au visage, Vicki s'empressa de changer de sujet.

— Vous étiez à la recherche de ce nouveau-né ?

— Cette nuit ? Non, répondit-il en secouant la tête. Cette nuit, je savais que je poursuivais un démon.

Il s'approcha d'elle et, s'appuyant sur le bras du canapé, il se pencha vers elle pour expliquer :

— Dès que les meurtres s'arrêteront, les vampires retomberont dans le domaine du mythe et de la mémoire collective. Et c'est exactement ce que nous voulons. Car si les journaux finissaient par les convaincre de la réalité de notre existence, les gens ne tarderaient pas à nous trouver – nos habitudes sont trop connues.

Les yeux rivés aux siens, il dévoila ses dents pointues.

— Et en ce qui me concerne, je n'ai pas l'intention de me retrouver transpercé pour un crime que je n'ai pas commis.

Lorsqu'il lâcha son regard – inutile de se leurrer, elle n'aurait pu le détourner sans sa permission –, Vicki rassembla ses affaires éparpillées sur la table, les rangea dans son sac et se leva. Fixant un point derrière Henry, elle déclara d'un ton neutre :

— Je dois y réfléchir. Ce que vous m'avez révélé... Enfin, il faut que je réfléchisse.

Vaseux, mais elle était incapable de trouver mieux.

Il acquiesça d'un signe de tête.

— Je comprends.

— Alors, je peux m'en aller ?

— Vous pouvez.

Elle hocha la tête à son tour et, tout en cherchant ses gants dans sa poche, se dirigea vers la porte.

— Victoria.

Vicki avait toujours pensé que les mots n'avaient aucun pouvoir en soi, pourtant, à son corps défendant, elle fit face à Henry.

— Merci de ne pas m'avoir conseillé d'aller raconter tout ça à la police.

Elle émit un petit ricanement.

— La police ? Ai-je l'air stupide à ce point ?

Il sourit.

— Non.

Il avait eu tout le temps de parfaire ce sourire, se rappela-t-elle, consciente de l'accélération soudaine de son pouls. La main dans le dos, elle chercha à tâtons la poignée de la porte, ouvrit le battant, et s'esquiva. Malgré la proximité, elle s'arrêta un instant de l'autre côté pour reprendre son souffle. Les vampires. Les démons. On n'apprenait rien là-dessus à l'école de police...

7

Vicki décida de rentrer à pied. Elle s'en était sortie dans Woodbine, pourquoi ne se débrouillerait-elle pas dans le centre-ville, deux fois plus éclairé ? D'ailleurs, elle n'habitait pas si loin, et elle avait besoin de réfléchir. Après avoir remonté le col de son caban pour se protéger du vent, elle enfouit ses mains gantées dans ses poches, et s'engagea dans Bloor Street.

L'air glacé lui fit du bien. Et même si le martèlement dans sa tête n'avait pas cessé, il restait supportable dans la mesure où elle marchait d'un pas léger. Rien à voir avec la fois où elle avait reçu ce coup sur le crâne à l'arrière d'un taxi.

Des vampires et des démons. Ou plutôt, *un* vampire et *un* démon. *Pour l'instant*. Elle en avait vu des bizarreries en huit ans dans la police, s'était retrouvée obligée de croire à l'existence de choses que la majorité des gens « normaux » – à l'exception des flics et des travailleurs sociaux – préféraient ignorer. Finalement, comparés à la cruauté de certains humains, les vampires et les démons semblaient presque ordinaires. D'autant que ce vampire en particulier avait plutôt l'air du côté des « gentils ».

À cette pensée, l'image de son sourire s'imposa à elle. Elle s'empressa de la chasser.

Au croisement de Yonge Street, elle prit vers le sud, et attendit, plus par habitude que réelle nécessité, que le feu passe au rouge. Après tout, le carrefour était bien éclairé, et les voitures se faisaient rares. Autour d'elle, les quelques passants qui traînaient encore dans la rue l'évitaient avec soin.

— C'est une question d'allure, lui avait un jour expliqué Tony. Au bout d'un moment, tous les flics ont la même. Uniforme ou pas, on les reconnaît au premier coup d'œil.

Vicki n'avait aucune raison de mettre ses dires en doute ; elle en faisait l'expérience chaque jour. Tout comme elle n'avait aucune raison de mettre en doute les paroles d'Henry Fitzroy ; elle avait vu le démon.

Un noyau de noirceur qui tourbillonne dans l'obscurité, puis s'évanouit. Ce qu'elle avait aperçu n'était que l'ombre d'une silhouette disparaissant dans la terre, rien de plus. Dieu merci ! Étant donné la terreur que réveillait en elle ce souvenir, elle préférait garder le reste enfoui dans sa mémoire. Même si l'infâme odeur de putréfaction continuait à la poursuivre.

Pourtant, la vision et l'odeur seules n'auraient pas suffi à la convaincre de la sincérité d'Henry, elle le savait. Car un être humain aurait pu organiser cette mise en scène – même si elle voyait mal comment et dans quel but. C'était sa propre réaction, l'épouvante qu'elle avait ressentie, son refus de se remémorer la scène, ajouté à cette sensation de mal à l'état pur qui émanait de la silhouette, qui l'avaient persuadée qu'il disait la vérité.

Vicki réprima un brusque frisson.

Un démon. Au moins avaient-ils à présent une idée de ce qu'ils cherchaient. Ils ? Non, *elle*. Elle ne put retenir un sourire en s'imaginant expliquer tout cela à Mike Celluci. Sûr qu'il la croirait folle. Ne réagirait-elle pas de la même manière si les rôles étaient inversés ? En outre, elle ne pouvait pas parler à Celluci sans trahir Henry...

Henry. Un vampire. S'il s'agissait d'un mensonge, pourquoi se donnerait-il la peine d'inventer une histoire aussi compliquée ?

Question stupide, trancha-t-elle. Elle avait rencontré des menteurs pathologiques, arrêté un couple, travaillé auprès d'un mythomane, et ni les uns ni les autres ne cherchaient jamais de raison à leurs actes.

Mais le récit d'Henry était trop délirant pour ne pas être vrai. Non ?

À l'angle de College Street, elle s'immobilisa. D'où elle se tenait, elle distinguait les lumières du poste de police, un pâté de maisons plus loin. Elle aurait pu aller y faire un tour, prendre un café et discuter avec quelqu'un qui comprendrait. *Des histoires de démons et de vampires, ben voyons !*

Soudain, l'idée lui parut totalement saugrenue.

Dans ce cas, il ne lui restait plus qu'à rentrer chez elle. Mais la perspective de se retrouver seule entre quatre murs à essayer de chasser de son esprit le noyau de noirceur qui le hantait ne la tentait guère. Elle suivit des yeux le tramway qui venait de passer devant elle, minuscule havre de chaleur et de lumière dans la nuit froide.

Les cloches de la cathédrale Saint-Michael sonnèrent l'heure. Durant la journée, on y faisait à peine attention, mais là, dans le calme qui précède l'aube, leurs notes graves semblaient résonner à travers toute la ville. D'autres églises se joignirent au chœur, mais Saint-Michael dominait.

Sans trop savoir pourquoi, Vicki suivit la direction du son. Il y avait longtemps, lorsqu'elle portait encore l'uniforme, elle avait poursuivi un dealer jusqu'en haut des marches de la cathédrale. Il avait tenté d'ouvrir la porte pour s'y réfugier. Elle était fermée. Apparemment, même Dieu ne faisait pas confiance à la nuit au cœur d'une grande ville. Le voyou s'était débattu jusqu'à ce qu'ils le jettent dans la voiture, et n'avait pas du tout apprécié le surnom de Quasimodo dont son collègue et elle l'avaient affublé.

Elle s'attendait donc à trouver une fois encore portes closes, mais à sa grande surprise, le battant céda sans bruit sous sa poussée. Tout aussi silencieuse, elle se glissa à l'intérieur.

Silence, merci, avertissait une pancarte sur un pupitre en cuivre à l'entrée, *veillée de la semaine sainte.*

Ses semelles de caoutchouc crissant sur le sol, Vicki se dirigea vers le chœur. Une lumière tamisée, presque irréelle, baignait les lieux. Lorsque ses yeux s'y furent accoutumés, Vicki distingua un prêtre agenouillé devant l'autel et, sur les bancs des premiers rangs, quelques femmes bien en chair vêtues de noir, qui se ressemblaient toutes. Ni le murmure des voix qui, supposa Vicki, adressaient une prière au Seigneur, ni le cliquetis des chapelets ne brisait l'impression de paix et de calme qui régnait entre les hauts murs de pierre. Attendre. Tout semblait n'être qu'attente. De quoi ? Elle n'en avait aucune idée.

Une flamme vacillante attira son regard. Elle obliqua vers l'allée de droite, jusqu'à une alcôve. Plusieurs rangées de bougies dans des verres écarlates projetaient leurs lueurs rougeoyantes sur le mur derrière elle. Au-dessus, une Vierge drapée de bleu et blanc, ouvrait les bras, comme pour accueillir un monde à bout de forces. Une tristesse emplie de compassion émanait de son sourire.

Comme beaucoup de gens de sa génération, Vicki avait quelques vagues notions de catéchisme. Elle était capable d'identifier les symboles chrétiens, connaissait un peu d'histoire biblique, mais rien de plus. Était-elle passée à côté de quelque chose d'important ? s'interrogea-t-elle en ôtant ses gants avant de s'asseoir sur un banc.

« Je ne sais même pas si je crois en Dieu », confia-t-elle à la statue. Mais elle ne croyait pas non plus aux vampires avant cette nuit.

Il faisait bon dans la cathédrale, et sa petite sieste de l'après-midi lui semblait déjà lointaine. Lentement, elle se laissa aller contre le bois ciré du dossier. Le visage de la Vierge devint flou…

Vicki ouvrit les yeux, et mit un moment avant de comprendre où elle se trouvait. Elle avait fait un drôle de rêve dans lequel Henry s'interposait entre la statue de la Vierge et un chevalier armé d'une hache qui voulait la décapiter. « Je suis le protecteur de la Sainte Vierge », avait affirmé le vampire à l'agresseur, qui, soumis par la force de son regard, s'était effondré à genoux devant lui.

Encore sous le choc de la réalité de ce songe, elle se leva, et tressaillit en découvrant la silhouette en prière devant la Vierge Marie.

— Henry... ?

À son nom, il se signa, se releva et pivota vers elle.

— Qu'est-ce... ?

D'un doigt sur la bouche, il lui intima le silence, puis, la prenant doucement par le bras, l'entraîna hors de l'église.

— Vous avez bien dormi ? demanda-t-il dès que les portes se furent refermées sur eux.

— Je... euh... oui, sans doute.

Henry la scruta, l'air inquiet.

— Vous vous sentez bien ? Vous avez reçu un mauvais coup tout à l'heure...

— Ça va. Vous n'avez pas d'accent.

Il en avait un dans son rêve.

— Je l'ai perdu peu de temps après mon arrivée au Canada, à la fin de la Première Guerre mondiale. Mais vous êtes sûre que ça va ?

— Je viens de vous le dire, répliqua-t-elle, agacée, avant de s'engager dans l'escalier.

Henry lui emboîta le pas en soupirant. D'après ce qu'il savait, il était déconseillé de dormir après une commotion, mais, il était entré juste après elle, et elle n'avait sommeillé qu'un court moment.

« Ce n'était qu'un rêve, se répéta Vicki tandis qu'ils marchaient côte à côte. Vampires et démons me suffisent amplement sans m'offrir en prime des visions mystiques ! » Quel chemin tortueux son inconscient avait-il emprunté pour qu'Henry Fitzroy lui apparaisse en défenseur de la Vierge face à ce qui ressemblait à un soldat de Cromwell ? Peut-être était-ce un signe. Ou le coup qu'elle avait reçu… Quoi qu'il en soit, ses derniers doutes à propos de l'ex-bâtard royal s'étaient envolés. Mais au fait…

Elle regarda Henry.

— Vous m'avez suivie !

Il lui adressa un sourire prudent.

— Je venais de vous confier un secret qui risquait d'entraîner ma mort. Je tenais à vérifier ce que vous alliez en faire.

Malgré sa contrariété, Vicki devait reconnaître que l'argument se défendait.

— Et ?

— À vous de me le dire.

Vicki remonta la bandoulière de son sac, réfléchissant.

— Je pense, dit-elle finalement, que vous avez raison. On sera plus efficaces en travaillant ensemble. Ce qui signifie qu'à partir de maintenant, vous avez une équipière.

Une crevasse sur la chaussée la fit trébucher. Elle retrouva son équilibre avant qu'Henry ait eu le temps de l'aider, et poursuivit avec flegme :

— Mais je dois vous informer qu'en général je ne travaille que la journée.

Inutile de lui préciser pourquoi. Il serait toujours temps de le faire plus tard.

Henry hocha la tête.

— Pas de problème. D'autant qu'une certaine sensibilité à la lumière du jour me pousse à préférer la nuit. À nous deux, nous serons donc opérationnels vingt-quatre heures sur vingt-quatre. À propos de lumière du jour…

Il jeta un coup d'œil vers l'est, où apparaissaient déjà les premières lueurs de l'aube.

— Je dois y aller. Que diriez-vous de poursuivre notre discussion demain soir ?

— À quelle heure ?

— Disons, deux heures après le coucher du soleil. Ça me donnera le temps de me réveiller.

Il avait disparu avant qu'elle ait pu réagir. Ou acquiescer.

Les premiers rayons du soleil incendiaient l'horizon lorsqu'elle arriva chez elle. Bâillant à s'en décrocher la mâchoire, elle fila directement au lit.

Avant d'être réveillée brutalement environ trois quarts d'heure plus tard...

— Où ! Étais ! Tu ?

Celluci ponctua chaque mot d'une secousse vigoureuse.

Vicki, qui manquait toujours un peu de vivacité au sortir du sommeil, le laissa terminer sa phrase avant de se dégager d'un mouvement brusque.

— Qu'est-ce qui te prend, Celluci ? D'abord, qu'est-ce que tu fous ici ? interrogea-t-elle en cherchant ses lunettes sur la table de nuit.

— Juste après minuit, un de mes hommes a vu une femme qui te ressemblait se faire embarquer dans une BMW, à moins de trois cents mètres du dernier crime. Tu comptes me faire croire que tu ne te trouvais pas dans le coin de Woodbine cette nuit ?

Vicki s'adossa à la tête du lit et soupira.

— En quoi ça te regarde ?

Inutile d'essayer de discuter avec Celluci tant qu'il ne se serait pas calmé.

— Je vais te le dire, répliqua-t-il en se levant du lit pour arpenter la chambre. Tu es intervenue au beau milieu d'une opération de police, voilà en quoi ça me regarde. Tu as...

Il s'arrêta abruptement. Ses sourcils se froncèrent, et il pointa un doigt accusateur dans sa direction.

— Qui t'a fait ça ?

— Personne.

— Tu as la mâchoire toute bleue et gonflée, mais personne ne t'a frappée, c'est ça ? C'est lui, n'est-ce pas ? Le type qui t'a emmenée dans sa voiture ?

Se rasseyant sur le lit, il orienta le visage de Vicki vers la lumière.

Elle repoussa sa main.

— Tu es complètement timbré ! D'accord, puisque, de toute évidence, tu ne me laisseras pas me rendormir tant que je n'aurai pas satisfait ta curiosité ridicule, j'avoue : j'étais dans les environs. Et, comme tu ne cesses de me le rappeler, je ne vois pas très bien dans le noir. Au moins, tu avais raison sur un point, ajouta-t-elle avec un sourire mielleux.

Il lui retourna un sourire. Identique.

— Continue...

— Je me suis fait accompagner par un ami. Quand je me suis pris le poteau, il m'a conduite chez lui pour s'assurer que tout allait bien. Ça te convient ?

Désignant la porte, elle se laissa retomber sur les oreillers.

— Maintenant, dehors !

— Tu espères vraiment que je vais gober ces conneries ? Alors que tu mens presque aussi mal que mon coéquipier ? Comment s'appelle cet ami ?

— Ça ne te regarde pas.

— Où t'a-t-il emmenée ?

Elle se redressa de nouveau et approcha son visage du sien.

— Dis donc, Celluci, tu ne serais pas jaloux, par hasard ?

— Jaloux ! Bon sang, Vicki !

Il leva les mains comme pour la secouer, mais se ravisa face à l'œillade meurtrière qu'elle lui lança.

— J'ai déjà six cadavres sur le dos. Je n'ai pas envie que tu sois le septième !

— Ce qui ne t'empêche pas de te jeter dans la ligne de tir, remarqua-t-elle d'une voix dangereusement douce.

— Quel rapport ? J'avais la moitié des flics de la ville avec moi. Toi, tu étais seule !

— Oh.

L'attrapant par les revers de sa veste, elle le tira vivement vers elle, jusqu'à ce que leurs nez se touchent.

— Donc, tu étais inquiet ?

Elle avait parlé sans desserrer les dents. Ça lui faisait mal à la mâchoire, mais cela valait toujours mieux que de lui sauter à la gorge.

— Évidemment que j'étais inquiet !

— ALORS POURQUOI TU NE LE DISAIS PAS AU LIEU DE M'AGRESSER !

Elle le repoussa si brutalement qu'il faillit tomber à la renverse.

— Et maintenant ? le défia-t-elle quand il retrouva son équilibre.

Il rejeta l'épaisse mèche brune sur son front et haussa les épaules, embarrassé.

— Ça... Je... je ne sais pas.

Les bras croisés, Vicki s'installa confortablement contre les oreillers. Vu qu'elle aurait agi de la même manière dans des circonstances analogues, elle décida de laisser couler. Sans compter qu'elle avait mal à la mâchoire et à la tête, et un taux d'adrénaline dans le sang suffisant pour rester une semaine sans fermer l'œil.

— Tu es repassé chez toi ? s'informa-t-elle.

Celluci se frotta les paupières d'un geste las.

— Pas encore.

Reposant ses lunettes sur la table de nuit, elle tapota la place à côté d'elle.

Un peu plus tard, une pensée lui traversa l'esprit.

— Attends une seconde – attention à ma mâchoire –, tu m'avais bien rendu la clé de mon appartement il y a plusieurs mois ?

En réalité, il la lui avait jetée à la figure.

— J'avais fait un double.

— Tu m'avais assuré du contraire !

— Vicki, *tu* es une piètre menteuse. Pas moi. Aïe, ça fait mal !

— C'était le but.

— Non, maman, je ne suis pas malade. J'ai juste travaillé tard hier soir.

L'écouteur coincé contre l'épaule, Vicki se servit une tasse de café.

À l'autre bout du fil, elle entendit sa mère soupirer.

— Tu sais, Vicki, quand tu as quitté la police, j'espérais que j'allais enfin cesser de me faire du souci pour toi. Et voilà qu'à 3 heures de l'après-midi tu es toujours au lit.

Le lien entre la première phrase et la seconde lui échappa.

— Maman, je suis debout. Je prends mon café. Et je te parle. Que veux-tu de plus ?

— Que tu te trouves un travail normal.

Consciente de la fierté que sa mère tirait des deux citations qu'elle avait reçues, Vicki ne jugea pas utile de répliquer. D'autant qu'elle était certaine que – si ce n'était déjà le cas – sa mère ne tarderait pas à émailler ses conversations de « ma fille, détective privée » au moins aussi fréquents que les précédents « ma fille, inspecteur à la Criminelle ».

— Qui plus est, Vicki, tu as une drôle de voix.

— Je suis rentrée dans un poteau. J'ai la mâchoire enflée, et ça me fait un peu mal quand j'articule.

— C'est arrivé cette nuit ?

— Oui, maman.

— Tu sais que tu ne vois rien dans le noir.

Ce fut au tour de Vicki de soupirer.

— Maman, j'ai l'impression d'entendre Celluci.

Comme s'il avait entendu son nom, ce dernier sortit de la chambre en rentrant les pans de sa chemise dans son pantalon. Vicki lui désigna la cafetière, mais il secoua la tête et enfila son pardessus.

— Une seconde, maman.

La main sur le récepteur, elle le considéra de haut en bas.

— Si tu as envie qu'on continue, tu ferais mieux de laisser un rasoir ici. On dirait un terroriste.

Il se frotta le menton et haussa les épaules.

— J'en ai un au bureau.

— Ainsi que des vêtements de rechange ?

— Ils ne vont pas mourir pour une chemise de la veille.

Il se pencha pour l'embrasser en veillant à éviter l'hématome qui virait au jaunâtre.

— J'imagine que ça ne sert à rien de te dire de faire attention à toi ? hasarda-t-il.

Elle lui rendit son baiser avec autant d'enthousiasme qu'elle en était capable, avant de rétorquer :

— J'imagine que ça ne sert à rien de te demander d'arrêter d'employer ce ton condescendant avec moi ?

Il la fusilla du regard.

— Parce que te conseiller d'être prudente, c'est être condescendant ?

— Non, ce qui l'est, c'est de supposer que je ne le serai pas. De penser que je suis capable de me comporter stupidement.

— D'accord, concéda-t-il, vaincu. Dans ce cas, que dirais-tu de « Ne fais rien que je ne ferais pas » ?

« J'ai rendez-vous avec un vampire cette nuit, qu'est-ce que tu en penses ? » eut-elle envie de répondre. Au lieu de quoi, elle déclara :

— Je croyais que tu ne voulais pas que je me comporte stupidement ?

Il sourit.

— Je t'appelle.

Dès qu'il fut sorti, Vicki reprit le téléphone.

— Maman, tu es toujours là ?

— Ils ne me libèrent pas avant 17 heures, ma chérie. Où veux-tu que je sois ? Qu'est-ce que c'était ?

— Mike Celluci s'en allait, répondit-elle en essayant d'attraper le pain de mie.

— Tu le revois ?

La seule tranche restante avait commencé à moisir. Elle la flanqua à la poubelle et saisit un paquet de cookies au chocolat.

— On dirait.

— J'imagine que tu sais ce que tu fais.

De toute évidence, sa mère n'approuvait pas cette relation. Elle avait pourtant apprécié Celluci les quelques fois où elle l'avait rencontrée, mais elle estimait que, vu leurs caractères respectifs, ils avaient l'un et l'autre besoin d'un compagnon plus calme.

Vicki chassa du revers de la main les miettes de biscuit sur son sweat et se resservit un café, avant de demander :

— Tu appelais pour quelque chose de précis ? Parce que je suppose qu'il va bientôt falloir raccrocher si tu ne veux pas que la comptabilité hurle en découvrant tes notes de téléphone.

Après dix-huit ans en tant que secrétaire du directeur du département Sciences de la vie de l'université de Queen, à Kingston, sa mère avait tendance à abuser des privilèges liés à son ancienneté – ce que Vicki désapprouvait.

— En fait, je voulais savoir si tu venais pour Pâques.

— Pâques ?

— C'est ce week-end. La fac sera également fermée demain et lundi, ce qui me fait quatre jours de congé.

Un noyau de noirceur pure, des démons, des vampires et quatre personnes égorgées.

— Je ne pense pas, maman. L'affaire dont je m'occupe peut évoluer à tout moment.

Après deux ou trois platitudes et la promesse de rappeler bientôt, Vicki raccrocha et gagna son banc de musculation pour éliminer les cookies.

— Henry, c'est Caroline. J'ai deux entrées pour *Le Fantôme* le 4 mai. Si tu as toujours envie de le voir, c'est maintenant ou jamais. Appelle-moi pour confirmer.

C'était le seul message sur son répondeur. Henry ressentit un vague sentiment de déception qui l'agaça. Il n'y avait aucune raison pour que Vicki Nelson lui téléphone. Aucune raison pour qu'il ait envie qu'elle le fasse.

— Explique-moi pourquoi tu lui as fait confiance, demanda-t-il à son reflet dans le miroir, au-dessus du téléphone. À cause de la situation ?

Il secoua la tête. Non. La situation l'aurait plutôt poussé à se débarrasser d'elle – une solution beaucoup plus radicale et moins risquée.

— Cherche encore. Elle te rappelle quelqu'un ?

Évidemment. Lorsqu'on vivait aussi longtemps, tout le monde vous rappelait quelqu'un.

Avec un soupir, il se détourna du miroir et se passa la main dans les cheveux. Qu'il le veuille ou non, Vicki Nelson lui rappelait vraiment quelqu'un, sinon physiquement, du moins dans ce qui émanait d'elle.

Ginevra Treshi était la première mortelle à laquelle il avait accordé sa confiance après sa transformation.

Il l'avait rencontrée en Italie, après s'être rendu compte qu'il lui était impossible de continuer à vivre dans l'Angleterre élisabéthaine, à la fois trop identique et différente de celle qu'il avait connue. La vieille cité de Venise, avec ses ombres et sa vie nocturne, avait beaucoup plus à offrir à celui qu'il était devenu.

C'était l'époque du Carnaval, et Ginevra, debout à un angle de la place Saint-Marc, contemplait la foule bigarrée qui allait et venait devant elle. Elle semblait si réelle comparée au monde d'artifices et de faux-semblants qui l'entourait qu'il se rapprocha d'elle. Lorsqu'elle s'en alla, il la suivit jusqu'à la maison de son père et passa le reste de la nuit à chercher à savoir qui elle était.

« Ginevra Treshi. » Même après trois cents ans et un bon nombre de mortelles, son nom sonnait toujours comme une bénédiction à ses oreilles.

La nuit suivante, tandis que tout le monde dormait dans la demeure sombre et tranquille, il s'était glissé dans sa chambre. Les battements du cœur de Ginevra l'avaient guidé jusqu'à son lit, dont il avait délicatement rabattu les couvertures. Veuve de trente-trois ans, elle n'était pas exactement « une beauté », mais elle était si vivante – même dans son sommeil – qu'il s'était surpris à la fixer sans bouger… avant de s'apercevoir, quelques instants plus tard, qu'elle le fixait également.

— Je ne voudrais pas vous presser, avait-elle déclaré tranquillement, mais je commence à avoir froid, et j'aimerais savoir si je dois crier.

Il avait l'intention de la persuader qu'il n'était qu'un rêve, mais s'en était révélé incapable.

Ils s'étaient retrouvés chaque nuit pendant un an.

*

* *

— Un couvent ?

Henry s'appuya sur le coude, interdit.

— Si je puis me permettre un avis, bella, ça m'étonnerait que la vie monastique te plaise.

— Je ne plaisante pas, Enrico. J'entre chez les sœurs bénédictines demain après la première messe.

Sur le moment, Henry resta sans voix. L'idée de sa chère Ginevra recluse dans un monastère à l'écart du monde lui était insupportable.

— Pourquoi ? parvint-il enfin à demander.

Elle s'assit dans le lit et noua les bras autour de ses genoux repliés.

— J'avais le choix : les bénédictines ou Giuseppe Lemmo. Le couvent m'a paru préférable.

— Mais pourquoi choisir ? Pourquoi ne pas refuser l'un et l'autre ?

Elle secoua tristement la tête.

— À force de vivre hors du monde tu as oublié quelques détails, mon amour. Mon père me destinait au signore Lemmo, mais il est prêt à me laisser aller vers Dieu si cela lui permet d'éloigner sa fille trop cultivée de sa maison.

De l'index, elle traça une ligne verticale sur le torse nu d'Henry, avant de poursuivre d'un ton grave :

— Il a peur de l'Inquisition, Enrico. Peur que j'attire l'attention des chiens de chasse du pape vers notre famille... Ou qu'il soit obligé de me dénoncer.

Henry la regarda sans comprendre.

— L'Inquisition ? Mais tu n'as rien fait.

Elle haussa les sourcils.

— Je couche avec toi, et pour certains, même s'ils ignorent ce que tu es, cela suffit. S'ils savaient qu'en outre je me donne de mon plein gré à un Ange des Ténèbres, précisa-t-elle en montrant les deux petits points rouges à l'intérieur de son poignet, le bûcher serait encore trop bon pour moi.

Il voulut répliquer, mais elle l'en empêcha d'un doigt posé sur les lèvres.

— Je sais, personne n'est au courant, mais je suis également une femme qui se sert de son cerveau, ce qui est très mal vu par les temps qui courent. Si mon mari m'avait laissé une fortune après sa mort ou si je lui avais donné un héritier...

Elle haussa les épaules en signe de résignation.

— Malheureusement...

— Tu as un autre choix, lui rappela-t-il en lui prenant la main.

Elle ferma les yeux, et laissa échapper un long soupir.

— Non. J'y ai longuement réfléchi, Enrico : je ne veux pas suivre ton chemin. C'est mon besoin de vivre comme cela me chante qui me met en danger aujourd'hui. Je serais incapable de me dissimuler sous un masque comme tu dois le faire pour survivre.

Elle avait raison, il en était conscient. Mais ça ne rendait pas la réalité plus acceptable.

— Lorsque j'ai décidé de me transformer...

— Lorsque tu as pris cette décision, coupa-t-elle, la passion était si puissante, si j'en crois ce que tu m'as dit, que tu étais incapable de réfléchir, de peser le pour et le contre. J'ai beau aimer la passion, ajouta-t-elle en lui glissant une main entre les jambes, je ne souhaite pas me perdre en elle.

D'un geste vif, il la renversa sur les oreillers, l'emprisonnant sous son poids.

— Rien ne nous oblige à mettre un terme à ça.

Avec un petit rire, elle se mit à onduler des hanches contre lui.

— Je te connais, Enrico. Tu te vois vraiment faire ça avec une nonne ?

Sous le choc, il se figea. Puis il s'esclaffa à son tour, avant de l'embrasser.

— Si tu es sûre de ton choix, murmura-t-il contre ses lèvres.

— Je le suis. Quitte à renoncer à ma liberté, je préfère que ce soit pour Dieu que pour un homme.

Telle était donc sa décision : il ne pouvait que la respecter.

Au cours des mois qui suivirent, la douleur d'Henry se fit moins vive, apaisée par l'idée que Ginevra était en sécurité chez les sœurs. Néanmoins, bien qu'il songeât à quitter Venise, il ne put se résoudre à trancher ce dernier lien.

Ce fut par hasard qu'il apprit que son refuge chez les sœurs n'avait pas suffi à la protéger. Des rumeurs chuchotées au fond d'un café sombre racontant que les chiens de chasse de la papauté avaient arraché Ginevra Treshi à son couvent pour l'interroger sur son « commerce avec le diable ». Elle était entre leurs mains depuis trois semaines.

Trois semaines de fer, de feu et de souffrance.

Malgré son envie de se ruer sur leur citadelle tel le Christ sur les portes de l'enfer, Henry s'obligea à dominer sa rage. Ce n'était pas en se livrant lui-même aux inquisiteurs qu'il la sauverait.

Si c'était encore possible…

Ils s'étaient installés dans une aile du palais du doge, ce dernier ne demandant pas mieux que de coopérer avec Rome. La mort suintait des murs des couloirs, l'odeur de sang était si forte que même un mortel aurait pu la suivre à la trace.

Il la découvrit là où ils l'avaient laissée, suspendue à une corde de chanvre. Ses poignets étaient noués dans le dos, et de longues zébrures noirâtres couvraient son corps. Des marques de brûlure entouraient ses chevilles, auxquelles étaient accrochés de gros poids en métal. Ils avaient dû commencer par le fouet avant de passer à d'autres moyens de persuasion. Elle n'était morte que depuis quelques heures.

— ... a avoué avoir entretenu des relations avec le diable, a reçu le pardon, et donné son âme à Dieu.

Henry caressa sa barbe.

— Voilà qui est parfait. Devons-nous retourner le corps aux sœurs ou à sa famille ?

Le vieux dominicain haussa les épaules.

— Quelle importance ? Elle... Mais, qui êtes-vous ?

Henry sourit et verrouilla la porte derrière lui.

— La vengeance, répondit-il.

*

* *

La vengeance...

Avec un soupir, Henry essuya ses paumes moites sur son jean. Les chiens de chasse du pape étaient morts dans la terreur, le suppliant de les épargner, mais cela n'avait pas ramené Ginevra à la vie. Rien n'y était parvenu, jusqu'à ce que Vicki réveille son souvenir. Elle était aussi vivante, aussi présente dans son monde que Ginevra l'avait été dans le sien, et s'il ne se montrait pas prudent, elle risquait de devenir beaucoup trop présente dans son univers à lui.

Mais n'était-ce pas ce qu'il désirait ? Quelqu'un à qui faire confiance. Quelqu'un capable de voir au-delà des masques.

Il pivota de nouveau vers son reflet. Aucun de ceux, hommes ou femmes, qui étaient entrés dans sa vie après Ginevra ne l'avait touché ainsi.

— Garde tes distances, s'intima-t-il. Au moins jusqu'à ce que le démon soit vaincu.

Devant l'expression sceptique de son image, il poussa un nouveau soupir.

— J'espère juste en être capable.

La fille se précipita de l'autre côté de la table, ses yeux saphir lançant des éclairs.

— Je vous croyais un gentilhomme, monsieur !

— Et tu avais raison, Smith.

Un sourire moqueur aux lèvres, le capitaine fit une révérence sans quitter sa proie des yeux.

— Ou devrais-je dire « mademoiselle » Smith ? Peu importe. Comme tu l'as rappelé, j'étais un gentilhomme. J'ai renoncé à mon titre il y a quelque temps déjà.

Il plongea, mais elle lui échappa d'un bond de côté.

— Un pas de plus, et je crie, le menaça-t-elle.

— Crie autant que tu veux, répondit Roxborough en se perchant sur le coin de la table. Ce n'est pas moi qui t'en empêcherai. Même si je dois avouer que je regretterais d'avoir à partager un aussi joli lot avec le reste de l'équipage.

— Qu'est-ce que c'est que ces conneries, Fitzroy ?

— Henry, s'il vous plaît. Je préfère à Fitzroy.

Il sauvegarda son fichier et éteignit l'ordinateur.

— Et ces conneries, poursuivit-il en se levant, sont mon nouveau roman.

— Votre quoi ? s'exclama Vicki.

Bien qu'il l'ait priée de l'attendre dans le salon, elle l'avait suivi jusqu'à son petit bureau. S'il retournait fermer son cercueil, elle voulait assister à la scène.

— Roman, répéta-t-il en s'emparant d'un livre sur une étagère près de lui, et le lui tendit.

Sur la couverture, un jeune homme torse nu enlaçait avec passion une jeune femme guère plus vêtue. *Angle-*

terre, XIIIe siècle précisait un bandeau, en total désaccord avec les coupes de cheveux et le maquillage. Une calligraphie romantique annonçait le titre et le nom de l'auteur : *Le Maître du manoir*, Elizabeth Fitzroy.

— Elizabeth Fitzroy ? demanda Vicki en lui rendant le volume.

Henry le rangea, se leva de son bureau et la gratifia d'un sourire sarcastique.

— Pourquoi pas Elizabeth Fitzroy ? Elle a au moins autant le droit que moi de porter ce nom.

« Fitz », Vicki l'avait appris durant ses études d'histoire, était un préfixe attribué aux bâtards dans l'ancienne Angleterre. Quant à « Roy », il identifiait le père comme le roi.

— Vous êtes contre le divorce ?

Le sourire s'élargit.

— J'ai toujours été un fidèle sujet du roi, mon père.

Henry se tut et fronça les sourcils comme s'il cherchait à retrouver un souvenir. Lorsqu'il reprit la parole, toute trace de moquerie avait disparu de sa voix.

— J'aimais notre gracieuse souveraine Catherine. Elle éprouvait une certaine affection pour le petit garçon que j'étais, victime involontaire d'une situation qui le dépassait. Quant à Mary, la princesse royale, au lieu de m'ignorer, ou pire, elle m'a toujours accepté comme frère. En revanche, je détestais la mère d'Elizabeth, et elle me le rendait bien. C'est à eux de voir ce qu'ils en pensent désormais, dans l'autre monde, mais pour ma part, oui, j'ai toujours refusé le divorce.

Vicki jeta un dernier coup d'œil à la rangée de romans sur l'étagère, tandis qu'Henry la poussait poliment, mais fermement, vers la sortie.

— Vous ne devez pas manquer de matériau pour vos intrigues, remarqua-t-elle.

— En effet.

— Sans compter que ça vous permet de régler des comptes avec tous les gens qui vous ont causé des ennuis dans le passé.

Parmi les différents scénarios qui lui étaient venus à l'esprit à propos de cette réunion nocturne avec le bâtard d'Henry, vampire de plus de quatre cents ans, Vicki n'avait pas imaginé découvrir qu'il était auteur de romans sentimentaux.

Il sourit et secoua la tête.

— Si vous songez à mes parents, j'ai déjà eu ma revanche sur eux : je suis toujours vivant. Et non, ce n'est pas par vengeance que j'écris, mais parce que je suis plutôt doué dans ce domaine, que ça me permet de bien gagner ma vie, et que la plupart du temps, j'y prends plaisir.

Il s'assit sur le canapé et lui désigna la place à l'autre bout.

— Je pourrais survivre sans argent, je l'ai déjà fait. Mais je préfère de loin un appartement confortable à un mausolée infesté de rats.

— Je ne comprends pas, déclara Vicki en s'installant à la même place que le matin même. Depuis le temps que vous êtes sur terre, vous devriez être riche.

— Riche ?

Il eut un rire grave fort séduisant, et elle se surprit à… Sa raison s'interposa avant qu'elle aille plus loin.

— Évidemment, poursuivit-il, j'aurais pu acheter des actions IBM en mille neuf cent et quelques, mais pour cela il aurait fallu que je devine l'avenir. Je suis vampire, pas voyant. À présent, j'aimerais vous poser une question.

— Je vous en prie.

— Pourquoi me croyez-vous ?

— Parce que j'ai vu le démon, et que vous n'avez aucune raison de me mentir.

Inutile de mentionner son rêve dans l'église. Du reste, il n'avait pas pesé si lourd dans sa décision.

— C'est tout ?

— Je ne suis pas quelqu'un de très compliqué. Mais assez parlé de nous, enchaîna-t-elle. Comment capture-t-on un démon ?

Parfait, approuva Henry en silence. *Passons aux choses sérieuses.*

— Pas « on », juste moi. Vous, vous serez chargée d'arrêter celui ou celle qui l'invoque.

— D'accord.

S'attaquer à la source semblait une bonne méthode à Vicki. D'autant qu'elle ne demandait pas mieux que de garder ses distances avec ce magma de noirceur répugnant.

— Qu'est-ce qui vous fait croire qu'il s'agit d'une seule personne et non d'un groupe ou d'une secte ? reprit-elle.

— Il faut un désir concentré et sans mélange pour attirer un démon. La majorité des groupes ne parviennent jamais à une telle unité.

Il haussa les épaules, et ajouta :

— Disons que, vu le taux de réussite, il y a de fortes chances pour qu'il s'agisse d'un individu isolé.

— Pour rester dans les probabilités, est-ce que je dois rechercher des caractéristiques particulières ?

— Si vous me demandez s'il existe un profil d'invocateur de démon, la réponse est non. Bien que…

Les sourcils froncés, il considéra la question, avant de poursuivre :

— En un sens, peut-être. Dans chaque cas, il s'agit de quelqu'un qui cherche une réponse facile, une manière d'obtenir ce qu'il veut sans effort.

— Cette description vaut pour des millions de gens. Vous n'avez rien de plus précis ?

— Le démon est convoqué pour des biens matériels : il n'aurait pas besoin de tuer s'il restait emprisonné à l'intérieur du pentagramme pour répondre à des questions. Allez fouiller du côté de personnes qui se sont brusquement enrichies : argent, voitures. Sachant que les démons n'ont pas le pouvoir de créer, et donc que toutes ces choses proviennent obligatoirement de quelque part.

— On pourrait coincer cette personne pour détention d'objets volés ?

Les rouages de l'esprit de Vicki se mirent aussitôt à cliqueter, passant en revue de nouvelles possibilités. S'il était extrêmement difficile de remonter jusqu'à la source lorsqu'il s'agissait d'argent liquide, il n'en allait pas de même pour les véhicules, les bijoux et autres biens, surtout s'ils étaient luxueux.

— On l'aura ! affirma-t-elle, une pointe de triomphe dans la voix. Ce n'est qu'une question de temps.

— Encore une chose, précisa Henry. Plus cette personne sera en contact avec le démon, plus elle risque de devenir instable.

— Ah oui ? Eh bien, cela fait une piste supplémentaire. Même s'il faut être déjà pas mal instable pour supporter cette époque. Et le démon ?

— Il n'est pas très puissant.

Vicki lâcha un ricanement moqueur.

— Vous êtes peut-être capable d'arracher la gorge de vos victimes d'un seul coup…

Elle marqua une pause, et Henry hocha la tête, répondant à sa question silencieuse.

— … mais ce n'est le cas de personne de ma connaissance, poursuivit-elle. Ce démon me semble donc assez puissant.

— Selon des critères humains, sans doute. Mais pas pour ceux de son espèce. Autrement, il ne serait pas obligé de se nourrir chaque fois qu'on lui demande d'intervenir dans ce monde.

— Il tuerait pour se nourrir ? Et frapperait au hasard ?

— En tout cas, ses victimes ne signifient rien pour la personne qui le contrôle, si c'est ce que vous souhaitez savoir. Sinon, la police aurait déjà trouvé des liens, fait des rapprochements. Et lui aurait mis la main dessus.

Vicki fronça les sourcils.

— Pourtant, on perçoit une logique, ce qui contredit toute idée de hasard.

— Selon moi, le démon invoqué agit pour un démon plus puissant : il essaie d'écrire le nom de celui-ci à travers la ville.

— Oh.

Vicki se tut, le temps de digérer cette nouvelle information. Bien qu'elle ne soit pas sûre d'avoir envie de connaître la réponse, elle demanda :

— Pourquoi ?

— Ainsi, le démon plus puissant aura accès à ce monde sans avoir à être invoqué ou contrôlé. Il pourra y venir aussi souvent qu'il le souhaite, seul ou avec d'autres.

— Et combien d'autres morts faut-il pour compléter son nom ?

— Impossible à dire.

— Un ? Deux ? Vous avez bien une idée ! s'énerva-t-elle.

D'un côté, il lui donnait de l'espoir, de l'autre, il le détruisait. Le salaud.

— Combien de cadavres composent le nom d'un démon ? insista-t-elle.

— Cela dépend du démon.

Comme Vicki lui décochait un regard mauvais, Henry se leva pour aller ouvrir un tiroir de la bibliothèque. L'ouvrage qu'il en sortit ressemblait à un dictionnaire. La reliure, rouge à l'origine, était devenue graisseuse et presque noire au fil des siècles. Après s'être rassis, cette fois à côté d'elle, Henry feuilleta le livre à la recherche d'une page précise.

— C'est écrit à la plume, s'extasia Vicki en effleurant le papier du bout des doigts.

Elle retira vivement sa main, effrayée. Le parchemin était d'une tiédeur obscène, comme la peau d'une chose vivante.

— Il est très vieux, répondit Henry en ignorant sa réaction – la même que la sienne le jour où il avait découvert le manuscrit. Ce sont les noms des démons. Il y en a vingt-sept, et il n'est pas certain que l'auteur les ait tous découverts.

Les noms, calligraphiés à l'encre noire d'une écriture épaisse et anguleuse, comportaient pour la plupart sept à huit lettres.

— Le démon est encore loin d'avoir fini, constata-t-elle avec un soupir de soulagement.

Elle avait encore le temps d'arrêter le cinglé qui tirait les ficelles.

Henry secoua la tête, désolé de devoir la décevoir.

— Il ne dessine pas le nom, mais le symbole qui le représente.

Il chercha une autre page. Chaque nom y était répété, avec en vis-à-vis, un signe géométrique.

— L'écriture est un phénomène récent, murmura Henry. Les symboles suffisent amplement.

Vicki sentit sa bouche s'assécher. Certains signes étaient d'une simplicité extrême.

Sans un mot, Henry referma le manuscrit et le rangea. Quand il pivota vers elle, il écarta les bras en signe d'impuissance.

— Malheureusement, reprit-il, je serai incapable d'arrêter le démon tant qu'il n'aura pas fait d'autre victime.

— Pourquoi ?

— Parce que je dois l'attendre sur place. Et hier soir, il a achevé la deuxième partie du symbole.

— Ce qui signifie qu'il pourrait avoir terminé ?

— Si c'était le cas, nous le saurions déjà.

— Mais la victime suivante, celle qui marquera le début de troisième partie, elle pourrait compléter…

— Non, c'est impossible. Même le nom le plus simple se compose de plus de trois parties.

— Cette nuit, vous étiez là avant lui, pourtant vous ne l'avez pas arrêté. Pourquoi ?

— Arrêté ? répéta-t-il avec un rire amer. Il se déplaçait si rapidement que je l'ai à peine vu. Mais maintenant que je sais à quoi m'attendre, je ne me laisserai plus avoir. Je le piégerai et je le détruirai.

Voilà qui semblait encourageant. À condition que le dernier meurtre ne marque pas la fin de tout.

— Vous avez déjà fait ça ?

Elle avait besoin d'être rassurée. Pourtant, bien qu'il sache qu'en cet instant, il aurait pu lui faire croire tout ce qu'il voulait, Henry ne put se résoudre à mentir.

— À vrai dire, non.

À Ginevra aussi, il était incapable de mentir, se souvint-il.

Vicki inspira profondément et tortilla le bas de son pull entre ses doigts.

— Henry, que se passera-t-il si le nom du démon est achevé ?

— Je ne voudrais pas faire de mauvais jeu de mots, répondit-il avec un soupir. Mais ce serait l'enfer.

8

Les sourcils froncés, Norman balaya du regard le pub presque désert. Comme chaque jeudi, vendredi et samedi, il était arrivé tôt, dans l'espoir qu'un groupe lui demande, une fois les lieux bondés, de partager sa table – ce qu'il accepterait volontiers, à condition qu'il y ait des filles dans le lot. Le problème, c'était que ce soir, son plan avait peu de chances de marcher.

C'était vraiment pas cool de rentrer dans sa famille pour Pâques, songea-t-il en essuyant la buée sur son verre de soda. C'était même pour cette raison qu'il avait refusé d'aller voir ses parents malgré leur insistance : les types *cool* ne retournaient pas chez eux à Pâques. Ils préféraient traîner autour du campus. Et désormais, Norman Birdwell était un type cool.

Sauf que, de toute évidence, les étudiants fréquentaient un autre bar que le *Cock and Bull*.

Norman poussa un soupir. Sans la rousse assise avec un petit groupe d'admirateurs à la table du coin, il y a longtemps qu'il aurait laissé tomber et serait rentré chez lui. Mais cette fille était sublime, un pur fantasme qu'il dévorait des yeux chaque fois en cours d'histoire comparée des religions. Bien qu'elle ne soit pas très grande, sa chevelure flamboyante lui conférait une présence extraordinaire, et ses courbes pleines compensaient avantageusement les centimètres qui lui manquaient. Norman s'imaginait déjà lui arrachant son chemisier pour contempler sa chair rebondie au-dessous. Elle lui sourirait, subjuguée par son charme, il tendrait la main vers la peau crémeuse… Incapable de se projeter plus loin, il se repassa la scène en boucle sans cesser de fixer l'inconnue à l'autre bout de la salle.

Quelques bières plus tard, le ton monta à la table du coin.

— Je te dis qu'il y a des preuves ! s'exclama la belle rousse. Le tueur est une créature de la nuit.

— Tu perds la boule, Coreen !

Elle s'appelait Coreen ! Le cœur battant, Norman tendit l'oreille pour écouter la conversation.

— Comment tu expliques l'absence de sang, alors ? interrogea la fille. Toutes les victimes étaient exsangues.

— Un psychopathe, risqua l'un de ses compagnons.

— Une sangsue géante, suggéra un autre. Qui rampe dans les rues de la ville jusqu'à ce qu'elle trouve sa victime, et là… SLURP !

Joignant l'acte à la parole, le type laissa couler sa bière sur son menton.

Dans un cri de dégoût général, le groupe lui envoya une pluie de serviettes en papier. Puis la voix de Coreen s'éleva au-dessus du vacarme :

— Je continue de penser que ces morts sont tout sauf naturelles.

— Les sangsues géantes non plus ne sont pas naturelles, marmonna une grande blonde en chemisier rose fluo.

Coreen se tourna vers elle.

— Tu sais très bien ce que je veux dire, Janet. Et je ne suis pas la seule à penser ça.

— Tu veux parler de toutes ces histoires que racontent les journaux ? Un vampire dans la ville, et tout ce bazar.

Janet secoua la tête, l'air désespérée.

— Eux-mêmes ne croient pas à ces conneries, Coreen ! C'est juste pour faire vendre.

— Ce ne sont pas des conneries ! protesta son amie en flanquant un grand coup sur la table. Ian a été tué par un vampire.

Les autres échangèrent des regards entendus, avant de s'excuser un à un, puis de partir.

Coreen ne leva même pas les yeux quand Norman s'assit à la place que venait de libérer Janet. Elle était bien trop occupée à imaginer la réaction de ses soi-disant amis quand le détective privé qu'elle avait engagé aurait mis la main sur le vampire. On verrait s'ils se moquaient encore d'elle à ce moment-là.

Après s'être longuement demandé comment engager la conversation, Norman tenta un :

— Salut.

Le coup d'œil réfrigérant qu'il reçut en réponse le découragea bien un peu, mais, conscient qu'une chance pareille ne se reproduirait peut-être jamais, il enchaîna :

— Je… euh… voulais juste vous dire que… euh… je suis d'accord avec vous.

— D'accord sur quoi ?

La voix était un peu moins froide que le regard.

— Euh… les vampires. Et tout ça, ajouta-t-il un ton plus bas.

La manière dont il prononça « et tout ça » fit glisser un frisson dans le dos de Coreen. Elle l'examina plus attentivement. Elle se souvenait vaguement d'avoir aperçu ce mec une ou deux fois, mais n'arrivait pas à se rappeler où. Et le pichet de bière qu'elle venait d'avaler ne l'aidait pas…

— Je sais, poursuivit-il en s'assurant que personne ne les écoutait, qu'il existe des choses étranges dans le monde. Et je sais aussi ce que ça fait d'être la risée des autres.

Ses dernières paroles sonnaient tellement juste qu'elle ne les mit pas un instant en doute et, avec elles, accepta tout le reste.

— Ce que nous croyons n'a aucune importance, répondit-elle en lui martelant le sternum de son ongle verni. Ce qu'il faut, ce sont des preuves.

— J'en ai. Chez moi. Des preuves irréfutables.

Il sourit devant l'expression médusée de Coreen. Et hocha la tête d'un air sûr de lui pour appuyer son effet. « Le pire, pensa-t-il en se frottant presque les mains de contentement, c'est que je ne mens pas. Je détiens vraiment une preuve, et quand je la lui montrerai, elle tombera dans mes bras… » Une fois encore, son imagination le laissa en plan, mais il s'en moqua : bientôt il vivrait la réalité.

— Tu peux m'aider à prouver que c'est bien un vampire qui a tué Ian ?

Subjugué par l'éclat soudain de son regard vert, Norman bredouilla :

— Un vam… vampire.

Il était si désireux de lui offrir la preuve qu'elle désirait qu'il en avait oublié qu'elle cherchait un vampire. Coreen interpréta son trouble comme un acquiescement.

— Super.

La seconde d'après, elle l'entraînait hors du pub.

— On prend ma voiture, décréta-t-elle. Je suis garée sur le parking.

Soudain, alors qu'ils passaient devant les téléphones publics, elle s'arrêta, le front plissé comme si elle réfléchissait, puis demanda :

— Tu as de la monnaie ?

Norman fouilla dans sa poche et lui tendit une pièce. Que représentaient vingt-cinq cents quand il aurait voulu déposer le monde à ses pieds ? Tandis qu'elle composait le numéro, il se rapprocha discrètement pour écouter la conversation.

— Bonsoir, Coreen Fergus à l'appareil. Oh, je suis désolée ! Je vous réveille ?

Elle consulta sa montre.

— Oui, je comprends. Mais c'est important. Bien sûr que ça concerne le vampire, pour quoi d'autre voulez-vous que je vous appelle ? Écoutez, j'ai rencontré un type qui prétend avoir une preuve irréfutable… Chez lui… Lâchez-moi avec ça, vous n'êtes pas ma mère !

Le combiné claqua bruyamment sur le support quand elle raccrocha.

— Certaines personnes sont vraiment odieuses au réveil ! Allez, on y va, ajouta-t-elle en poussant Norman en direction du parking. Ian sera vengé, même si je dois m'en charger personnellement.

À ces mots, Norman prit brusquement conscience que c'était lui, et non le supposé vampire que poursuivait Coreen. Lui, le véritable responsable de la mort de Ian. Un instant, il eut un doute sur la suite à donner à cette soirée. Puis, tandis qu'ils démarraient dans un crissement de pneus, il décida de ne rien changer. Elle venait chez lui, c'était le principal. Pour le reste, il se débrouillerait. Une bouffée de fierté lui gonfla le torse à l'idée de ce qu'il était capable de faire. « Quand je lui montrerai, se rassura-t-il, elle sera tellement impressionnée qu'elle oubliera Ian et son vampire. »

Norman résidait à l'ouest de l'université de York, dans un ensemble de tours totalement incongru au milieu du paysage environnant. Il indiqua le parking pour visiteurs et, un œil fixé sur la voiture de police qui les suivait depuis deux bonnes minutes, Coreen se gara dans le premier emplacement libre. Elle poussa un soupir de soulagement en voyant les flics poursuivre leur route : après un pichet de bière, son permis n'aurait pas survécu à un contrôle.

Peu après, pendant que Norman cherchait ses clés, elle examina le grand hall beige et marron derrière les portes fumées, se demandant comment il différenciait son immeuble des autres. Dans l'ascenseur, elle se mit à pianoter sur la paroi en acier, de plus en plus énervée contre elle-même. Sans cet accès de déprime tout à l'heure dans le pub, elle n'aurait jamais accepté d'aller chez Norman Birdwell. Dès qu'elle l'avait reconnu, sous la lumière crue du parking, elle avait compris qu'elle commettait une erreur ; s'il y avait un crétin fini à l'université, c'était bien lui.

Sauf que… Elle plissa le front. Il lui avait vraiment paru sincère quand il avait affirmé savoir quelque chose, et pour l'amour de Ian, elle ne devait négliger aucune piste. Peut-être Norman était-il moins stupide qu'il n'en avait l'air ?

Elle le considéra tandis qu'il lui adressait un sourire qui la mit mal à l'aise… et elle comprit soudain à qui il lui faisait penser. Le serviteur du vampire ! Celui qui, non seulement, lui permettait de se débrouiller dans le monde moderne, mais aussi, en certaines occasions, lui procurait…

Elle porta la main à la petite croix en or suspendue à son cou. Si Norman-le-naze s'imaginait qu'elle allait servir de dîner à son mort-vivant de maître, il risquait d'avoir des surprises. Pour se rassurer, elle tâta la bosse que le pistolet chargé d'eau bénite formait dans son sac à main. Elle avait visionné assez de films de vampires pour en connaître les effets : quelques giclées, et le vampire ne ferait pas long feu. Bien sûr, il resterait Norman, mais même si ce genre d'arme ne pouvait rien contre lui, il ne l'inquiétait pas.

— Lorsque j'ai commencé ce travail, j'ai demandé à descendre au quatorzième étage, expliqua-t-il en ouvrant sa porte d'une main tremblante d'anticipation. Parce que le quatorze est en fait le treize, mais comme il n'y avait rien de libre, je suis resté au neuvième.

— Le neuf est également un chiffre très symbolique, marmonna Coreen en passant rapidement devant lui.

Aucun cercueil. Ni dans l'entrée ni dans la grande pièce adjacente. Juste un canapé avachi recouvert d'un plaid oriental et un coffre bleu en métal en guise de table basse. Dans le coin, près de la baie vitrée qui ouvrait sur un balcon, un minuscule bureau croulait sous une montagne de matériel informatique. En face, le coin cuisine se composait d'une plaque électrique, d'un réfrigérateur et d'un évier formant un demi-cercle autour d'une table en formica et de deux chaises.

Coreen fronça le nez. Malgré la propreté des lieux, une odeur bizarre flottait dans l'air. Elle s'aperçut alors qu'il y avait une flopée de diffuseurs de désodorisant – champignons et coquillages en plastique, flacons imitation cristal – sur quasiment chaque surface plane. L'effet décoratif était pour le moins inattendu.

— Je prends ton manteau ? demanda-t-il, haussant la voix pour couvrir la musique qui provenait de l'appartement du dessus.

— Non.

Elle éternua et sortit un mouchoir en papier de sa poche.

— Où est la salle de bains ? Je crois que j'ai bu trop de bière.

— Oh, je vois.

Il ouvrit une porte conduisant à la fois à un dressing et à la salle de bains.

— Par ici.

« Elle va se rafraîchir, jubila-t-il intérieurement en accrochant son propre manteau à une patère. Il y a une fille dans ma salle de bains qui se rafraîchit ! » Enfin, un jeudi où il n'avait pas fait le ménage à fond pour rien. Il essuya ses paumes moites sur son jean. Devait-il sortir les chips et les biscuits apéritifs ? Non, décida-t-il en essayant de prendre une pose nonchalante sur le canapé. Ce serait pour plus tard. Pour *après*.

Avant de regagner la pièce principale, Coreen s'arrêta pour examiner plus attentivement le dressing. Toujours pas de cercueil ; apparemment, elle ne courait aucun danger. Les vêtements de Norman étaient suspendus avec soin, par catégories : chemises d'un côté, pantalons de l'autre, et un costume gris isolé dans sa magnificence. Ses chaussures, des mocassins marron et une paire de baskets immaculées, s'alignaient face au mur. Même si elle ne se sentait pas le courage d'ouvrir les tiroirs pour le vérifier, Coreen était prête à parier que Norman pliait ses slips. Dans un angle, un hibachi japonais sur une caisse en plastique attira son regard. Malgré son envie d'y regarder de plus près, elle ne put s'y résoudre, car l'odeur qui émanait de l'ensemble – la même que celle qui emplissait l'appartement en plus intense –, ajoutée à la bière dans son estomac, lui souleva le cœur.

Sans doute un projet de laboratoire sur lequel il travaille chez lui. L'image de Norman en blouse blanche en train de placer des électrodes sur le cou de sa dernière créature s'imposa à son esprit, et elle réprima de justesse un gloussement en pénétrant dans le salon.

Son amusement s'évanouit aussitôt devant l'expression de Norman quand elle s'assit à l'autre bout du canapé. Finalement, elle avait peut-être commis une grave erreur en acceptant de venir…

— Alors, commença-t-elle, tu disais que tu voulais me montrer une preuve de l'existence des vampires ?

Norman fronça les sourcils. Avait-il vraiment déclaré une chose pareille ? Il n'en avait aucun souvenir.

— Je… Enfin… j'ai effectivement quelque chose à te montrer, mais il ne s'agit pas exactement d'un vampire.

Lâchant un soupir exaspéré, Coreen se leva et se dirigea vers la porte.

— Je vois…

Qu'il essaie un peu de lui montrer ce à quoi il pensait. Elle se ferait un plaisir de le lui couper.

— Je suis sérieux, se défendit Norman en bondissant sur ses pieds pour la retenir. Ce que je peux te montrer prouve que des forces surnaturelles sont à l'œuvre dans cette ville. À partir de là, tout est possible, même les vampires. Pas vrai ?

Malgré son ton suppliant, il paraissait sûr de ce qu'il avançait.

— Peut-être bien.

— Dans ce cas, tu ne veux pas te rasseoir ?

Il fit un pas vers elle, elle recula de trois.

— Non. Merci. Je préfère rester debout. Alors, de quoi s'agit-il ?

Elle sentait sa patience s'épuiser.

Norman se redressa de toute sa taille, puis, les pouces fichés dans les passants de sa ceinture, annonça d'un air fat :

— J'ai le pouvoir de convoquer des démons.

— Des démons ?

Il hocha la tête. À présent, elle allait oublier une bonne fois pour toutes son petit ami et sa théorie stupide à propos d'un vampire meurtrier.

Coreen ajouta un chapeau pointu décoré d'étoiles et une baguette magique à la vision de Norman en blouse blanche et, cette fois, ne put retenir un rire. Plus nerveux que sarcastique, car, bizarrement, et en dépit de la réputation de Norman, elle avait le sentiment qu'il disait la vérité.

Ce que, bien sûr, il n'avait aucun moyen de savoir.

« Elle se moque de moi, réalisa-t-il. Comment ose-t-elle se moquer de moi alors que je suis le seul à l'avoir prise au sérieux ? Comment ose-t-elle ? »

Fou de rage et de frustration, il bondit sur Coreen, l'attira à lui, et pressa si violemment sa bouche sur la sienne qu'il se fendit la lèvre. Sans même se rendre compte qu'il saignait, il la plaqua contre le mur, et lui pétrit les seins, les hanches… Il allait lui apprendre à se moquer de lui !

L'instant d'après, il se courbait en deux, le souffle coupé par la douleur. Titubant en arrière, il se cogna contre le coffre, sur lequel il s'affaissa en gémissant. Autour de lui, la pièce devint rouge, puis orange. Puis noire.

Coreen enfonça le bouton de l'ascenseur en maudissant sa propre stupidité.

— Des démons, tu parles ! s'exclama-t-elle en envoyant un coup de pied dans la cloison métallique. Dire que j'ai failli le croire ! Quelle imbécile !

Il n'empêche que l'espace d'un instant, au moment où il l'avait agrippée par les épaules, elle avait vraiment été effrayée par l'étrangeté de son expression. Comme si toute trace d'humanité avait disparu de son visage. Puis l'attaque avait pris un tour plus familier, et la peur s'était évanouie.

— Les hommes sont des porcs, informa-t-elle le vieux gentleman indien médusé qui attendait la cabine au rez-de-chaussée.

Une fois dehors, elle s'aperçut qu'il lui manquait l'un de ses gants de cuir rouge tout neufs. Il avait dû tomber de la poche de son manteau lorsqu'elle s'était débattue.

— Bravo. C'est la totale !

Elle envisagea de remonter, ne doutant pas un instant de venir à bout de Norman s'il retentait quoi que ce soit. Puis y renonça, de peur de l'étrangler si, par malheur, elle reposait les mains sur lui.

La tête dans les épaules pour se protéger du vent, elle fonça vers sa voiture, et passa sa rage en faisant hurler le moteur au démarrage.

La douleur laissa peu à peu place à la colère.

Elle s'était moquée de lui. Il avait partagé le secret du siècle avec cette idiote qui croyait aux vampires, et elle n'avait rien trouvé de mieux que de se ficher de lui ! Prudemment, craignant que ses jambes ne le soutiennent pas, Norman se redressa. Tout le monde s'était toujours moqué de lui. On le choisissait en dernier dans les équipes de base-ball. Il ne portait jamais les mêmes vêtements que les autres garçons. On se moquait même de ses bonnes notes. À tel point qu'il avait fini par ne plus parler de rien : ni des A+ qu'il obtenait à ses devoirs, ni des professeurs qui se servaient de ses projets pour leurs cours, ni du premier prix gagné trois années de suite au salon de la science, ou de sa lecture de *Guerre et Paix* en un week-end. Ses succès ne les intéressaient pas. Ils se moquaient tout le temps.

Comme elle s'était moquée.

La rage dissipa les dernières traces de douleur. Il savait ce qu'il lui restait à faire.

Veillant à ne pas serrer les cuisses, il poussa le coffre contre le mur, saisit le plaid du canapé, et le suspendit aux crochets au-dessus de la porte. L'épais tissu de laine absorberait la majeure partie des odeurs avant qu'elles s'infiltrent dans le couloir. Ensuite, il entrouvrit la porte-fenêtre, qu'il cala avec un champignon désodorisant et, sans se soucier du filet d'air glacé, plaça le ventilateur contre l'entrebâillement.

Après quoi, il alla chercher le petit gril japonais et la caisse en plastique dans le dressing.

Une fois l'hibachi installé le plus près possible de la fenêtre, il enflamma les trois briquettes de charbon disposées en pyramide, puis mit le ventilateur en route pour évacuer la fumée avant qu'elle atteigne les détecteurs. Tandis que les flammes s'élevaient, il entreprit le dessin du pentagramme.

Bien que le manuel conseillât des craies de couleur, il les avait remplacées par des pastels, d'une meilleure tenue sur le carrelage. Apparemment, cela ne changeait rien. Sur les cinq coins de la figure géométrique, il installa deux bougies : une noire de vingt-trois centimètres et une rouge de quinze. Il avait dû les couper pour correspondre à la taille exigée, et s'était aperçu que certaines noires étaient en fait violet foncé. Mais là encore, le changement n'avait pas posé de problème.

Quand il les eut allumées, il s'agenouilla devant le charbon ardent et commença son rituel invocatoire.

Il avait acheté une chaîne en or de dix-huit carats dans une boutique de Chinatown. À l'aide de petits ciseaux, il coupa trois ou quatre maillons, qu'il laissa tomber dans le cœur rougeoyant des briquettes. Il était impossible que le petit hibachi produise une chaleur suffisante pour faire fondre le métal, il le savait. Pourtant, même en passant au crible les cendres après la cérémonie, il n'avait jamais retrouvé une seule trace d'or.

L'encens provenait d'un magasin diététique à la mode de Bloor Street West. Il n'avait aucune idée de la manière dont les gens utilisaient ces flocons orange vif : les manger lui semblait exclu, bien qu'il s'agît sans doute d'épices. La poignée qu'il jeta sur le feu se consuma lentement, créant une fumée épaisse et parfumée que le ventilateur parvint à évacuer presque entièrement.

Toussant, les yeux larmoyants, il se saisit du dernier ingrédient. Il s'était procuré la myrrhe chez un parfumeur spécialisé en huiles essentielles. Millilitre par millilitre, l'extrait s'était révélé encore plus onéreux que l'or. Délicatement, avec l'un des doseurs en plastique que lui avait donnés sa mère, il versa un huitième de cuillère à soupe de liquide sur les braises.

Le parfum lourd de l'encens s'intensifia, et une note plus âcre emplit l'air et la bouche de Norman. Lors de son premier essai, il avait failli s'arrêter au stade de la myrrhe, oppressé par le poids de l'histoire liée à cette plante. Comme si tous les cadavres qu'elle avait accompagnés vers leur dernière demeure au cours des siècles, toute la puissance de la mort, se manifestaient un peu plus à chaque goutte d'huile grésillant dans les flammes. La deuxième fois, ces millions de morts lui avaient paru peu de chose comparé à ce qui allait suivre. Aujourd'hui, à sa septième invocation, ils ne retinrent même pas son attention.

Les aiguilles stériles, identiques à celles dont se servait la Croix Rouge pour prélever le sang des donateurs, lui avaient été vendues par un fournisseur de matériel médical. En général, il détestait ce moment, mais ce soir, poussé par la colère, il ne marqua pas le moindre temps d'arrêt. La légère piqûre au bout de son doigt courut le long de ses nerfs jusqu'à son bas-ventre douloureux, et la brusque tension sexuelle qui en résulta le détourna presque du rituel.

Haletant, il parvint néanmoins à garder le contrôle.

Trois gouttes de sang sur le feu, et avec chacune, une invocation.

Ces mots, il les avait découverts dans un ouvrage emprunté pour son cours d'histoire comparée des religions. Quant au rituel, il l'avait élaboré lui-même à partir de ses recherches et d'une dose de bon sens. « C'était à la portée de n'importe qui, songea-t-il avec suffisance. Mais je suis le seul à l'avoir fait. »

Au centre du pentagramme, l'air s'agita et vibra comme si une force le repoussait vers l'extérieur. Debout, Norman patienta, les sourcils froncés, tandis que l'encens cédait la place à une odeur de putréfaction et qu'un son inaudible se répercutait dans ses os et son cerveau, couvrant la stéréo du voisin.

Retenant son souffle, il s'avança sur le bord du pentagramme.

— Je t'ai appelé, déclara-t-il. Je suis ton maître.

Le démon inclina la tête, ses traits suivant son mouvement comme si aucun os ne soutenait la peau de son visage.

— Vous êtes le maître, acquiesça-t-il.

Sa voix sortait du trou noir de sa bouche sans que celle-ci remue.

— Tu dois exécuter mes ordres.

La créature scruta le périmètre de sa prison de son regard jaune dépourvu de paupières.

— Oui, admit-elle finalement.

— Quelqu'un s'est moqué de moi ce soir. Je veux qu'elle n'ait plus jamais l'occasion de rire.

Le démon demeura silencieux, dans l'attente des instructions, sa teinte variant du noir terreux au brun verdâtre.

— Tue-la !

Voilà, il l'avait dit. Il fourra ses mains dans les poches pour les empêcher de trembler. Il avait l'impression de mesurer deux mètres, se sentait invincible. Enfin, il allait au bout des choses, ne reculait plus devant ce pouvoir qui était le sien ! La pulsation augmenta jusqu'à faire vibrer tout son corps.

— Tuer qui ? demanda le démon.

La pointe d'ironie dans sa voix ramena Norman sur terre.

— NE TE MOQUE PAS DE MOI !

Fou de rage, il fit un pas en avant, avant de se souvenir du danger, et de tordre le pied de sorte qu'il ne touche pas l'intérieur du pentagramme.

Le plongeon que le démon fit vers lui les amena presque nez à nez.

— Ah ! cracha Norman en reculant. Tu es exactement comme eux ! Tu penses que je suis de la merde, et que tu m'es mille fois supérieur. Mais n'oublie pas que tu es dedans et moi dehors. C'est moi qui t'ai appelé ! Moi qui te contrôle ! JE SUIS LE MAÎTRE !

Insensible aux paroles fielleuses de Norman, le démon retourna au centre du pentagramme.

— Vous êtes le maître, répéta-t-il, placide. Tuer qui ?

Toujours la même ironie. Norman sentit sa haine et sa colère redoubler. « TUER COREEN ! » faillit-il crier, avant de se rendre compte que cela ne servirait à rien. Il devait réfléchir. Comment trouver une personne précise dans une ville de plus de trois millions d'habitants ? Il se mit à faire des allers-retours du mur au pentagramme. Soudain, le talon de sa santiag accrocha quelque chose sur le sol. Norman baissa les yeux.

— Voilà ! s'exclama-t-il en ramassant le morceau de cuir rouge.

Le démon fendit l'air de son bras et s'empara du gant, les longs morceaux de peau flasque entre son corps et l'énorme serre qui lui servait de main claquant dans le vide.

Norman sourit.

— Trouve le gant qui va avec celui-ci, et tue celle qui le détient. Personne ne doit te voir. Reviens dans le pentagramme dès que ce sera fini.

L'odeur de chair en décomposition persista après le départ du démon, vestige écœurant que seul le temps atténuerait. Tout en suçant la piqûre au bout de son index, Norman gagna la porte-fenêtre et contempla la nuit.

— Personne, jura-t-il, ne se moquera plus jamais de moi.

Finis les gadgets, finis les vêtements et les ordinateurs. Cette nuit, il s'était saisi de son pouvoir à pleines mains, et quand le démon reviendrait, gorgé du sang de Coreen, il l'enverrait s'emparer du symbole de cette nouvelle puissance. Alors, le monde serait bien obligé de le respecter.

La pulsation enfla davantage, et Norman se frotta contre la vitre, ses hanches oscillant en rythme.

Coreen fulminait toujours quand elle se gara sur le parking du MacDonald. Norman Birdwell ! Elle n'arrivait pas à croire qu'elle avait adressé la parole à Norman Birdwell. Accepté de le suivre chez lui ! Il lui avait semblé tellement sincère dans le pub. Elle secoua la tête devant sa propre crédulité. Certes, elle ne l'avait pas encore reconnu à ce moment-là, mais tout de même…

— J'espère que tu apprécies mon geste à sa juste valeur, Ian, dit-elle à voix haute en claquant la portière. En jurant de retrouver ton assassin, je ne m'attendais pas à devoir repousser les assauts d'un plouc obsédé.

La température avait encore baissé, et elle chercha ses gants dans sa poche, avant de se souvenir qu'elle n'en avait plus qu'un. Les dents serrées, elle pénétra dans le fast-food. Une énorme portion de frites l'aiderait peut-être à se calmer.

Elle s'avançait vers les caisses quand elle avisa un visage familier à une table.

— Eh, Janet ! Je croyais que tu étais chez Allison ?

Janet leva les yeux vers elle et fit la moue.

— C'est une longue histoire.

Avec un petit rire, Coreen posa son gant au-dessus des affaires empilées sur la chaise devant elle.

— Ah oui ? Eh bien, j'en ai une encore plus longue à te raconter. Attends-moi.

Dix minutes plus tard, Janet fixait son amie d'un air ébahi, sa cuillère d'apple-pie suspendue à mi-chemin entre ses lèvres et son assiette.

— ... alors je lui ai envoyé un coup de genou bien placé, et je me suis tirée. Et je parie que je ne reverrai jamais mon deuxième gant, ajouta Coreen en grimaçant.

— Norman Birdwell ? répéta Janet, les yeux écarquillés.

— Ouais, je sais, ça semble incroyable. Je devais vraiment avoir forcé sur la bière.

Elle n'aurait jamais dû se confier à Janet. Dieu merci, on était à la veille d'un long week-end : avec un peu de chance, sa mésaventure ne ferait pas tout de suite le tour du campus.

— Attends, même ivre morte, je n'accepterais jamais de suivre ce type.

Coreen transforma en purée les oignons qu'elle avait retirés de son hamburger.

— Il m'a fait croire qu'il savait des choses sur la créature qui a tué Ian, expliqua-t-elle, mal à l'aise.

Elle n'aurait *vraiment* pas dû parler à Janet. Qu'est-ce qui lui avait pris ?

— Je vois, ricana son amie. Difficile de résister à un autre chasseur de vampires, pas vrai ?

— Ne plaisante pas avec ça.

— Plaisanter ? Tu as à peu près autant de chances de trouver le démon de Birdwell que ton stupide vampire.

Janet prit conscience de son erreur à l'instant où les mots franchirent ses lèvres, mais il était trop tard.

— Des documents historiques attestent l'existence des vampires et tous les faits concordent...

Trente-trois minutes plus tard – Janet avait calculé la durée exacte du sermon en jetant des coups d'œil réguliers à sa montre –, Coreen se tut brusquement et se leva.

— Il faut que j'aille aux toilettes. Attends-moi, je reviens.

— Tu peux toujours courir, murmura Janet au moment où elle disparaissait dans l'escalier.

Elle récupéra ses affaires dans la pile de vêtements à côté d'elle et se dirigea à grands pas vers la sortie sans prendre le temps de s'arrêter pour enfiler sa parka. Elle aimait bien Coreen, mais un mot de plus sur les vampires, ce soir, et c'était elle qui allait mordre.

Devant la porte, elle s'aperçut qu'elle avait emporté le gant de son amie. Merde ! Si elle y retournait, elle allait en reprendre pour une heure sur le comte de Dracula. Elle s'immobilisa un instant, indécise, martelant sa paume du gant. Qu'est-ce qui comptait le plus ? Rendre son gant unique à sa propriétaire ou protéger sa propre santé mentale ?

La réponse s'imposa d'elle-même.

En apercevant le haut du crâne de Coreen au ras des marches, Janet fourra le gant dans sa poche, poussa la porte et s'élança dans la nuit. Si elle courait assez vite, elle atteindrait la zone non éclairée avant que Coreen regarde par la vitre. Alors, elle serait en sécurité.

Il progressa sous terre. Il préférait se déplacer ainsi plutôt que de dépenser de l'énergie à se dissimuler. Une énergie qui lui manquait cruellement tant qu'il ne s'était pas nourri. Il pouvait sentir sa proie au-dessus de lui, mais patienta, et la pista jusqu'à ce qu'il ne perçoive plus aucune vie humaine autour d'elle.

Alors, il surgit à l'air libre.

Le besoin de tuer le tenaillait, impérieux, à la limite du supportable. Toute sa nature l'y poussait, et le maître le lui avait ordonné. Seule la peur des conséquences le poussa à dévier le coup mortel que son instinct lui commandait d'infliger, et à frapper l'os au lieu de la chair.

La proie poussa un hurlement avant de s'écrouler, silencieuse mais encore vivante.

Il résista au désir violent de laper le sang tiède qui emplissait l'air de la nuit, conscient que s'il commençait, il ne s'arrêterait plus. Et c'était ailleurs qu'elle devait mourir. Sa prise sous le bras, il huma le vent, et se mit à courir sur trois membres. Il ne pouvait pas emporter un fardeau de cette taille sous la terre ni dans le ciel. Seule sa rapidité lui permettrait de ne pas être repéré.

La proie mourrait. En cela, il obéirait à son « maître », mais il obéirait également à un maître plus grand et plus ancien en intégrant cette mort au schéma général.

Sur le sol, à la limite de la partie éclairée du parking, gisait le gant de cuir rouge. À côté, une flaque d'un rouge plus sombre commençait à geler.

9

— «… la série de meurtres étranges continue dans la région de Toronto, avec la découverte ce matin d'un septième corps sur Foxrun Avenue, au sud du golf d'Oakdale. Selon les premières informations, le décès serait dû à un coup violent porté à la gorge de la victime, mais les policiers envoyés sur les lieux ont refusé de dire si celle-ci a été ou non vidée de son sang. La police attend l'autorisation des proches pour révéler son identité… Maintenant, la météo : la température dans le sud de l'Ontario reste au-dessous des normales… »

Vicki tendit le bras pour éteindre la radio, et demeura un moment sur le banc de musculation à écouter les bruits de la ville, se demandant si le grondement qu'elle entendait au loin était bien celui d'un camion ou la charge d'une armée de monstres griffus.

— Jusqu'ici pas de hordes démoniaques. Touchons du bois, murmura-t-elle en se penchant pour frôler le parquet.

Apparemment, elle disposait d'encore un peu de temps pour mettre la main sur l'auteur de ces crimes horribles, lui briser les os un par un, et…

Chassant ces pensées, elle se leva pour consulter le plan de la ville punaisé au mur du salon. Plutôt que de songer à la vengeance, elle ferait mieux de s'occuper du présent et de mettre la main sur cette ordure.

Les six premiers meurtres avaient eu lieu les dimanche, lundi et mardi, à une semaine d'intervalle.

Survenu un jeudi, celui de cette nuit brisait le rythme. Les yeux plissés, Vicki traça un cercle autour de Foxrun Avenue. Elle n'avait aucun moyen de savoir si l'endroit rentrait ou non dans le schéma général ou le rendait caduc.

Repoussant ses lunettes sur le haut de son nez, elle se força à desserrer les dents.

Henry s'amuserait à relier les cercles entre eux à son réveil ; quant à elle, elle avait d'autres pistes à suivre.

Si Henry avait raison, et que la personne qui convoquait le démon avait reçu des marchandises volées pour chaque vie enlevée, ces biens devaient être déclarés disparus. Retrouver leur trace la mènerait peut-être à la personne liée au démon. Et une fois celle-ci hors d'état de nuire, les meurtres cesseraient. Tout cela était fort simple. Il suffisait de vérifier toutes les plaintes consignées dans les registres de la police au cours des trois dernières semaines, et de se pencher sur les cas de vol inhabituels et inexpliqués.

— Ce qui devrait me prendre deux bonnes années, soupira-t-elle.

Quoi qu'il en soit, deux ans de recherche valaient toujours mieux que de rester sur une chaise à ne rien faire. Il suffisait de décider par où commencer.

Elle tapota la carte de la pointe de son stylo. Les comptes rendus matinaux de la Division 31 comporteraient peut-être des détails non communiqués à la presse susceptibles d'aider Henry à déterminer le lieu du prochain crime. D'autant que les deux lignes reliant les six meurtres précédents se croisaient justement à l'intérieur de la Division 31. Cela n'avait peut-être aucune signification, mais le principal était de s'y mettre.

Son sac de beignets dans une main et les cafés dans l'autre, Vicki courba la tête et bifurqua dans Norfinch Drive. Maintenant qu'elle avait dépassé l'hôpital, rien ne s'interposait plus entre elle et le vent du nord, hormis le bâtiment bas de la Division 31.

Un véhicule de patrouille sortit du parking. Elle le suivit des yeux jusqu'à ce qu'il disparaisse dans Finch Avenue. À 9 h 20, le vendredi précédant Pâques, les rues étaient désertes, et on aurait pu croire que Toronto profitait de l'occasion – une fête religieuse observée par environ un tiers de la population – pour se reposer. Sauf que la ville n'était jamais en repos, Vicki avait eu tout le temps de l'apprendre. Si les accrochages ou les altercations sur la voie publique chutaient, les agressions domestiques, elles, filaient à la hausse durant cette journée de retrouvailles familiales. Sans doute n'était-ce pas un hasard si la voiture avait pris la direction de Jane-Finch, un quartier où les mots « vacances » et « jour férié » semblaient n'avoir d'autre utilité que d'exacerber la rage des sans-emploi.

Vicki avait passé près d'un an à la Division 31. Tandis que les souvenirs affluaient, elle eut l'impression que, finalement, la police ne lui manquait pas tant que ça.

— Ça alors, mais n'est-ce pas notre bonne vieille « Victory » Nelson ! Qu'est-ce qui t'amène dans le trou du cul de la ville ?

— L'envie de revoir ton sourire, Jimmy.

Vicki déposa beignets et cafés sur le comptoir.

— C'est le printemps, comme les hirondelles je reviens à Capistrano. Le chef est là ?

— Ouais, dans le...

— Ça ne la regarde pas où il est ! intervint une voix tonitruante.

L'instant d'après, le sergent Stanley Iljohn déboulait dans le hall.

— Tu avais dit que tu serais là à 9 heures. Tu es en retard.

Sans un mot, Vicki lui tendit le sac de beignets.

— Corruption de fonctionnaires ! accusa-t-il, les extrémités recourbées de sa moustache vibrant sous la force de son soupir. Bon, reste pas plantée là. Suis-moi. Et toi, ajouta-t-il à l'adresse de Jimmy, au boulot !

Jimmy se contenta de sourire sans lever les yeux du dossier ouvert devant lui.

Vicki emboîta le pas au sergent. Celui-ci s'installa à son bureau, tandis qu'elle tirait une chaise et prenait place face à lui.

Quelques instants plus tard, le sergent brossait avec soin le sucre glace sur sa chemise amidonnée.

— Maintenant, écoute. Tu sais aussi bien que moi que te laisser consulter les registres est tout à fait contraire au règlement.

— Oui, sergent.

Elle en était d'autant plus consciente que si un autre que lui avait été de service, elle aurait sans doute été obligée de s'adresser plus haut.

— Et nous savons aussi tous les deux que tu profites abusivement de tes anciens états de service pour contourner ce règlement.

— Oui, sergent.

Premier à avoir soumis la candidature de Vicki pour une promotion anticipée, Iljohn avait toujours eu une très haute idée de ses capacités. Lorsqu'elle avait démissionné, il l'avait appelée, questionnée sur ses projets, et lui avait pratiquement ordonné de faire quelque chose de sa vie. Sans être vraiment un soutien, sa bienveillance s'était révélée réconfortante face aux accusations de fuite de Mike Celluci.

— Et si ça devait me retomber dessus, je leur dirais que tu t'es servie de ces techniques de combat à mains nues dans lesquelles, c'est bien connu, tous les privés excellent, pour me maîtriser et lire les rapports sur mon corps ensanglanté.

— Est-ce que je dois vous frapper un peu ?

Bien qu'il soit légèrement au-dessous de la taille réglementaire, Stanley Iljohn avait la réputation de ne jamais avoir perdu une seule bagarre.

— Ne joue pas à la maligne.

— Pardon, sergent.

Désignant le dossier devant lui, il redevint grave pour demander :

— Tu crois vraiment que tu peux faire quelque chose à ce sujet ?

Vicki hocha la tête.

— Pour l'heure, en tout cas, je suis la mieux placée.

Iljohn la considéra longuement.

— Moi aussi, je sais tracer des lignes sur une carte, dit-il enfin. Et lorsqu'on relie des six premiers meurtres, les traits se croisent juste au nord d'ici. Tout le monde au poste est à la recherche d'un détail bizarre, une marque du tueur, et je peux t'assurer que ces comptes rendus...

D'un mouvement du menton, il désigna les procès-verbaux des derniers meurtres sur l'étagère.

— ... ont été passés au peigne fin, aussi bien par mes gars que par tes anciens collègues.

— Mais pas par moi.

— Pas par toi, reconnut-il, avant de frapper du plat de la main sur le dossier. Ce corps-là, le dernier, a été retrouvé sur mon territoire, et je m'en occupe personnellement. Si tu sais quelque chose que tu n'as pas encore dit, c'est le moment.

Un démon écrit un nom en lettres de sang à travers la ville. Si on ne l'arrête pas, le pire est à venir.

Comment le sais-tu ?

Un vampire me l'a dit.

Elle le fixa droit dans les yeux, et mentit :

— J'ai rapporté tout ce que je savais à Mike Celluci. C'est lui qui mène l'enquête. Mais un œil extérieur ne peut pas nuire.

Iljohn plissa le front. De toute évidence, il ne la croyait pas. Du moins, pas complètement.

Puis, lentement, il poussa le dossier vers elle.

— Je veux que ce mort soit le dernier, grommela-t-il.

« Pas autant que moi », pensa Vicki.

Combien de morts pour écrire le nom d'un démon ?

— La première et la septième victime étaient étudiants à l'université de York. Un peu léger comme piste, non ?

Celluci soupira.

— Vicki, au point où on en est, je suis prêt à suivre n'importe quelle piste, y compris la plus mince. Tu m'appelles juste pour m'emmerder ou tu as un truc constructif à me dire ?

Vicki enroula le fil téléphonique autour de ses doigts. En fin d'après-midi, arrivée aux rapports de la Division 52, elle avait fini par obtenir un renseignement intéressant. Un officier de police qui se changeait pour partir l'avait entendue demander au sergent s'il se souvenait de vols inhabituels survenus ces dernières semaines. Il était alors venu la trouver pour lui faire part d'une plainte qu'il avait enregistrée. L'ennui, c'était qu'elle ne voyait pas de quelle manière présenter ça à Celluci. Du coup, elle déclara :

— Donc, vous allez concentrer les recherches sur l'université de York ?

Nouveau soupir.

— Ouais, pour l'instant. Pourquoi ?

Elle prit une inspiration. Il n'y avait pas trente-six façons de s'y prendre.

— Ne me demande pas comment je l'ai appris, car tu ne me croirais pas, mais il y a des chances pour que la personne que vous recherchez porte un blouson de cuir noir. Un blouson à neuf cents dollars.

— Bon sang, Vicki ! Il s'agit d'une fac. La moitié de ces foutus étudiants portent un blouson de cuir noir.

— Pas comme celui-là. J'en ai une description très précise.

— Et tu l'as trouvée où ? Dans une pochette-surprise ?

Vicki ouvrit la bouche pour lui expliquer, puis la referma. Trop compliqué.

— Je ne peux pas te le dire. Je risquerais de compromettre mes sources.

— Si tu me caches quelque chose, Vicki, je te jure que ce ne sont pas seulement tes sources que tu vas compromettre.

— Écoute, ducon, tu me crois ou tu ne me crois pas, ça te regarde, mais je t'interdis de me menacer !

Sur quoi, elle lui balança la description du blouson, et raccrocha. Parfait. Elle avait fait son devoir en révélant ce qu'elle savait à la police. Qu'ils s'en servent ou non, ce n'était pas son problème. Et Mike Celluci pouvait aller rôtir en enfer.

Sauf que l'enfer, c'était justement ce qu'elle tentait d'éviter à tout le monde.

Les dents serrées, elle envoya un coup de pied dans une chaise du salon et, légèrement essoufflée, regarda d'un air consterné le meuble cassé.

— La vie était moins compliquée autrefois, soupira-t-elle, avant de pivoter de nouveau vers le téléphone.

L'université de York était son unique piste, et Coreen Fergus étudiait là-bas. Elle ne serait probablement pas d'une grande aide – Celluci avait raison, trouver un blouson de cuir noir sur un campus revenait à chercher une aiguille dans une boîte d'aiguilles –, mais ça ne coûtait rien d'essayer.

— Coreen Fergus, s'il vous plaît.

— Désolée, Coreen n'est pas là. Je peux prendre un message ?

— Vous savez quand elle doit revenir ?

— Non. Elle est partie ce matin voir des amis, mais n'a pas dit quand elle rentrerait.

— Elle va bien ?

Pourvu que cette gamine ne se soit pas attiré d'ennuis en montant chez le premier venu.

— À vrai dire, elle est un peu sous le choc. Elle était très proche de la fille dont on a retrouvé le corps cette nuit.

Juste après Ian, c'était moche, mais, Dieu merci, c'était tout.

— Quand elle rentrera, vous pourrez lui dire que Vicki Nelson a appelé ?

— Pas de problème. C'est tout ?

— C'est tout ?

Du moins si Henry n'avait rien de nouveau…

— Celui-là, celui-là, ou celui-là.

Le regard d'Henry passa de la carte à la page de symboles.

— Vous avez une idée de l'emplacement du prochain meurtre par rapport au schéma général ? s'enquit Vicki.

Elle se pencha pour examiner les symboles tout en s'efforçant de rester le plus loin possible du vieux manuscrit. Il lui semblait qu'une aura maléfique en émanait – ça sonnait tellement « cliché de roman d'horreur » qu'elle l'aurait prise pour un effet de son imagination si Henry lui-même n'avait évité au maximum de le toucher.

Armé d'une règle et d'un compas, il rectifia avec un rire sans joie :

— Vous voulez dire de l'emplacement des trois prochains meurtres par rapport aux trois schémas possibles ?

— Génial ! soupira-t-elle. Alors, par où commence-t-on ?

— Par où *je* commence.

Il se massa les tempes, l'air ailleurs. Indispensable à Vicki, la lumière vive lui donnait mal à la tête. Il pointa sur la carte l'est de l'Humber River, entre Lawrence et Eglinton Avenues.

— J'opterais pour cette zone-là. Ce point continuerait le symbole le moins complexe. Le premier, théoriquement, à être achevé.

— Théoriquement ?

Henry haussa les épaules.

— Il s'agit de science démoniaque. Il n'existe pas de réponses claires et nettes. Les spécialistes dans ce domaine ont tendance à mourir jeunes.

Vicki prit une profonde inspiration. Les réponses n'étaient *jamais* claires et nettes. Elle aurait dû le savoir, depuis le temps.

— En résumé, vous n'avez jamais fait ce genre de choses auparavant ?

— En résumé, non. Ce « genre de choses », comme vous dites, ne se produit pas très souvent.

Elle approcha – à bonne distance, tout de même – son index du grimoire.

— Dans ce cas, pourquoi possédez-vous *ça* ?

Henry baissa les yeux sur le livre, mais à son expression, Vicki comprit qu'il voyait autre chose.

— Je l'ai pris à un dément, répondit-il. Et je ne souhaite pas en parler pour l'instant.

Il y avait tant de colère dans sa voix que Vicki dut résister à l'envie de prendre ses jambes à son cou.

— Comme vous voulez, s'empressa-t-elle d'acquiescer. C'était juste une question. Rien ne vous oblige à répondre.

Prenant visiblement sur lui, il chassa l'insupportable souvenir, et lui adressa ce qu'il espérait être un sourire rassurant.

— Excusez-moi, je ne voulais pas vous effrayer.

— Vous ne m'avez pas effrayée, se récria-t-elle, un peu tendue.

Le sourire se fit plus sincère.

— Tant mieux.

Consciente qu'il se moquait d'elle, Vicki se racla la gorge, et changea de sujet.

— L'autre soir, vous avez déclaré qu'il n'y avait aucun moyen d'être sûr que tous les démons étaient répertoriés dans ces pages.

— En effet.

— Ce qui signifie que les corps servent peut-être à écrire un nom qui ne se trouve pas ici.

— C'est exact.

— Mince.

Les bras croisés, Vicki gagna la porte-fenêtre et appuya le front contre la vitre froide. Les milliers de points lumineux qui s'étalaient à ses pieds semblaient la narguer comme autant de regards blancs et froids. Une multitude d'yeux démoniaques dans les ténèbres.

— Qu'est-on censés faire maintenant ?

— Continuer ce que nous avons commencé.

La question aurait pu être purement rhétorique, mais Henry sentit qu'il y avait autre chose. Désireux d'offrir le peu de réconfort qu'il était capable d'apporter, il ajouta :

— Espérer, prier, et persévérer.

Vicki redressa la tête et pivota vers lui.

— Je ne renonce jamais.

Il sourit.

— Je n'en ai jamais douté.

« Il a vraiment un sourire fantastique », songea-t-elle, émue par les fines ridules au coin de ses yeux. Elle sentit une flamme s'allumer dans son propre regard, et se ressaisit rapidement pour dissimuler la brusque vague de désir qui l'avait envahie. *Quatre cent cinquante années d'expérience, un corps jeune et musclé, des prouesses surnaturelles…*

Henry entendit le cœur de Vicki battre plus vite, son nez hypersensible détecta une odeur nouvelle. Quarante-huit heures s'étaient écoulées depuis son dernier repas, le besoin ne tarderait pas à le tenailler. Si elle le désirait, ce serait stupide de la repousser… Il ne forcerait rien – pourquoi forcer quand on sait pouvoir obtenir ce qu'on veut ? –, la laisserait faire le premier pas. « Et ta promesse de garder tes distances tant que le démon ne serait pas éliminé ? » se rappela-t-il. Bah, certaines promesses étaient faites pour être rompues.

Le pouls de Vicki ralentit peu à peu, suscitant en lui un mélange d'admiration – cette fille possédait un self-control exceptionnel – et de déception, qu'il ne chercha pas à dissimuler.

— J'ai…

Elle s'arrêta net, surprise par la tonalité suraiguë de sa voix. « C'est ridicule, se tança-t-elle. J'ai trente et un ans, mince ! Qu'est-ce qui me prend de me comporter comme une ado ? »

Après s'être raclé de nouveau la gorge, elle reprit :

— Je disais donc, j'ai obtenu des renseignements qui pourraient avoir un lien avec notre affaire.

— Oh ?

Henry haussa un sourcil, et s'assit de biais sur le coin de la table.

Vicki, qui continuait à essayer sans succès de soulever un sourcil sans que la totalité de son front suive, le contempla d'un air songeur. De toute évidence, il n'avait pas conscience de son allure, ni de la façon dont sa position plaquait le tissu de son pantalon en velours côtelé sur ses cuisses musclées. Faisant appel à toute sa volonté, elle revint au sujet qui les intéressait.

— Plusieurs personnes, pour la plupart employées au McDo du coin, ont fait état d'une odeur désagréable sur le parking du centre commercial Jane-Finch. Un mélange de soufre et de viande avariée. Des agents du gaz sont passés vérifier, mais ils n'ont pas décelé de fuite.

— Le démon ?

Henry se pencha sur la carte en essayant d'oublier la faim qui montait – un exercice particulièrement difficile avec Vicki à proximité.

— Pourtant, le corps a été retrouvé…

— Il y a autre chose, coupa-t-elle. Quelqu'un a déclaré avoir aperçu un ours sur Jane Street. Comme il se trouvait dans sa voiture et qu'il roulait à plus de cent kilomètres heure, la police n'a pas jugé utile de se déranger.

— Le démon.

Ce n'était plus une question.

Vicki hocha la tête.

— Il y a de grandes chances. À mon avis, ajouta-t-elle en revenant vers la table, il s'est emparé de sa victime là-bas, et l'a tuée plus tard, sur Foxrun Avenue. Reste à savoir pourquoi. Il aurait pu trouver quelqu'un sur place.

— À moins que, cette fois, on lui ait désigné sa proie.

— Je craignais que vous me disiez ça.

— C'est la seule réponse logique, affirma Henry en se levant. Mais il faut voir le bon côté des choses.

— Il n'y a pas de bon côté, répliqua Vicki, qui avait terminé la journée avec le rapport du médecin légiste.

— Au risque de vous paraître ridiculement optimiste, il y a toujours un bon côté. Ou du moins, un côté moins sombre. Si le démon a vraiment reçu l'ordre de tuer cette jeune femme, alors la police pourra peut-être établir un lien entre son maître et elle.

— Et s'il s'agit juste d'une forme de perversité démoniaque ?

— Au pire, on reviendra au point de départ. À présent, si vous voulez bien m'excuser, le temps file, et je dois me rendre près du fleuve au cas où le démon serait encore invoqué cette nuit.

Sur le seuil, Vicki s'arrêta brusquement, et blêmit tandis qu'une pensée affreuse lui traversait l'esprit.

— Qu'est-ce qui empêche cette chose de pénétrer dans l'appartement de sa prochaine victime ? Là où personne ne pourra la repérer ? Où vous serez incapable de l'arrêter ?

Henry lui adressa un sourire rassurant.

— Les démons n'ont pas le pouvoir d'entrer chez un mortel sans y être invités, expliqua-t-il.

— Je croyais que cela ne concernait que les vampires.

— Disons que M. Stocker a pris ses désirs pour la réalité, répondit-il en la poussant doucement, mais fermement, vers l'ascenseur.

Le nez contre le grillage, Henry contempla les pierres tombales. Anciennes pour la plupart, elles étaient toutes de la même taille, à l'exception de deux ou trois mausolées de marbre prétentieux.

À l'ouest du cimetière s'étendaient le parc et les eaux bouillonnantes de l'Humber River qui emplissaient la nuit de leur grondement. Au nord, une zone résidentielle. À l'est et au sud, des terrains vagues. Henry se demanda si la faible densité d'habitations dans ce secteur était liée à la présence du cimetière. Même en cette époque de la technologie triomphante, les morts demeuraient des voisins peu recherchés. Ce qui semblait étrange si l'on considérait qu'aucun d'eux ne risquait de vous envoyer 130 décibels de musique électronique dans les oreilles à 3 heures du matin.

Il sentait, non la présence du mal, mais son attente. Un flux maléfique prêt à surgir dès que le dernier cadavre lui ouvrirait les portes de ce monde. Cette sensation, qui lui hérissait les poils de la nuque et lui faisait montrer les dents, lui confirma qu'il ne s'était pas trompé. Ce nom serait le premier achevé, ce démon le premier à sortir des ténèbres et à commencer le massacre.

S'il n'arrêtait pas son serviteur juste avant qu'il frappe sa victime et que le sang coule sur la terre, c'est son maître, beaucoup plus puissant, qu'il devrait affronter. Malheureusement, le lieu de la prochaine attaque était trop vaste pour qu'il puisse le surveiller dans sa totalité. Alors, il avait fait la seule chose possible, et tracé avec ses pas un pentagramme englobant la totalité de la zone éventuelle du meurtre, ne laissant que les quinze derniers centimètres ouverts. Une fois le démon à l'intérieur, il le fermerait. Une telle prison ne le contiendrait que quelques secondes, mais cela devrait lui donner le contrôle assez longtemps pour atteindre le démon et l'arrêter… Momentanément.

Avec un soupir, Henry releva le col de son manteau. L'ennui, c'était qu'il existait une pléthore de démons inférieurs, tous interchangeables. S'il arrêtait celui-là, son « maître » en convoquerait un autre. Heureusement, les démons, comme presque toutes les brutes, n'aimaient pas la douleur. En usant de persuasion, il parviendrait peut-être à le faire parler.

— S'il sait parler.

Il enfouit les mains dans ses poches et s'adossa au grillage. D'après ce qu'on racontait, certains n'en étaient pas capables.

Il y avait un autre problème qu'il n'avait pas mentionné à Vicki de peur qu'elle se moque de lui. Cette nuit, partout dans le monde, des millions de gens commémoraient la mort du Christ. Même si ce siècle ignorait la force de la foi, lui y croyait encore. Comme la majorité des calendriers religieux, celui de la chrétienté comportait une période noire – une période durant laquelle les forces du mal étaient à leur apogée. Si le démon revenait avant la résurrection du Christ, il serait plus puissant, plus dangereux et plus difficile à arrêter.

Henry regarda sa montre. 11 h 40. En accord avec des siècles de tradition, le démon serait invoqué – s'il l'était cette nuit – à minuit. Selon Vicki, tous les crimes avaient d'ailleurs été commis entre minuit et 1 heure du matin. Un indice que la police n'avait pas semblé juger bon de creuser…

Le vent soulevait ses cheveux, et faisait claquer les pans de son manteau contre ses jambes. Comme tous les prédateurs, Henry était capable d'attendre dans une immobilité parfaite le moment propice pour fondre sur sa proie, ses sens à l'affût du moindre bruit, du moindre mouvement.

Minuit passa.

Il sentit la nuit se faire plus dense, l'onde maléfique s'amplifier. Il banda ses muscles. Il devrait agir en une fraction de seconde.

Puis l'onde commença à se dissiper.

Lorsqu'elle ne fut plus qu'une simple possibilité, Henry jeta un nouveau coup d'œil à sa montre. 1 h 20. Pour cette nuit, sans qu'il comprenne pourquoi, le danger était écarté.

Soulagé, il se laissa aller contre le grillage avec un sourire idiot. Loin de rechercher l'affrontement, il se réjouissait de ce répit. Il allait rentrer par le centre-ville, peut-être faire un détour par chez Caroline, histoire de se nourrir et de profiter du reste de la nuit sans avoir à s'inquiéter à l'idée d'être écharpé par les hordes de l'enfer.

— Paisible, pas vrai ?

Le vieil homme ne saurait jamais à quel point il avait frôlé la mort. Seul un brusque éclair de conscience empêcha Henry d'attaquer. Les lèvres serrées pour ne pas laisser voir ses dents, il enfouit ses mains tremblantes dans ses poches.

— Je vous ai fait peur ? risqua l'autre.

— Non.

Il s'empressa de reprendre son masque civilisé.

— Juste surpris.

Entre le vent et le grondement du fleuve, il n'avait repéré ni l'odeur du sang ni le son des semelles de crêpe sur le bitume. Une négligence explicable, mais inexcusable.

— Vous n'habitez pas dans le coin ?

— Non.

L'homme se rapprocha, et Henry révisa son jugement : malgré ses cheveux blancs, son interlocuteur ne devait pas avoir plus d'une cinquantaine d'années. Une cinquantaine alerte, avec un corps musclé et le visage buriné de ceux qui travaillent au grand air. Il le fixait de ses prunelles claires, et juste au-dessus du col de sa veste, une veine pulsait sous la peau.

— Je m'en doutais, je vous aurais remarqué. Je me promène souvent la nuit quand je n'arrive pas à dormir.

Les bras le long du corps, il attendait visiblement une explication. À en juger par l'état de ses poings, il devait avoir l'habitude de se battre – et sans doute de gagner, estima Henry.

Bien qu'un certain amusement ait commencé à réduire le taux d'adrénaline dans son organisme, il resta sur le qui-vive.

— J'attendais quelqu'un, dit-il. Il n'est pas venu.

Un lent sourire apparut alors sur le visage de l'homme. Comprenant le message, Henry sourit à son tour, puis captura son regard pour l'entraîner dans l'ombre du cimetière. Un véritable fou rire résonna en lui tandis qu'il laissait libre cours à son appétit en songeant que, décidément, le monde ne cesserait jamais de le surprendre. Comment imaginer qu'un vampire se préparant à rencontrer un démon se ferait draguer dans un cimetière ? Parfois, il adorait ce siècle.

— Inspecteur... Je veux dire, mademoiselle Nelson ?

Rougissant, le jeune policier s'éclaircit la voix.

— Le sergent m'a dit que vous seriez intéressée par la plainte que j'ai enregistrée cette nuit.

Vicki leva les yeux de la liasse de comptes rendus devant elle. Depuis quand embauchaient-ils des gamins dans la police ? Ou depuis quand les gens de vingt ans avaient-ils l'air si jeune ?

Se redressant un peu, son interlocuteur se mit à lire ses notes :

— À 8 h 02, ce matin, samedi 23 mars, M. John Rose, résidant 42, Birchmon Avenue, a déclaré le vol d'une pièce de sa collection d'armes. Cette collection est enfermée dans un coffre dissimulé derrière une fausse cloison au sous-sol. La cloison était intacte, et on n'a relevé aucune trace d'effraction sur le coffre, mais M. Rose assure que personne ne connaît la combinaison en dehors de sa femme et de lui. On n'a rien relevé d'anormal non plus dans la maison. Ses papiers et ses permis sont en règle, et...

— S'il vous plaît ?

— Oui, madame ?

— Quel genre d'article a-t-on volé à M. Rose ?
— Pardon ?
Vicki soupira. Elle avait à peine dormi la nuit dernière et manquait de patience.
— L'arme volée, quel type ?
— Oh.
Le jeune agent s'empourpra de nouveau et regarda son papier.
— Le... l'article volé est un fusil d'assaut russe, un AK-47. Avec munitions.
— Merde !
— Oui, madame.

— J'y crois pas !
Norman envoya un coup de pied rageur dans le distributeur de journaux. Il venait de parcourir l'article sur la septième victime et de découvrir que ce crétin de démon n'avait pas tué la bonne personne. Pire ! La fille était morte dans la nuit de jeudi à vendredi, et lui-même ne l'apprenait qu'aujourd'hui, samedi.
Et pendant tout ce temps, Coreen avait continué de se balader tranquillement dans les rues.
La pulsation – qui n'avait pas disparu en même temps que le démon comme les fois précédentes – s'intensifia.
Norman sortit son porte-monnaie de la poche de son pantalon en grommelant :
— Fichu pays qui n'est même pas capable d'avoir un service d'information digne de ce nom !
S'il avait appris la nouvelle la veille, il aurait convoqué le démon cette nuit au lieu de surfer des heures sur Internet à la recherche d'informations concernant le fonctionnement de son nouveau flingue. « Dommage que je ne puisse pas l'emmener en cours, songea-t-il. Cette fois, ils verraient que j'existe. » Mais ce qui le mettait le plus en rage, c'était que le démon, après être

revenu lui donner le fusil, jeudi, ne lui avait pas soufflé mot de son échec.

S'apercevant que le journal du samedi coûtait un dollar vingt-cinq, il faillit renoncer à l'acheter. Mais, d'une certaine manière, cette histoire le concernait, aussi, glissa-t-il les pièces dans la fente. Il fallait qu'il sache ce que son serviteur avait fichu afin de le punir en conséquence. À condition de le garder prisonnier à l'intérieur du pentagramme, il existait sûrement un moyen de lui faire mal.

Le quotidien sous le bras, il se dirigea vers le quincaillier du coin pour acheter un sac de briquettes. Il ne lui en restait qu'un, et la longueur du rituel en exigeait au moins trois.

Au moment de passer à la caisse, il lui manquait soixante-seize *cents*.

— Quoi ?!

— Le charbon coûte trois dollars cinquante-cinq plus vingt-cinq *cents* de taxe, ce qui nous fait trois dollars et quatre-vingt-quatre *cents*. Vous n'avez que trois dollars et huit *cents*.

— Eh bien, je vous rembourserai plus tard.

La vieille femme secoua la tête.

— Désolée, la maison ne fait pas crédit.

Norman plissa les yeux.

— Je suis né dans ce pays. J'ai des droits.

Il voulut saisir le sac, mais elle fut plus rapide que lui et le glissa sous le comptoir.

— Pas de crédit, répéta-t-elle d'un ton plus ferme.

Il s'apprêtait à contourner le comptoir quand la vieille saisit un balai et s'avança vers lui. Ramassant son argent, il se replia en hâte.

À tous les coups, elle pratiquait le kung-fu ou un truc de ce genre. Au passage, il flanqua un coup dans le distributeur de journaux. La banque la plus proche fermait à 18 heures. Il n'y serait jamais à temps.

Tout ça à cause de cette harpie. Une fois qu'il aurait trouvé une punition convenable pour le démon et que celui-ci se serait occupé de Coreen, il s'attaquerait au problème de l'immigration.

La pulsation s'accrut encore.

— Vous avez vu ça ?

Se frottant le visage, Vicki répondit :

— Évidemment. Je vous rappelle que c'est moi qui vous les ai apportés.

— Toute la ville est devenue folle ou quoi ?

— Elle a surtout peur, Henry.

Elle remonta ses lunettes et poussa un soupir. Elle n'allait certes pas le lui dire, mais la nuit passée, elle avait dormi la lumière allumée, ce qui ne l'avait pas empêchée de se réveiller à de nombreuses reprises, le cœur battant, en nage, persuadée que quelque chose grimpait l'échelle de secours près de sa fenêtre.

— Depuis 1536, vous avez eu le temps de vous faire à l'idée de la mort violente. Nous autres n'avons pas eu cette chance.

Toutes les unes traitaient du même sujet : la septième victime. Partout, il n'était question que de corps exsangues et de vampires. Même le quotidien national avait fini par prendre le train en marche avec des articles consacrés aux créatures de la nuit, à leur histoire et à leurs particularités, tout en clamant qu'elles n'existaient pas.

— Vous imaginez les conséquences ?

Henry posa brutalement le journal sur le canapé, où les feuilles s'éparpillèrent, et se leva.

Vicki dut changer de position pour le garder dans son champ de vision réduit.

— Une augmentation des tirages ? suggéra-t-elle en bâillant.

Après une journée passée à décrypter les rapports de police, ses yeux la brûlaient, et la nouvelle du vol de l'AK-47 l'avait achevée.

Incapable de rester immobile, Henry traversa la pièce en quatre enjambées, pivota, revint. Les mains appuyées sur le dossier du canapé, il se pencha vers elle.

— Vous avez raison, les gens ont peur. Et les journaux, pour je ne sais quelle raison, ont donné un nom à cette peur : le vampire.

Il se redressa et fourragea dans ses cheveux.

— Ceux qui écrivent ces histoires ne croient pas aux vampires, mais nous sommes dans une société où l'on connaît plus souvent son signe astrologique que son groupe sanguin. Quelque part, vous pouvez en être sûre, quelqu'un prend toute cette histoire très au sérieux et occupe déjà son temps libre à tailler des pieux.

Vicki grimaça. Il n'avait pas tort, et ce n'était sûrement pas elle qui allait vanter le caractère réfléchi et raisonnable de ses contemporains.

— Ils passent *Dracula* à la télé ce soir.

— Génial !

Henry se remit à arpenter le salon.

— Encore un peu d'huile sur le feu. Vicki, vous et moi savons qu'il existe au moins un vampire à Toronto et, personnellement, je préférerais éviter qu'un imbécile influencé par les médias commette un acte regrettable sous le simple prétexte qu'il ne m'a jamais croisé le jour. Le pire, c'est que je ne peux rien y faire, ajouta-t-il avec un soupir.

Vicki le rejoignit près de la fenêtre. Elle n'avait aucun mal à imaginer ce qu'il ressentait.

— Sans doute cela ne servira-t-il pas à grand-chose, mais j'ai une amie qui rédige des articles de fond pour différents journaux. Je pourrais lui demander d'essayer de calmer les esprits.

— Qu'est-ce que vous lui raconterez ?

— Exactement ce que vous venez de me dire. Le détail sur le vampire vivant à Toronto en moins, bien sûr, précisa-t-elle en souriant.

Henry la gratifia d'un sourire de biais en retour.

— Merci. Elle risque de penser que vous avez perdu l'esprit.

— Elle le pense depuis que je suis entrée chez les flics, de toute façon.

En apercevant leur reflet dans le carreau, Vicki réalisa pour la première fois qu'Henry Fitzroy, né au XVIe siècle, mesurait dix bons centimètres de moins qu'elle. Et que – chose étonnante étant donné son conformisme sur le sujet – elle s'en moquait. Les joues aussi rouges que celles du jeune policier l'après-midi même, elle s'éclaircit la voix et demanda :

— Vous comptez retourner près du fleuve cette nuit ?

Le reflet d'Henry hocha la tête.

— Et toutes les nuits jusqu'à ce qu'il se passe quelque chose.

Anicka Hendle sortait d'une garde épuisante aux urgences. Elle se gara et, titubant presque de fatigue, gagna sa maison avec une seule idée en tête : se coucher. Ce n'est qu'en arrivant devant le porche qu'elle les aperçut.

Roger, l'aîné, était assis sur les marches. Bill, son cadet, se tenait dans le jardin couvert de givre, adossé au mur de la maison. Il y avait quelque chose près de lui, une sorte de crosse de hockey, lui sembla-t-il, mais la lumière était trop faible pour en être certaine. Les deux frères, et toute une troupe de « copains », louaient la baraque d'à côté, et bien qu'Anicka se soit plainte plusieurs fois au propriétaire du bruit et de la saleté, elle n'avait d'autre choix que de continuer à les supporter. De toute évidence, ils avaient passé la nuit à boire. Ils empestaient la bière.

— Bonjour, *mademoiselle* Hendle.

Elle avait vraiment besoin de ça !

— Que puis-je pour vous, messieurs ?

Ils étaient trop bêtes, et souvent trop ivres, pour percevoir le sarcasme, mais elle ne renonçait pas.

— Ben…

Le sourire de Roger ressemblait à une longue cicatrice horizontale dans l'ovale de son visage.

— Vous pouvez nous dire pourquoi on vous voit jamais le jour ?

Anicka soupira. Elle était trop exténuée pour essayer de comprendre où voulait en venir cet imbécile.

— Je suis infirmière de nuit, articula-t-elle. Je travaille donc la nuit.

— Ça me va pas.

Roger porta à ses lèvres la bouteille qu'il avait à la main et en avala une longue gorgée.

— Personne travaille toutes les nuits.

— Moi si.

Cette situation était ridicule. Elle avança de quelques pas.

— Maintenant, rentrez chez vous ou j'appelle…

La main qui s'abattit sur son épaule la prit totalement au dépourvu.

— Vous appelez qui ? demanda Bill qui avait bondi près d'elle.

Une bouffée de panique la submergea, et elle commença à se débattre.

— On va attendre tous les trois que le jour se lève, annonça Roger. Comme ça, on verra.

Ils étaient fous à lier ! Les forces décuplées par la peur, elle échappa à l'emprise de Bill et se rua dans l'escalier. Il fallait à tout prix qu'elle entre à l'intérieur. Une fois chez elle, elle serait en sécurité.

Roger se leva, lui bloquant le passage. Elle s'apprêtait à le repousser lorsqu'elle aperçut la batte de baseball dans sa main.

La violence du coup la projeta sur la pelouse.

La bouche grande ouverte, elle voulut appeler à l'aide, mais aucun son ne sortit de sa gorge emplie de sang.

Happant désespérément l'air, elle se mit à ramper vers la maison.

— Le jour va se lever. Elle essaie de se mettre à l'abri.

— C'est la preuve qu'on avait raison. On y va.

Ils avaient passé la soirée à effiler l'extrémité de la crosse. À deux, ils n'eurent aucune difficulté à l'enfoncer à travers le corps de l'infirmière. Ils attendirent qu'elle soit fichée dans la terre au-dessous pour relâcher la pression.

Le soleil pointait à l'horizon quand Anicka Hendle rendit l'âme dans un dernier soubresaut.

— Maintenant, on va voir, haleta Roger en ramassant sa bière.

Les premiers rayons glissèrent sur l'herbe, touchèrent une chaussure blanche, caressèrent le corps d'Anicka. Sur la terre gelée, la flaque de sang d'un rouge écarlate étincelait.

Bill tourna un visage livide vers son frère.

— Il ne se passe rien. Elle devrait se transformer en poussière, Roger !

En guise de réponse, Roger recula de deux pas et vomit.

10

— Levons-nous pour écouter la parole du Seigneur. Nous lirons aujourd'hui l'Évangile selon saint Matthieu, chapitre XXVIII, versets un à sept.

— Loué soit Dieu.

— *Après le sabbat, à l'aube du premier jour de la semaine, Marie Magdalena et l'autre Marie allèrent voir le sépulcre. Et voyez, un grand tremblement de terre avait eu lieu ; car un ange du Seigneur était descendu du ciel, et avait roulé la pierre, et il était assis dessus. Son apparence était comme l'éclair, et son vêtement blanc comme la neige ; Les gardes tremblèrent de peur, et devinrent comme morts. Mais l'ange prit la parole, et dit aux femmes : « Vous, soyez sans crainte : car je sais que vous cherchez Jésus qui a été crucifié. Il n'est point ici ; car il est ressuscité, comme il l'avait dit. Venez, voyez le lieu où il était couché, et allez promptement dire à ses disciples qu'il est ressuscité d'entre les morts ; et, voici, il vous précède en Galilée : c'est là que vous le verrez. Voilà, je vous l'ai dit. »*

Le Gloria monta vers la voûte de l'église, et durant un moment, la foi en la vie éternelle promise par le Dieu des chrétiens dressa un mur étincelant entre le monde et les forces des ténèbres.

Hélas, cela ne dura pas.

— Reculez. Laissez passer.

Les mains menottées dans le dos, les deux frères franchirent le cordon de police pour s'engager dans l'allée.

Les voisins curieux et incrédules avançaient vers eux, puis reculaient, telle une marée humaine face à un mur d'uniformes bleus. Mais aucun des deux hommes ne les remarqua. Roger, couvert de vomissures, était secoué de haut-le-cœur, tandis que William pleurait en silence, les paupières presque closes. Ils furent poussés sans ménagement dans l'un des véhicules de police sous les flashes d'une dizaine de photographes.

Ignorant les questions des journalistes, deux des agents montèrent dans la voiture, puis s'éloignèrent, toutes sirènes hurlantes. Deux autres rejoignirent le mur vivant qui masquait la vue sur le jardin. « Pas un mot aux journalistes », avait averti l'inspecteur chargé de l'enquête d'un ton menaçant.

Le corps fut transporté à son tour, le ballottement du sac sur le brancard telle une macabre parodie de vie. Un instant, chacun retint son souffle, puis les flashes crépitèrent de nouveau, et un envoyé spécial d'une chaîne de télévision se mit à commenter la scène d'une voix froide et monocorde. L'odeur piquante des produits de la police scientifique emplissait l'air humide du matin.

— Je l'ai vue avant qu'ils la mettent dans le sac, confia une voisine à une assistance avide et subjuguée.

Elle fit une pause, savourant ce moment de gloire inattendu, resserra les pans de son imperméable sur sa chemise de nuit en pilou, et poursuivit :

— Son visage était méconnaissable, et elle avait les jambes écartées. Si vous voyez ce que je veux dire…

Son entourage hocha la tête d'un air entendu.

Dès que le fourgon du légiste démarra, le cordon de police se désintégra, laissant le passage à Mike Celluci accompagné de son coéquipier.

— Interrogez tous ceux qui ont vu, entendu, ou cru voir ou entendre quelque chose, ordonna-t-il.

En d'autres circonstances, il se serait amusé de l'effet immédiat de ses paroles sur la foule – une moitié se pomponnant déjà tandis que l'autre cherchait à s'éclipser –, mais aujourd'hui, rien n'aurait pu le dérider. L'absurdité de ce crime l'emplissait d'une rage froide.

Les journalistes, pour qui *l'histoire* avait plus de réalité que les faits eux-mêmes, fondirent sur lui dans l'espoir d'une déclaration. Les deux inspecteurs les repoussèrent sans un mot et foncèrent vers leur voiture.

Alors que Celluci ouvrait sa portière, son coéquipier lui murmura :

— Il faut leur dire quelque chose, Mike, ou ils vont raconter n'importe quoi.

Celluci lui lança un regard noir, mais Dave insista :

— Je peux m'en occuper si tu veux.

— Non.

La mine renfrognée, il toisa le groupe de chacals.

— Anicka Hendle est morte à cause des idioties que vous avez publiées à propos de prétendus vampires. Vous êtes aussi coupables que les deux crétins qui l'ont tuée. Voilà toute l'histoire. J'espère que vous en êtes fiers.

Sur ce, il se glissa derrière le volant et claqua sa portière avec force.

Un seul reporter s'avança, micro à la main.

Dave Graham secoua la tête.

— À votre place, je ne m'y risquerais pas.

L'homme se figea sur place, le micro toujours brandi, puis tout le groupe suivit des yeux en silence la voiture qui s'éloignait. Ce calme inhabituel se prolongea jusqu'à ce qu'elle ait totalement disparu, puis une voix derrière eux les remit en action :

— Je l'ai vue avant qu'ils la mettent dans le sac...

— Tu es toujours en relation avec ton amie journaliste ?

— Celluci ?

Vicki se laissa aller contre le dossier de son fauteuil, le téléphone sur les genoux.

— De qui parles-tu ?

— De cette fille qui écrit dans je ne sais plus quel tabloïd, tu la fréquentes toujours ?

Vicki fronça les sourcils.

— « Fréquenter » n'est pas vraiment le terme...

— Bon sang, Vicki ! Ce n'est pas le moment de jouer sur les mots. Je ne te demande pas si tu couches avec elle. Tu la vois encore, oui ou non ?

— Oui.

En fait, elle avait même l'intention de l'appeler l'après-midi même afin de lui demander si elle pouvait rédiger un article susceptible d'apaiser les craintes d'Henry. Par quel étrange hasard, Celluci avait-il pensé à Anne Fellows le même jour qu'elle ? D'autant qu'ils ne s'étaient vus qu'une fois, et que la rencontre avait pour le moins manqué de chaleur : ils avaient passé la soirée à se tourner autour tels deux chiens qui n'attendent qu'une occasion pour se sauter à la gorge.

— Pourquoi ?

— Prends de quoi écrire, j'aimerais que tu lui dises un certain nombre de choses.

Son ton incita Vicki à se pencher pour attraper un stylo et un bloc-notes sur la table basse. Elle nota avec soin toutes ses paroles, et lâcha un juron quand il se tut.

— Dis donc, Mike, ta hiérarchie est au courant de ce que tu es en train de faire ?

L'entendant soupirer au bout du fil, elle se ravisa :

— Laisse tomber. C'est une question idiote.

— Je ne veux pas que ce genre de chose se reproduise, Vicki. Les journaux ont mis le feu aux poudres, à eux de l'éteindre.

Vicki baissa les yeux et parcourut le résumé sur la vie et la mort d'Anicka Hendel. Elle comprenait aisément la rage et la frustration de Celluci, car elle la partageait.

— Je ferai ce que je pourrai.

— Souhaitons que ça suffise.

Pressentant qu'il s'apprêtait à raccrocher, elle hurla son nom dans le haut-parleur. Les quelques secondes qu'il mit à lui répondre lui parurent une éternité.

— Quoi ? grommela-t-il.

— Je serai chez moi ce soir.

Le bruit de sa respiration lui indiqua qu'il était toujours en ligne.

— Merci, dit-il enfin, avant de raccrocher dans un déclic presque délicat.

De sa place, près d'une fenêtre au fond du fast-food, Vicki avait vue à la fois sur la porte d'entrée et le croisement entre les avenues Bloor et Yonge. Estimant l'histoire trop grave pour en discuter au téléphone, elle avait persuadé Anne de la rejoindre à l'heure du déjeuner : face à face, elle aurait plus de chances de la convaincre d'assumer ses responsabilités afin que le drame Anicka Hendle ne se reproduise pas.

Lorsque Henry lui avait fait part de ses inquiétudes quant à la façon dont la presse couvrait le sujet, elle n'avait pas imaginé un instant que d'autres que lui couraient un danger. Grossière erreur, songea-t-elle en portant son café à ses lèvres. Le gobelet en carton glissa, et elle poussa un juron tandis qu'un jet brûlant lui aspergeait les doigts.

— Quel détective tu fais ! J'aurais pu t'assommer, ni vu ni connu.

— Comment… ?

— Il y a une porte latérale, madame le détective privé.

Anne Fellows s'installa en face d'elle et versa la première de ses quatre doses de sucre dans son café.

— Alors, que se passe-t-il de si important pour que tu me forces à sortir sous la pluie ?

Touillant le liquide brunâtre avec le bâtonnet en bois, Vicki se demanda par où commencer.

— Une femme a été assassinée tôt ce matin…

— Désolée de couper ton effet, ma belle, mais des femmes se font assassiner tous les jours. Qu'a-t-elle donc de spécial, celle-ci, pour que tu aies envie de m'en faire part ?

— Tu as appelé ton journal aujourd'hui ? Écouté les infos ?

Anne leva les yeux au ciel.

— S'il te plaît, Vicki. C'est le week-end de Pâques, je suis en congé. Toute la semaine à me vautrer dans ces âneries, ça me suffit, crois-moi.

— Bon, dans ce cas, laisse-moi te raconter ce qui est arrivé à Anicka Hendle. Tout a commencé avec les journaux et leurs articles sur les vampires…

— Ah non, tu ne vas pas t'y mettre toi aussi ? Tu n'imagines pas le nombre de dingues qui ont téléphoné au journal ces deux dernières semaines.

Anne avala une gorgée de café, grimaça, et rajouta un sachet de sucre.

— Laisse-moi deviner, poursuivit-elle. Les gosses font des cauchemars, et tu veux que j'écrive que les vampires n'existent pas ?

Vicki songea à Henry, se protégeant de la lumière du jour à moins de deux pâtés de maisons, puis à la jeune femme empalée sur le sol tel un papillon sur une planche.

— C'est exactement ce que je veux, acquiesça-t-elle, avant de relater les détails du meurtre d'Anicka Hendle d'une voix dénuée d'émotion.

C'était le seul moyen qu'elle avait trouvé pour ne pas hurler ou envoyer un objet à travers la pièce.

Anne ne toucha pas à son sandwich.

— Les médias sont à l'origine de tout, conclut Vicki. C'est à eux d'y mettre un terme.

— Pourquoi moi ? Il y avait sûrement des journalistes sur place ce matin ?

— Parce que tu m'as expliqué un jour que, contrairement à un reporter, un chroniqueur ne se contentait pas de poser des questions, mais tentait d'y répondre.

Anne haussa les sourcils.

— Tu te souviens de ça ?

— J'ai une bonne mémoire.

Les deux jeunes femmes fixèrent les feuillets posés devant Vicki, puis Anne lâcha un petit rire.

— Tu as de la chance, dit-elle en posant la main dessus.

Sur un hochement de tête de Vicki, elle s'en empara et les glissa dans son sac.

— Je vais voir ce que je peux faire, mais je ne te promets rien. La ville est remplie de tordus, et tous ne lisent pas mes articles. J'imagine que ça ne servirait à rien de te demander d'où tu tiens ces infos ?

Il y avait là de menus détails que la police ne communiquait d'ordinaire pas à la presse.

— Peu importe, reprit-elle en se levant. Je peux m'en sortir sans mentionner le nom de Celluci. J'espère que tu te rends compte que tu as fichu mon dimanche en l'air ?

Vicki fit oui de la tête et leva son gobelet vide.

— Joyeuses Pâques.

« Henry Fitzroy n'est pas disponible pour le moment, mais laissez votre nom, votre numéro de téléphone, la raison de votre appel, et il vous contactera dès que possible. Si c'est vous, Brenda, je l'aurai terminé dans les délais. Ne vous inquiétez pas. »

Qui était cette Brenda, et qu'est-ce qui serait terminé ? s'interrogea Vicki, avant de se souvenir du capitaine Macho et de la jeune fille aux seins lourds. Quoi qu'il en soit, l'idée d'un vampire équipé d'un répondeur l'amusait, même s'il fallait admettre que c'était fort pratique – créatures de la nuit, bienvenue dans le XXIe siècle.

— Henry, c'est Vicki. Écoutez, je n'ai pas de raison de passer ce soir. Je n'ai rien appris de nouveau, et je vois mal comment je pourrais vous être utile pour surveiller les lieux. S'il se passe quelque chose, contactez-moi. Sinon, je vous rappellerai demain.

Après avoir raccroché, elle enfila son manteau et prit son sac. Comme tous les ans, Celluci devait passer le dimanche de Pâques chez sa grand-mère avec sa cohorte d'oncles, de tantes, de cousins et de neveux. Il s'agissait d'un véritable rituel familial, et elle savait qu'hormis une garde au poste, il ne pouvait s'y soustraire. En revanche, vu la situation, il y avait de fortes chances pour qu'il s'esquive rapidement, c'est-à-dire vers 20 heures, afin de se concentrer sur son enquête. Ce qui lui laissait le temps de parcourir deux semaines de rapports avant son retour.

À l'instant où elle fermait, la sonnerie du téléphone retentit. Elle hésita. Ça ne pouvait pas être Henry ni Celluci, et Coreen n'était toujours pas rentrée. À tous les coups, il s'agissait de sa mère. Avec une pointe de culpabilité, elle claqua la porte derrière elle.

... avec tous les câbles et un modulateur. En bref, un système complet. Vicki tapota le compte rendu avec son stylo. Ses connaissances en informatique tenaient dans une tête d'épingle, cependant, si elle interprétait ces données correctement, comparé à ce matériel volé dans cet entrepôt fermé et surveillé, son propre ordinateur devait ressembler à un boulier.

— Tiens, tiens, ce ne serait pas Super Inspectrice ?

Le premier réflexe de Vicki fut de montrer les dents, mais elle se hâta de transformer sa grimace en un semblant de sourire.

— Sergent Gowan, quel plaisir.

Sans prendre la peine de dissimuler sa propre grimace, Gowan attrapa les rapports sur le bureau et tourna sa masse imposante vers le policier de garde.

— Que fout ce civil ici ? Qui l'a autorisée à fourrer son nez là-dedans ?

— C'est que, je...

— Vous vous prenez pour qui, bordel ? éructa-t-il. C'est moi le chef ici. Moi qui décide qui peut entrer ou non.

Gowan ramena sa panse vers Vicki, qui quitta rapidement son siège, avant de se retrouver coincée derrière le bureau.

— Cette civile n'a rien à foutre dans le coin, quelle que soit son ancienne réputation.

— N'allez pas faire un infarctus, sergent, riposta-t-elle en enfilant sa veste. Je m'en vais.

— J'espère bien que vous vous tirez. Et ne vous avisez pas de revenir, Nelson. Compris ? Je me fous de savoir quel cul vous avez léché pour obtenir votre promotion, mais désormais, vous n'êtes plus rien. Je vous conseille de ne pas l'oublier !

Les veines du cou du sergent semblaient sur le point d'exploser, ses yeux pâles étincelaient de haine. Vicki serra les dents. Le crayon dans sa main droite se brisa avec un claquement sec qui résonna comme un coup de feu. L'opérateur radio sursauta, mais ni lui ni le flic de garde ne pipèrent. On aurait cru qu'ils avaient cessé de respirer. D'un geste brusque, Vicki jeta les morceaux brisés dans la corbeille, puis s'avança vers le sergent, le regard fixé sur les prunelles qui la toisaient sous les sourcils gris. Elle fit un pas supplémentaire, la mâchoire si crispée que ses oreilles se mirent à bourdonner.

— Allez-y, la défia-t-il. Et je me ferai un plaisir de vous coffrer.

Par un suprême effort de volonté, Vicki parvint à garder son sang-froid. S'énerver ne servirait à rien et, aussi désagréable cela soit-il, elle devait reconnaître que Gowan avait raison. Son grade ne la protégeait plus de lui ni du système. Sans un mot, elle pivota et sortit du poste d'un pas raide.

Une fois dehors, elle fut prise de tremblements et dut s'adosser au mur pour se ressaisir. Dans son dos, elle entendait Gowan hurler. Il passait sa hargne sur son subalterne, et quel qu'en soit son désir, elle ne pouvait rien faire pour l'arrêter. Si elle avait imaginé un seul instant que le sergent passerait au poste le jour de Pâques, les hordes de l'enfer elles-mêmes n'auraient pu la forcer à s'y rendre.

Après que sa propre candidature eut été rejetée par deux fois, Gowan ne lui avait jamais pardonné d'avoir été promue inspecteur à la Criminelle – d'autant qu'elle était une femme et que ses états de service prouvaient qu'elle battait les hommes sur leur propre terrain. Mais la rancœur du sergent s'était transformée en véritable haine après qu'elle l'eut surpris en train de cogner sur un gosse en garde à vue.

Le pouvoir attire toujours ceux qui sont prêts à en abuser. Cette phrase, entendue lors d'une conférence d'orientation à l'école de police, était restée gravée dans sa mémoire. Certains jours, elle lui semblait dramatiquement vraie.

Enfin, son après-midi n'avait pas été tout à fait perdu. Elle comptait passer un coup de fil à un ami informaticien pour lui demander s'il était possible de déterminer quelles utilisations pouvaient être faites du matériel volé, à partir de ses caractéristiques. Sans doute, celles-ci étaient-elles multiples, mais ça ne coûtait rien d'essayer. Et, qui sait, cela les orienterait peut-être vers une nouvelle piste…

Elle s'engouffra dans un taxi au moment où les premières gouttes s'écrasaient sur le pare-brise.

Après tout, il ne devait pas y avoir beaucoup de hackers à Toronto avec un blouson de cuir noir, un fusil d'assaut, un ordinateur dernier cri, et leur démon personnel.

Celluci fit son apparition juste après 21 heures.

Vicki lui jeta un coup d'œil et demanda :

— Ils t'ont pris avec des pincettes ?

— Comme s'ils marchaient sur des œufs, acquiesça-t-il avec une grimace.

— Ils croyaient bien faire.

— Ne me dis pas ce qu'ils croyaient faire ! cria-t-il en jetant son manteau sur une chaise. Je le sais.

L'altercation qui suivit se termina comme elles se terminaient toutes autrefois...

Après avoir repris son souffle, Vicki repoussa une mèche humide sur le front de Celluci et l'embrassa doucement. Il resserra son étreinte sans ouvrir les yeux. Tirant la couette sur eux, elle tendit le bras et éteignit.

Ce n'était pas un hasard si de nombreux flics abusaient de substances diverses. Pendant les quatre années qu'avait duré leur relation, Vicki avait servi de soupape de sûreté à Mike Celluci, et il avait joué le même rôle auprès d'elle. Et même si la situation avait changé, rien ne les empêchait de garder *ça*. Quant à ce qu'il avait fait durant les huit mois où ils ne s'étaient pas parlé, elle l'ignorait, et préférait ne pas le savoir.

Roulant sur le côté, elle ferma les paupières. Tout bien considéré, elle n'était pas mécontente de ne pas dormir seule. Ce serait bon d'avoir quelqu'un contre qui se blottir quand le cauchemar se manifesterait.

Les arbres autour du cimetière ployaient sous le vent, leurs silhouettes noires et décharnées dans l'obscurité. Henry frissonna. Après trois nuits d'attente, il avait les nerfs à fleur de peau, et se sentait prêt à toute confrontation, quelle qu'elle soit. Même perdre la bataille serait moins insupportable que continuer ainsi.

Le pouvoir maléfique, toujours à la recherche d'un point d'ancrage, pulsait faiblement, amoindri par ce dimanche de Pâques et la résurrection symbolique du Christ.

Puis il se modifia.

S'amplifia.

La nuit se fit plus profonde que la nuit.

Quelque part, le feu était allumé, le pentagramme tracé, l'invocation avait commencé. Henry se raidit, tous les sens en alerte, prêt à fermer son propre pentagramme au premier signe. Il n'avait pas le choix : s'il n'arrêtait pas le démon inférieur, l'autre arriverait, et avec lui, la fin du monde. Il se signa.

— Dieu, donnez-moi votre force, pria-t-il.

La seconde d'après, il se retrouva à genoux sur le sol humide, des larmes coulant de ses yeux aveugles tandis que des images rémanentes dansaient sous ses paupières.

La troisième goutte de sang tomba sur les braises, et l'air frémit autour du pentagramme. Assis sur les talons, Norman attendit. Cet après-midi, il avait trouvé l'adresse de Coreen – il était si facile de pénétrer dans le système informatique des services de la scolarité que c'en était presque insultant –, et cette nuit, elle paierait enfin pour la manière dont elle l'avait traité.

Le battement à l'intérieur de son crâne devint si assourdissant qu'il eut l'impression que le monde entier vibrait avec lui.

Il plissa les yeux devant le chatoiement à l'intérieur du dessin où les contours du démon commençaient à se deviner. Celui-ci semblait se battre contre un ennemi invisible. Sa bouche s'ouvrit sur un cri silencieux, et soudain, le pentagramme s'illumina.

Au même instant, les braises dans l'hibachi s'enflammèrent avec une telle puissance que Norman dut se jeter en arrière pour ne pas être brûlé. Le battement se transforma en un hurlement strident. Il se boucha les oreilles, mais comme s'il venait de l'intérieur de sa tête, le son continua à lui vriller les tympans.

Sous la chaleur, l'acier trempé du gril japonais fondit, puis les flammes disparurent, et un courant d'air venu du centre du pentagramme souffla les bougies, les envoyant se fracasser contre le mur du fond.

— Ce n'est pas po... possible, bredouilla Norman dans le brusque silence.

Ses oreilles bourdonnaient toujours, mais la pulsation avait cessé, laissant une sorte de vide douloureux dans sa tête. Les yeux écarquillés d'épouvante, il ne parvenait pas à croire ce qu'il venait de voir : des flammes assez brûlantes pour fondre l'acier auraient dû incendier tout l'appartement.

D'une main tremblante, il toucha la flaque de métal liquide à la place de l'ancien hibachi. L'extrémité de ses doigts grésilla, puis la douleur l'envahit.

Une douleur térébrante, au-delà de tout cri.

Lorsqu'il retrouva enfin la vue, Henry se leva. En plusieurs siècles d'existence, il n'avait jamais reçu un tel coup. Comment avait-il su que ce n'était pas le démon ? Il aurait été incapable de le dire, mais même dans l'instant de panique qui avait suivi son aveuglement, il avait senti qu'il s'agissait d'autre chose.

— Mais quoi ? s'interrogea-t-il à voix haute en s'appuyant contre un ange en béton pour épousseter son pantalon.

Il percevait encore le pouvoir de l'invocation. Le démon s'était retiré le plus loin possible sans pour autant retourner en enfer.

— Une suggestion, monsieur, mademoiselle… ? demanda-t-il en se tournant pour lire le nom sur la plaque mortuaire.

Gravée dans la pierre au pied de l'ange se trouvait la réponse.

CHRISTUS RESURREXIT ! Le Christ est ressuscité.

Henry Fitzroy, vampire, élevé en bon catholique, tomba à genoux et récita un Je vous salue Marie – juste au cas où…

11

Coreen poussa la porte à double battant quelques minutes avant le début du cours, et traversa l'amphi pour rejoindre son groupe d'amis. Ses yeux rougis attestaient de nuits d'insomnie passées à pleurer. Même l'éclat roux de ses cheveux semblait terni.

Le groupe s'ouvrit pour l'accueillir, l'invitant à s'asseoir dans la chaleur de leur cercle, ses membres à la fois sous le choc et compatissants. Janet était leur amie à tous, mais Coreen était la dernière à l'avoir vue, ce qui donnait à son chagrin une dimension particulière.

Aucun d'eux – Coreen encore moins que les autres – ne remarqua la lueur haineuse dans le regard de Norman Birdwell chaque fois qu'il se tournait dans leur direction.

Coreen personnifiait désormais tous ceux qui s'étaient moqués de lui au cours de sa vie : les garces qui écartaient les cuisses pour toute l'équipe de foot sauf lui, les sportifs qui l'ignoraient comme s'il n'existait pas. Eh bien, il existait ! Et il allait le leur prouver. Il leur enverrait son démon, à tous autant qu'ils étaient – mais auparavant, Coreen devait mourir.

Il posa avec précaution sa main bandée sur la table. Après une nuit passée à se tourner et à se retourner dans son lit sans parvenir à trouver le sommeil, il avait fait un détour par l'infirmerie de l'université avant d'aller en cours. Si c'était à cela que servaient les frais de scolarité, il y avait de quoi être furieux ! Ils avaient commencé par le faire attendre sous prétexte que les deux personnes qui patientaient dans la salle d'attente – et qui, de toute évidence, souffraient moins que lui – étaient arrivées avant, puis la grosse vache stupide lui avait fait un mal de chien en enroulant le bandage autour de ses doigts. Ils n'avaient même pas voulu entendre l'histoire qu'il avait inventée pour justifier ses brûlures.

Sa mallette en équilibre sur les genoux, il sortit le petit carnet noir qu'il avait acheté au lycée pour inscrire le numéro de téléphone des filles. Les quatre premières pages avaient été arrachées. Sur la cinquième devenue première, il écrivit sous Coreen : *Centre médical de l'université*.

À partir de maintenant, Norman Birdwell allait se faire justice.

Il ne comprenait pas ce qui avait mal tourné la nuit dernière. Il n'avait pas commis d'erreur durant la cérémonie. Quelque chose s'était interposé, avait arrêté le démon, *son* démon. Norman fronça les sourcils. De toute évidence, il y avait des forces aux alentours plus puissantes que la créature qu'il dirigeait. Il n'aimait pas ça. Il n'aimait pas ça du tout ! Comment osait-on s'opposer à lui ?

Il ne voyait qu'une solution : faire appel à un démon supérieur.

À la fin du cours, il gagna le bureau derrière lequel se tenait le professeur, et se plaça de manière à lui bloquer le chemin vers la sortie. Avec le temps, il avait appris que le meilleur moyen d'obtenir ce qu'il voulait consistait à interdire toute échappatoire à son interlocuteur.

— Monsieur Leigh ? J'aimerais vous parler.

L'air résigné, le professeur reposa son lourd cartable près du lutrin. Il avait pour principe d'être le plus disponible possible pour ses étudiants, estimant que quelques minutes d'explications supplémentaires permettaient parfois de clarifier le travail de tout un trimestre. Mais il connaissait suffisamment Norman Birdwell pour savoir que celui-ci le coinçait dans le seul but de montrer combien il était intelligent.

— De quoi s'agit-il, Norman ?

Que se passait-il ? La pulsation avait enflé si subitement qu'il avait du mal à réfléchir. Avec un rictus de douleur, il parvint à répondre :

— C'est à propos de mon sujet de travaux pratiques. Vous avez dit un jour qu'à côté d'une armée de démons mineurs, il existait également des démons supérieurs. Je suppose que ces démons sont les plus puissants, n'est-ce pas ?

— Vous supposez bien, Norman.

Leigh se demanda brièvement pourquoi le jeune homme avait les doigts bandés. Il avait dû se les coincer dans une boîte de biscuits métaphorique…

— Mais comment savoir avec quoi on va se retrouver ? Je veux dire, si on invoque un démon, comment être sûr d'obtenir un démon supérieur ?

Le professeur haussa les sourcils. Ces travaux pratiques s'annonçaient d'enfer. Si l'on pouvait parler ainsi.

— Les rituels invocatoires pour les différentes sortes de démons sont très complexes, Norman…

Ce dernier retint un ricanement. Les rituels étaient imprécis, mais en rien complexes. Ce dont, bien sûr, il n'avait jamais réussi à convaincre le Pr Leigh. Car le Pr Leigh pensait tout savoir.

— En quoi ceux des démons supérieurs diffèrent-ils ?

— Eh bien, pour commencer, il est nécessaire de connaître le nom de celui qu'on appelle.

— Et où trouve-t-on ces noms ?

— Je ne vais pas effectuer la recherche à votre place, Norman.

Sur ces mots, le professeur saisit son cartable et s'avança vers la porte, s'attendant que Norman s'efface. Celui-ci ne bougea pas d'un pouce. Comprenant qu'il ne passerait pas sans le pousser, Leigh soupira et s'avoua vaincu.

— Vous devriez rencontrer le Dr Saraga, responsable de la bibliothèque des ouvrages rares à l'université de Toronto. Elle pourra peut-être vous aider.

Norman évalua l'utilité de ce renseignement, puis hocha la tête, et s'écarta. Il espérait plus, mais c'était un début. Et il lui restait encore dix heures avant minuit.

— J'appellerai le Dr Sagara pour l'avertir de votre visite.

Une fois en sécurité dans le couloir, le professeur sourit. Il aurait presque aimé assister à la rencontre entre la force irrésistible de son élève et l'inflexibilité de sa collègue.

Presque.

Norman attendait le bus quand les premiers flocons se mirent à tomber. Il se dandina d'un pied sur l'autre, content d'avoir mis ses baskets – les santiags, avait-il eu l'occasion de constater, n'offraient quasiment aucune protection contre le froid.

Comme le bus approchait, il s'avança au bord du trottoir, et se retrouva pris dans le flot d'étudiants qui faisaient la queue, avant d'être rejeté au bout de la file. Tous ses efforts pour regagner sa place échouèrent, et finalement, il renonça en fulminant.

« Ils ne perdent rien pour attendre, grommela-t-il intérieurement. Quand j'aurai mon démon supérieur, il n'y aura plus de queues, plus de bus, plus de coudes. » Il fusilla du regard le dos du grand échalas propriétaire du coude en question. À la première occasion, il l'inscrirait sur sa liste.

Se laissant porter par la vague des étudiants, Vicki parvint enfin à atteindre les portières latérales à l'arrière du bus. Suite à un espionnage intensif des conversations, elle avait appris deux choses : que rien de fondamental n'avait changé depuis l'époque où elle allait à l'université, et que les expressions nouvelles ne brillaient pas par la richesse de leur vocabulaire.

— … si mon père continue à me prendre la tête, sûr que ça va pas le faire, et que…

« Le pire, songea Vicki, c'est qu'elle doit être en fac de lettres. » Enfin sur le trottoir, elle boutonna sa veste et jeta un coup d'œil par-dessus son épaule. Les portières du bus se refermaient sur le dernier étudiant à quitter le campus. Elle regarda le véhicule s'éloigner en bringuebalant. Maintenant, elle en avait pour quarante minutes au moins avant le passage du prochain. Alors, autant essayer de profiter au mieux de ce laps de temps.

Même si son idée lui semblait farfelue, c'était la meilleure qu'elle ait eue. Avec un peu de chance, le responsable du département informatique serait capable – et accepterait – de lui communiquer le nom des élèves susceptibles d'utiliser le matériel volé. Elle avait bien pensé interroger Coreen, mais personne n'avait répondu lorsqu'elle avait téléphoné chez elle vers 8 h 30.

Carrant les épaules, elle traversa le parking, à l'affût du moindre blouson de cuir. Celluci ne s'était pas trompé : il y en avait des quantités. Bien que consciente qu'un criminel pouvait ressembler à un ange et vice-versa, elle dévisagea tous ceux qui en possédaient un. Il lui semblait impossible qu'un invocateur de démon ne porte pas sur les traits la trace de son commerce maléfique.

Norman se précipita sur le premier siège qui se libéra. Étant donné l'état de sa main, il aurait été normal que quelqu'un lui cède sa place dès sa montée dans le bus, mais, évidemment, aucun de ces sales égoïstes centrés sur eux-mêmes n'avait jugé utile de se lever en dépit de ses regards appuyés. Tout en maugréant, il sortit sa calculatrice de sa poche et calcula le temps qu'il allait devoir passer en ville. En ce moment même, il aurait dû se trouver en cours de géométrie. C'était la première fois qu'il séchait. S'ils l'apprenaient, ses parents en auraient une attaque. Mais il s'en fichait. Malgré tous les A et A+ qu'il avait accumulés – il conservait toutes ses notes depuis le début de sa scolarité –, il venait de découvrir au cours de ces deux derniers jours qu'il existait des choses beaucoup plus importantes que les études.

Des choses telles que se faire justice.

Lorsque le bus s'immobilisa devant la station de métro, Norman nageait en plein fantasme, imaginant un monde où il écraserait tous les sportifs et autres types du même genre, et posséderait toutes les femmes qu'il méritait. Le menton levé, il descendit sans remarquer les sourires moqueurs sur son passage. Un monde dirigé par Norman Birdwell serait organisé de façon à rendre hommage à la valeur de Norman Birdwell.

— Docteur Sagara ?

— Quoi ?

Norman tressaillit, surpris par la véhémence dans la voix de la vieille dame : il ne lui avait encore rien demandé.

— Le Pr Leigh m'a conseillé de vous rencontrer.

— À quel sujet ? demanda-t-elle en le dévisageant par-dessus ses lunettes.

— Je travaille sur les démons…

— Ceux du conseil d'administration ? railla-t-elle, avant de secouer la tête devant l'absence de réaction de son interlocuteur. Je plaisantais.

— Oh.

Norman la regarda d'un air dubitatif, gêné par la pénombre. Quelle idée de travailler dans une salle aussi sombre ! Trois ou quatre rangées de néons représenteraient un bon début avant de transférer toutes les données de ce bazar malodorant sur un ordinateur. La vieille lampe en cuivre projetait une lueur dorée sur le bois du bureau, mais le visage du Dr Sagara restait désespérément dans l'ombre. Il chercha des yeux un interrupteur sur le mur, sans succès.

— Alors ? le pressa le Dr Sagara en pianotant nerveusement sur son sous-main. Quel rapport le Pr Leigh voit-il entre votre projet et mon travail ? Le moins qu'on puisse dire, c'est qu'il ne s'est pas montré très précis au téléphone.

— J'ai besoin d'informations à propos des démons supérieurs.

Sa voix s'éleva en même temps que la pulsation.

— Dans ce cas, il vous faut un grimoire.

— Un quoi ?

— J'ai dit, articula-t-elle comme si elle s'adressait à un demeuré, il vous faut un grimoire. Un manuscrit quasi mythologique répertoriant les démons supérieurs.

Norman se pencha vers elle, et plissa les yeux.

— Vous en avez un ?

— Votre Pr Leigh pense que c'est le cas, semble-t-il.

Les mâchoires crispées, Norman regretta que l'université de Toronto se montre aussi laxiste sur l'âge de la retraite. De toute évidence, la vieille était sénile.

— Et ça l'est ?

— Non.

Croisant les doigts, elle s'adossa à son fauteuil.

— Mais si vous désirez en acquérir un, je vous suggère de contacter un jeune homme dénommé Henry Fitzroy. Il m'a rendu visite peu de temps après son installation à Toronto. Le sosie de son père jeune. Ce dernier collectionnait toutes sortes d'antiquités, en particulier des livres anciens. Nous lui devons d'ailleurs une grande partie de notre fonds. Et je n'ose imaginer les merveilles qu'il a laissées à son fils.

— Cet Henry Fitzroy possède un grimoire ?

— Vous me prenez pour Dieu ? J'ignore ce qu'il possède, mais c'est sans doute votre meilleure piste dans la région.

Norman sortit son répertoire électronique de sa mallette.

— Vous avez son numéro ?

— Oui, mais je n'ai pas l'intention de vous le communiquer. Regardez dans l'annuaire. S'il ne s'y trouve pas, cela signifie qu'il ne souhaite pas qu'on le dérange.

Norman la considéra bouche bée. Elle ne pouvait pas se contenter de lui communiquer ce fichu numéro ? La pulsation s'amplifia dans son crâne.

Bien sûr, qu'elle le pouvait.

— Au revoir, jeune homme.

Norman continua de la fixer.

Le Dr Sagara poussa un soupir.

— Au revoir, répéta-t-elle d'un ton ferme.

— Il faut que vous me donniez…

— Il ne faut rien du tout, coupa-t-elle.

Parmi les nombreux comportements qu'elle ne supportait pas, geindre et supplier occupaient le haut de la liste.

— Sortez.

— Vous n'avez pas le droit de me parler sur ce ton !

— Je vous parle sur le ton qui me plaît. Maintenant, allez-vous vous décider à partir ou dois-je appeler la sécurité ?

Rouge de colère, Norman pivota sur ses talons et se dirigea d'un pas rageur vers la porte.

Le Dr Sagara le suivit des yeux, les sourcils froncés. Le Pr Leigh allait entendre parler d'elle. De toute évidence, il ne lui avait toujours pas pardonné le C- dont elle l'avait gratifié autrefois.

Elle allait le regretter. Norman traversa la salle sombre et silencieuse, et s'engagea dans le tourniquet de sortie, à côté du bureau du gardien. Ils allaient tous le regretter ! Qu'un seul essaie de se moquer de lui, et il était mort.

Il se cogna, coinça sa mallette entre le tourniquet et le bureau du gardien. Le choc fit lever la tête de ce dernier, qui poussa une exclamation.

— Non, je n'ai pas besoin de votre aide ! aboya Norman.

Il tira sur le cartable, qui résista.

— Tout ça, c'est votre faute, lança-t-il à l'homme qui venait le secourir. On n'a pas idée de construire des trucs aussi étroits.

— Si vous n'entriez pas là-dedans comme une brute… marmonna le gardien en secouant légèrement le mécanisme.

— Je vous interdis de me parler sur ce ton. Je n'y suis pour rien.

Malgré sa position inconfortable, Norman se redressa et plongea les yeux dans ceux de son interlocuteur.

— Comment s'appelle votre supérieur ?

— Pard…

Le gardien, qui était du genre rationnel, eut l'étrange sensation que quelque chose d'inhumain le fixait derrière le regard furieux du jeune homme. Les jambes en coton, il essaya en vain de se détourner.

— Le nom de votre supérieur ? Je vais porter plainte contre vous, et vous vous retrouverez sans boulot.

— Je… quoi ?

— Vous avez entendu !

Après une ultime secousse, la mallette se décoinça.

— Attendez un peu, poursuivit Norman en sortant du tourniquet, manquant de percuter deux étudiants qui tentaient d'entrer. Vous verrez !

Il déboucha dans la rue, et ne se calma qu'en s'imaginant sortir ces stupides bouquins prétendument rares des étagères, les jeter sur le trottoir, et shooter dedans. Il n'avait pas encore tout à fait repris son souffle quand il pénétra dans la cabine téléphonique d'une station-service pour chercher le nom que lui avait donné la vieille folle.

Henry Fitzroy n'était pas dans l'annuaire.

Laissant celui-ci tomber, Norman eut un rictus mauvais. S'ils croyaient l'arrêter avec un détail de ce genre…

Sur le trajet, il ajouta le Dr Sagara, le gardien de la bibliothèque et un employé des transports municipaux renfrogné à sa liste noire. Le fait de ne pas avoir tous les noms ne l'inquiétait pas : un démon supérieur serait assez puissant pour se débrouiller sans.

Une fois chez lui, il leur adjoignit son voisin du dessus dont la chaîne stéréo poussée à fond amplifiait encore les battements à l'intérieur de son crâne.

Pirater le système de sécurité de la compagnie du téléphone fut un jeu d'enfant. Le seul Henry Fitzroy répertorié vivait au 278, Bloor Street East, appartement 1407. Vu le quartier, il devait s'agir d'un de ces immeubles luxueux entre Yonge et Bloor. Norman balaya du regard son petit logement. Dès qu'il aurait invoqué le démon supérieur, il s'installerait dans ce genre d'endroit et mènerait une vie digne de lui.

Mais auparavant, il devait se procurer le grimoire.

Bien sûr, il lui faudrait le voler. À quoi bon vouloir l'emprunter puisque, de toute façon, les gens friqués ignoraient le reste du monde et n'étaient pas du style à prêter quoi que ce soit ? En outre, ce type ne savait probablement même pas de quoi il s'agissait. Il devait penser que ce n'était qu'un vieux livre qui coûtait cher. Tandis que lui, Norman, savait comment s'en servir. Ce qui faisait de lui son propriétaire légitime.

Il se tourna vers l'amas de métal qui, la veille encore, était un hibachi. Il ne connaissait qu'un seul moyen de récupérer son bien dans une propriété gardée et sécurisée.

— Rien de spécial ? interrogea Greg en s'installant.

Il aurait dû attendre un peu. La chaise était encore tiède, et il détestait s'asseoir sur un siège chauffé par les fesses d'un autre.

— M. Post, du 1620, a encore calé au milieu de la rampe du garage, indiqua Tim avec un ricanement. Chaque fois qu'il passait la première, il reculait, paniquait, et calait de nouveau. Finalement, il a dû se laisser descendre jusqu'en bas pour repartir. J'étais mort de rire.

— Il y a vraiment des cas désespérés, soupira Greg.

Il ramassa un paquet à côté du bureau.

— Qu'est-ce que c'est que ça ?

Le gardien de jour s'immobilisa, sa veste de hockey à moitié enfilée, celle de son uniforme sur le cintre.

— Oh, ça ! C'est arrivé cet après-midi. Livraison spéciale de New York pour ce type, l'écrivain du quatorzième. J'ai appelé chez lui, mais je suis tombé sur son répondeur.

Greg reposa le paquet sur le sol.

— Il descendra sûrement le chercher plus tard.

— Sans doute.

S'arrêtant de nouveau, Tim plissa le front avant de reprendre :

— Greg, je réfléchissais…

— Dangereux, ça.

— Non, je suis sérieux. J'étais en train de me dire que, depuis quatre mois que je travaille ici, je n'ai jamais vu ce Fitzroy. Pas une fois, il n'est descendu récupérer son courrier. Il ne prend jamais sa voiture, et chaque fois que j'appelle chez lui, je tombe sur le répondeur.

— Je le vois presque chaque nuit, répliqua Greg.

— Précisément. Tu le vois la nuit. Je parie que tu ne l'as jamais croisé après le lever du soleil.

Greg fronça les sourcils.

— Où veux-tu en venir ?

— Ces gens qu'on a retrouvés vidés de leur sang, je me demande si ce ne serait pas M. Fitzroy qui les a tués. Si ce n'est pas lui le vampire.

— Tu as perdu l'esprit ! s'exclama Greg en se redressant sur son siège. Henry Fitzroy est écrivain. C'est normal qu'il n'ait pas la même vie que tout le monde. Quant à ces histoires de vampires…

Il tendit la main vers sa vieille sacoche de cuir, d'où il sortit un journal.

— … tu ferais mieux de lire ça.

Avec la victoire des Leafs au match de sélection, le hockey occupait toute la première page. Anicka Hendle avait dû se contenter de la deuxième.

Tim lut l'article, son front se plissant à mesure qu'il progressait. À la fin, Greg leva la main pour l'empêcher de parler, et tourna la feuille. Plutôt que d'appeler les lecteurs à la raison, Anne Fellow commentait la mort d'Anicka avec émotion. Elle accusait principalement les médias, s'incluant dans le lot, et demandait que cesse cette exploitation générale de la peur. *N'avons-nous pas suffisamment de raisons d'avoir peur dans nos quartiers sans en créer de nouvelles ?* concluait-elle.

— Ces histoires à propos des vampires, ils ont tout inventé ?

— On dirait, non ?

— Juste pour vendre.

Tim secoua la tête, écœuré. Il referma le journal et le poussa vers son collègue, avant de désigner la photo en une.

— Tu crois que les Leafs ont des chances d'aller en finale cette année ?

Greg émit un ricanement de dédain.

— Plus qu'Henry Fitzroy d'être un vampire.

Après avoir salué Tim d'un signe de la main, il se leva pour tenir la porte à Mme Hughes et son mastiff.

— Descends, Owen. Il ne veut pas que tu l'embrasses.

En s'essuyant le visage, Greg regarda le gros chien bondir dans l'ascenseur, sa maîtresse courant presque à l'autre bout de la laisse. Le hall semblait toujours plus petit après le passage d'Owen. Après avoir vérifié le verrou de la porte intérieure – il résistait un peu, il faudrait qu'il prévienne la maintenance –, il retourna lire son journal dans sa loge.

Était-ce l'odeur de l'encre, la sensation du papier dans ses mains ? Soudain, le souvenir de la réaction d'Henry Fitzroy lorsqu'il avait découvert les gros titres le soir qui avait suivi le premier meurtre lui revint en mémoire. Il s'aperçut alors que Tim avait raison : il n'avait jamais croisé Henry Fitzroy avant le coucher du soleil.

Il haussa les épaules.

— Et alors ? fit-il à voix haute. Cet homme a quand même le droit de travailler à l'heure où les autres dorment.

Mais le souvenir du jeune homme, ce soir-là, de la rage presque inhumaine qui incendiait son regard, continua de le poursuivre.

Alors que l'obscurité enveloppait la ville, Henry s'éveilla. Il perçut d'abord le drap sur son corps nu, le contact de chaque fil sur sa peau. Puis un courant d'air lui caressa la joue, aussi léger qu'un souffle d'enfant. Et la cacophonie de trois millions de personnes vivant autour de lui explosa dans ses tympans – jusqu'à ce qu'il parvienne à l'écarter et retombe dans le silence. Enfin, il devint conscient de lui-même. Ses yeux s'ouvrirent, il contempla les ténèbres.

Il détestait ces réveils, détestait la vulnérabilité qui les accompagnait. Quand finalement ils viendraient pour lui, ce serait à ce moment-là. Pas durant les heures d'oubli, mais dans ces instants entre lumière et ombre. Alors, il sentirait le pieu s'enfoncer dans sa chair, saurait sa mort certaine, et ne pourrait rien faire pour s'y soustraire.

En dépit du temps, rien n'avait changé : il s'éveillait toujours de la même manière que lorsqu'il était mortel. Lentement.

Des siècles auparavant, il avait demandé à Christina comment ça se passait pour elle.

— Comme si je sortais d'un profond sommeil, avait-elle répondu. Je ne suis pas là, puis l'instant d'après, j'y suis.

— Est-ce que tu rêves ?

Elle avait roulé sur le côté.

— Non. Aucun d'entre nous ne rêve.

— C'est ce qui me manque le plus, je crois.

Avec un sourire, elle avait fait glisser son ongle le long de sa cuisse.

— On apprend à rêver éveillés. Tu veux que je te montre ?

De temps à autre, dans les secondes qui suivaient son réveil, il lui semblait entendre des voix venues du passé, des amis, des maîtresses, des ennemis, son père, une fois, qui lui hurlait de se presser ou ils allaient être en retard. En plus de quatre cents ans, c'était son expérience la plus proche de ce que les mortels appelaient rêver.

Il s'assit, et se figea soudain, tous les sens en alerte. Dans un silence total, il sortit de son lit et s'approcha de la porte de la chambre.

L'appartement était vide, mais l'impression de malaise demeura.

Il se doucha, s'habilla, de plus en plus persuadé que quelque chose clochait ; ce sentiment l'inquiétait, et il le tourna et le retourna en tous sens, cherchant à comprendre d'où il provenait. En descendant chercher son paquet à la loge, la sensation s'accrut. Tandis qu'en surface, il échangeait des plaisanteries avec Greg et faisait du charme à la vieille Mme McKensie, une partie de lui-même faisait le tri parmi une myriade d'informations, à la recherche d'une menace.

Comme il retournait vers l'ascenseur, il perçut le poids du regard du gardien dans son dos, et se retourna pour lui sourire. Les portes en acier se refermèrent sur l'expression soucieuse de Greg. Visiblement, le vieil homme avait un problème. Mais quel qu'il soit, Henry avait plus urgent à traiter.

— Détective privée, Nelson.

N'ayant aucun moyen de déterminer qui était au bout du fil, Vicki avait pris le parti de traiter chaque appel comme s'il provenait d'un client. Sa mère s'en plaignait, mais après tout, sa mère se plaignait d'un tas d'autres choses qu'elle n'avait aucune intention de modifier.

— Vicki, c'est Henry. Écoutez, j'ai l'impression que vous devriez passer ce soir.

— Pourquoi ? Vous avez du nouveau et vous voulez qu'on en parle avant de sortir ?

— Je ne sors pas.

— Pardon ?

Retirant les pieds de son bureau, elle fronça les sourcils.

— Vous avez intérêt à avoir une bonne raison.

Elle l'entendit soupirer.

— Ce n'est pas le cas. Juste une intuition.

Vicki ricana.

— Une intuition de vampire ?

— Si vous voulez.

— Donc, vous allez rester chez vous cette nuit juste parce que vous avez une *intuition* ?

— En gros, oui.

— Et laisser les démons saccager la ville pendant que vous vous interrogerez ?

— Je ne pense pas que le démon viendra cette nuit.

— Quoi ? Et pourquoi ?

— À cause de ce qui s'est passé la nuit dernière. Quand la puissance divine s'est élevée pour dire « non ».

— Pardon ?

— Écoutez, je ne comprends pas bien moi-même…

— Que s'est-il passé hier, Fitzroy ? coupa-t-elle, énervée.

Elle avait interrogé des suspects plus diserts que lui.

— Je vous en parlerai quand vous serez là.

Il n'avait aucune envie de raconter une expérience religieuse par téléphone à une femme qui avait grandi au XXe siècle. Il aurait déjà suffisamment de mal à la convaincre face à face.

— Votre intuition a un rapport avec ça ?

— Non.

— Alors, pourquoi…

— Vicki, l'interrompit-il, avec le temps, j'ai appris à me fier à mes intuitions. Et je suis sûr que cela vous est déjà arrivé, à vous aussi, par le passé.

Vicki remonta ses lunettes sur son nez. Elle n'avait pas vraiment le choix, alors, autant lui faire confiance. Et espérer que les vampires se trompaient moins que les simples mortels.

— D'accord, je termine quelques trucs et j'arrive.

— Bon.

Sa façon de réagir semblait si différente des fois précédentes qu'elle s'inquiéta.

— Quelque chose ne va pas, Henry ?

— Oui… Enfin, non…

Il poussa un nouveau soupir.

— Venez dès que possible.

— En fait, je dois… Bon sang !

Elle fixa le combiné. La tonalité de fin de communication l'informait qu'Henry Fitzroy se moquait de ce qu'elle devait faire. En résumé, elle était supposée se précipiter chez lui toute affaire cessante sous prétexte qu'il avait une intuition.

— Exactement ce qui me manquait, marmonna-t-elle en fouillant dans son sac. Un vampire dépressif.

La liste qu'avait fini par lui fournir le responsable du département informatique comportait vingt-trois noms d'étudiants capables d'utiliser au mieux le matériel volé. Il s'était cependant empressé de préciser que la plupart des gens qui possédaient des machines hyper sophistiquées ne s'en servaient bien souvent que pour jouer.

Il ne se rappelait pas qui parmi les vingt-trois possédait un blouson de cuir noir. C'était le genre de choses auxquelles il ne faisait pas attention.

— Avez-vous remarqué un comportement étrange chez l'un d'eux dernièrement ? avait-elle demandé.

Il avait eu un sourire las.

— Mademoiselle Nelson, ces jeunes gens ne se comportent que de manière étrange.

Vicki consulta sa montre : 9 h 27. Comment le temps avait-il pu filer aussi vite ? Au cas où, par une chance inouïe, Celluci serait à son bureau – il n'y avait pas mis les pieds depuis son premier appel, vers 16 heures –, elle téléphona au poste. Toujours personne. Chez lui non plus.

Elle laissa un message et raccrocha.

Eh bien, au moins, il ne pourrait lui reprocher de ne pas avoir *essayé* de lui transmettre ses infos.

Elle épingla la liste de noms sur le panneau au-dessus de son bureau. En réalité, elle n'avait aucune idée de son intérêt ; elle n'en avait peut-être aucun, mais il fallait bien commencer par quelque chose.

9 h 46. Elle ferait mieux de se rendre chez Henry pour savoir ce qui s'était passé exactement la nuit dernière.

— Dieu a dit non, ben voyons !

Hormis les démons et l'Apocalypse, elle imaginait mal quel genre de choses pouvait faire un pareil effet à un vampire de quatre cent cinquante ans.

— Hormis les démons et l'Apocalypse… répéta-t-elle, incrédule, en tendant le bras vers le téléphone pour appeler un taxi. Eh bien, ma vieille, tu deviens affreusement blasée en ce qui concerne la fin du monde.

Elle avait la main sur le combiné quand la sonnerie retentit. Elle sursauta, et son cœur s'emballa. Pas si blasée que ça, finalement…

Le temps de se ressaisir, elle décrocha.

— Bonsoir, ma chérie, je ne te dérange pas ?

— J'étais sur le point de sortir, maman.

À cinq minutes près, elle n'était plus là. À croire que sa mère avait un sixième sens.

— À cette heure-ci ?

— Il n'est même pas 22 heures.

— Je sais, mon cœur, mais il fait noir, et avec tes yeux…

— Maman, mes yeux vont très bien. Je resterai dans les rues bien éclairées et je te promets de faire attention. Maintenant, je dois vraiment y aller.

— Tu sors seule ?

— J'ai rendez-vous avec quelqu'un.

— Pas Michael Celluci ?

— Non, maman.

— Oh.

Vicki put pratiquement entendre les oreilles de sa mère se dresser.

— Comment s'appelle-t-il ?

— Henry Fitzroy.

Pourquoi ne pas le dire ? De toute manière, à moins de raccrocher, elle ne se débarrasserait pas de sa mère avant d'avoir satisfait sa curiosité.

— Que fait-il dans la vie ?

— Il est romancier.

Tant qu'elle se contentait de répondre aux questions, la vérité restait le meilleur moyen de ne pas commettre d'impair. D'autant qu'il y avait peu de risque que sa mère lui demande s'il faisait partie des morts-vivants buveurs de sang ?

— Et comment Michael prend cela ?

— Comment il prend cela ? Maman, tu sais très bien que Michael et moi n'avons pas ce genre de relation.

— Si tu le dis, ma chérie. Cet Henry Fitzroy est-il bel homme ?

— Oui. Et il a surtout beaucoup de présence…

Elle n'en dit pas plus, et sa mère s'esclaffa au bout du fil.

— Ça a l'air sérieux.

La remarque la ramena à la réalité.

— Ça l'est, maman. C'est pour ça que je dois partir maintenant.

— Très bien. J'espérais juste que, vu que tu n'as pas pu venir pour Pâques, tu me consacrerais un peu de temps au téléphone. Ce week-end m'a semblé tellement long toute seule.

Vicki avait beau flairer la manipulation, ça ne changeait rien. N'avait jamais rien changé…

— D'accord, maman, je ne suis pas à quelques minutes près.

— Je ne voudrais pas te mettre en retard, ma chérie.

— Maman…

Une heure plus tard, Vicki raccrochait. Elle regarda sa montre et grimaça. Personne n'était aussi doué que sa mère pour parler de tout et de rien pendant des heures.

— Au moins, la fin du monde n'a-t-elle pas eu lieu durant cet intermède, soupira-t-elle.

Elle composa le numéro d'Henry.

« Henry Fitzroy n'est pas disponible pour le moment… »

— Et merde !

Elle n'écouta pas la fin du message. À quoi jouait-il ? Il lui demandait de passer chez lui, et finalement, il se tirait. Il n'était quand même pas mort pendant que la mère la gardait captive au bout du fil.

Le temps d'enfiler sa veste, d'attraper son sac, et elle sortit. Dans la rue, elle dut ralentir le pas jusqu'à ce qu'elle atteigne College Street, mieux éclairée, deux pâtés de maisons plus loin. Elle avait pensé prendre un taxi, mais puisque Henry n'était pas chez lui, autant marcher.

L'allusion de sa mère à son handicap n'avait rien à voir avec cette décision. Rien du tout.

Henry bondit sur l'appareil, et lâcha un juron quand la personne raccrocha avant la fin du message. Il détestait ça, et c'était la troisième fois que cela se produisait cette nuit. Il avait mis le répondeur en s'installant devant son ordinateur pour travailler, plus par habitude qu'autre chose, avec l'intention de décrocher s'il s'agissait de Vicki. Bien sûr, il n'avait pas prévu qu'elle ne parlerait pas. Il consulta sa montre : 23 h 10. Est-ce qu'elle avait un problème ? Il l'appela, et écouta le message jusqu'au bout. Rien.

Où était-elle donc passée ?

Un instant, il envisagea d'aller jusque chez elle, mais y renonça aussitôt. Le sentiment qu'il devait rester là, dans son appartement, était trop puissant, lui procurant une sensation de malaise aussi tenace qu'inexplicable.

Quitte à demeurer cloîtré, autant employer son temps utilement.

Smith recula, ses grands yeux couleur saphir écarquillés, et s'empara du coupe-chou du capitaine sur l'étagère.

— Un pas de plus, le prévint-elle d'une voix mal assurée, et je vous égorge.

Ça ne marchait pas. Avec un soupir, Henry sauvegarda, ferma le fichier, et éteignit l'ordinateur. Pourquoi Vicki n'arrivait-elle pas ?

Incapable de rester assis, il traversa le salon et contempla la ville. Pour la première fois depuis qu'il avait emménagé ici, la vue des lumières ne lui procura aucun bien-être. Au contraire, il les imaginait s'éteindre d'un seul coup, laissant les ténèbres engloutir le monde.

Il alluma la chaîne, sortit le CD à l'intérieur, le remit, coupa la chaîne. Puis il se mit à arpenter la pièce de long en large, encore et encore…

Il sentait la présence du grimoire à travers la vitre de la bibliothèque – une présence maléfique. Un peu plus d'un siècle auparavant, un homme lui avait appris qu'il s'agissait de l'un des trois derniers authentiques grimoires existant dans le monde, et, pas plus aujourd'hui qu'à l'époque, il n'avait de raison d'en douter.

*
* *

— Ainsi, c'est vous Henry Fitzroy.

Ses yeux clairs étincelants, le Dr O'Mara tendit la main à Henry.

— Alfred m'a tellement parlé de vous que j'ai presque l'impression de vous connaître.

— C'est réciproque, répondit Henry en ôtant son gant pour saisir sa main.

Il veilla à la serrer avec une pression identique à celle de son interlocuteur. Les poils de sa nuque s'étaient hérissés, et il avait le sentiment qu'apparaître plus fort ou plus faible que cet homme serait éminemment dangereux.

Le Dr O'Mara se tourna vers celui qui les avait présentés l'un à l'autre.

— Vraiment ? fit-il.

La menace contenue dans sa voix n'échappa pas à l'honorable Alfred Waverly, qui, se voûtant légèrement, s'empressa de préciser :

— Non que je lui raconte tout, docteur, c'est juste que…

— Il vous cite sans cesse, acheva Henry avec un sourire désarmant.

Les traits d'O'Mara se détendirent.

— Il me cite ? Eh bien, j'imagine que je serais un ingrat si je songeais à le lui reprocher.

Alfred s'empourpra, une expression rayonnante effaçant de son visage le masque de terreur qui avait poussé Henry à intervenir.

— Je vous prie de m'excuser, monsieur Fitzroy, mais je dois m'assurer auprès de mes gens que tout se passe bien. Alfred va vous présenter les autres invités.

Henry inclina la tête, et regarda son hôte s'éloigner sur un salut magnanime.

Le reste de l'assistance se composait de dix jeunes hommes, tous nobles, riches et désœuvrés, comme l'honorable Alfred. Henry en connaissait trois ; les autres étaient de parfaits étrangers.

— Alors, qu'en pensez-vous ? s'enquit Alfred, un whisky à la main, quand ils se retrouvèrent seuls une fois les présentations faites.

— Je pense que vous m'avez grossièrement induit en erreur, répondit Henry en refusant le verre que lui proposait un domestique. Cet endroit ne ressemble guère à un lieu de perdition.

Le sourire d'Alfred vacilla quelque peu. À la lueur des lampes à gaz, son teint semblait plus pâle que d'ordinaire. De l'index, il caressa le bord de son verre.

— Mince, Henry, je ne vous ai jamais dit que c'en était un. Vous avez de la chance d'être ici, vous savez. Le Dr O'Mara n'invite jamais plus de douze personnes, et il tenait tout particulièrement à votre présence après le… euh… l'accident survenu à Charles.

L'accident ? Charles était mort, mais avec sa sensibilité typiquement victorienne, Alfred se refusait à prononcer le mot.

— Justement, je voulais vous poser la question : pourquoi le Dr O'Mara tenait-il à ma présence ?

Alfred s'empourpra.

— Parce que je lui ai tout dit de vous.

— *Tout ?*

Étant donné les lois contre l'homosexualité et les préférences d'Alfred, Henry en doutait. Mais, à sa grande surprise, le jeune homme acquiesça.

— Je n'ai pas pu m'en empêcher. Le Dr O'Mara fait partie de ces gens à qui il est difficile de cacher quelque chose.

— Je n'en doute pas, murmura Henry, tout en remerciant Dieu qu'Alfred ne sache rien de sa véritable nature. Vous couchez également avec lui ?

— Henry !

Le bâtard d'Henry VIII, qui ne se pliait guère aux conventions sociales, se contenta de répéter :

— Est-ce que vous couchez avec lui ?

— Non.

— Mais vous aimeriez…

L'air à la fois malheureux et transporté, Alfred hocha la tête.

— Il est magnifique.

« Dominateur » était plus proche du terme qu'Henry aurait employé. Le docteur lui évoquait une sorte de lame de fond capable de balayer toutes les personnalités moins fortes que la sienne. Et il n'avait aucune intention de se laisser balayer.

Peu après 23 heures, le docteur disparut, et un gong résonna quelque part dans les profondeurs de la maison.

— C'est l'heure, chuchota Alfred en prenant Henry par le bras. Venez.

L'instant d'après, les invités prenaient comme un seul homme la direction de la cave. Ils pénétrèrent dans une immense salle éclairée par des torches au fond de laquelle se dressait une sorte de long autel en pierre. Henry s'aperçut, étonné, que tout le monde autour de lui commençait à se dévêtir.

— Déshabillez-vous, le pressa Alfred en lui lançant une longue tunique noire. Et enfilez ça.

Comprenant soudain de quoi il s'agissait, Henry se mordit la lèvre pour ne pas éclater de rire. Une assemblée de sorciers ! Un groupe de jeunes aristocrates recouverts de draps noirs qui gambadaient dans une cave enfumée. Son amusement dura jusqu'à ce que le docteur O'Mara se matérialise derrière l'autel.

Vêtu d'une chasuble rouge, de la couleur du sang frais, il tenait un crâne humain dans la main droite, un livre ancien dans la gauche. Il aurait dû être aussi ridicule que ses disciples béats. Il ne l'était pas. Une flamme ardente incendiait son regard pâle, et sa personnalité, soigneusement tenue en bride dans le salon, irradiait littéralement. Jouant des modulations de sa voix grave, il entraîna l'assistance dans une sorte de transe fébrile.

Le dégoût d'Henry s'accrut à mesure que l'excitation montait. Debout dans l'ombre, le plus loin possible des torches, il observa la scène. Une sensation de danger le tenait à l'écart, un picotement le long de l'échine qui lui confirmait que, aussi risible que tout ceci apparaisse, le docteur, lui, ne jouait pas. Que l'onde maléfique émanant de l'autel n'était pas une illusion.

À minuit, deux des hommes revêtus de noir déposèrent un chat crachant et griffant sur la pierre de l'autel devant un troisième armé d'un couteau.

— Du sang ! Du sang ! DU SANG ! DU SANG !

Henry sentit son propre désir croître tandis que l'odeur du sang se mêlait à celles de la fumée et de la sueur. Le chant enfla, pulsant tels les battements d'un cœur, résonnant en lui. Les tuniques tombèrent au sol, révélant la chair nue et, courant en dessous, juste sous la peau, le sang… le sang… encore le sang. Il découvrit les dents, avança…

Ce fut à cet instant que, au-delà de la masse de corps qui se tortillaient, il croisa le regard du docteur.

Il sait.

L'épouvante, plus puissante que le goût du sang, le précipita hors de la demeure. Sa tunique pour tout vêtement, plus effrayé qu'il ne l'avait jamais été en trois cent cinquante ans, il courut d'une traite jusqu'à son sanctuaire, s'y réfugia juste avant le lever du soleil, et sombra dans le sommeil avec le visage du docteur devant lui.

La nuit suivante, en dépit de sa peur, il s'obligea à retourner là-bas. Il devait affronter le danger. Et le détruire.

— Je savais que vous viendriez.

Sans quitter son fauteuil, le Dr O'Mara désigna un siège.

— Asseyez-vous, je vous en prie.

Tous les sens en alerte, Henry traversa lentement la pièce. À l'exception des domestiques qui dormaient à l'étage, le docteur était seul chez lui. Henry aurait pu le tuer et partir sans que personne en sache rien. Au lieu de quoi, il s'installa en face de lui. Il voulait savoir comment un mortel avait pu deviner sa nature, et ce qu'il attendait de lui.

Le docteur lui adressa un sourire radieux.

— Vous vous mêlez très bien aux autres, vampire. Si je n'avais pas été déjà conscient de l'existence de ceux de votre espèce, je n'aurais rien déduit des babillages du jeune Alfred. Il vous admire beaucoup. Moi aussi, d'ailleurs. Dès que j'ai compris qui vous étiez, j'ai voulu vous avoir avec moi.

— C'est pour cette raison que vous avez tué Charles ?

— En effet. Nous ne pouvons être que douze.

Il s'esclaffa comme Henry le considérait avec dégoût.

— J'ai vu votre visage, vampire. Vous en aviez envie. Toutes ces vies, tout ce sang. Ces jeunes gorges fraîches… Un mot de moi, et ils se seraient offerts joyeusement à vos dents. Je peux vous donner cela, chaque nuit, ajouta-t-il en s'adossant à son fauteuil, les yeux semblables à deux flammes froides.

— Et qu'exigerez-vous en échange ?

— La vie éternelle.

Ça suffisait. Il en avait assez entendu. Bondissant de son siège, Henry se jeta sur le docteur.

Et s'écrasa sur une barrière invisible qui le retint telle une mouche dans une toile d'araignée. Il pouvait se débattre, mais était incapable d'avancer ou de reculer. Il lutta de toutes ses forces, puis abandonna, à bout de souffle.

— Je me doutais que vous refuseriez de coopérer, commenta le docteur, qui se leva et contourna son bureau. Vous m'avez pris pour un bouffon, n'est-ce pas, vampire ? Il ne vous est pas venu à l'esprit que je détenais un réel pouvoir ; un pouvoir venu d'endroits obscurs par des voies indicibles, obtenu par des moyens qui, même vous, vous feraient trembler si je vous le disais. C'est ce pouvoir qui vous retient prisonnier en ce moment. Il ne vous lâchera pas avant que vous m'apparteniez.

— Vous ne pouvez pas m'obliger à vous transformer ! rétorqua Henry d'une voix où la peur avait laissé place à la rage.

— Possible. Vous êtes très fort physiquement, et quasiment mon égal sur le plan mental. Et boire votre sang par la force ne servirait à rien. En revanche, enchaîna O'Mara en se détournant pour s'emparer d'un livre sur le bureau, si je n'ai pas le pouvoir de vous contraindre, j'ai accès à ceux qui le possèdent.

Henry reconnut l'ouvrage relié de cuir rouge que le docteur tenait à la main la veille, lors de la cérémonie. À cette distance, le noyau de mal pur qui en irradiait lui fit l'effet d'un coup de poing si bien qu'il bondit spontanément en arrière, avant d'être arrêté par les chaînes invisibles qui le retenaient.

— Il s'agit là, reprit son interlocuteur en caressant amoureusement le livre, d'un des derniers véritables grimoires qui existent. D'après mes recherches, il n'y en aurait que deux autres dans le monde. Tout le reste n'est qu'une pâle copie de ces trois-là. L'homme qui l'a écrit a vendu son âme en échange de son contenu, mais le prince du mensonge s'en est emparé avant qu'il ait eu le temps d'exploiter ce savoir si chèrement acquis. Si nous n'étions pas si pressés, vampire, je vous raconterais tout ce que j'ai dû faire pour l'obtenir, mais c'est impossible : il faut que vous m'apparteniez avant l'aube.

Le désir brûlant qui incendiait ses prunelles donnait la nausée à Henry. Il recommença à se débattre, le rire du docteur décuplant ses forces.

— Des mois de rituels répétés m'ont permis d'acquérir tout ce dont j'avais besoin pour contrôler le démon, expliqua tranquillement O'Mara en roulant le tapis devant la cheminée.

Il leva les yeux du pentagramme dessiné sur le sol.

— Saurez-vous résister à un Seigneur des enfers, vampire ? J'en doute.

La bouche sèche, la respiration laborieuse, Henry rassembla toutes ses forces pour lutter contre les liens invisibles qui l'entravaient. Les muscles en feu, les articulations sur le point de se déchirer, il se battait pour sa vie. Et à l'instant, où un gémissement de désespoir montait dans sa gorge, il sentit la pression sur son bras se relâcher.

Après avoir allumé les bougies et jeté une poudre fétide dans le feu, le Dr O'Mara ouvrit le livre et se mit à lire à haute voix.

La pression se relâcha sur le bras gauche d'Henry.

Un chatoiement fit vibrer le centre du pentagramme.

Le pouvoir nécessaire pour l'invocation affaiblissait celui qui le tenait prisonnier, comprit Henry. Ses liens se relâchèrent un peu plus…

Le chatoiement parut s'affaisser en lui-même, formant…

Avec un long hurlement de rage, Henry se libéra et bondit à travers la salle. Avant que le docteur ait pu réagir, il l'agrippa, le souleva et le projeta contre le mur du fond.

La tête du docteur percuta le lambris avec un bruit sourd. La chose à l'intérieur du pentagramme s'évanouit, laissant derrière elle une odeur putride et un reste d'effroi.

Faible et tremblant, Henry se tint au-dessus du cadavre. La lumière avait déserté les yeux clairs qui étaient à présent d'un gris terne. Devant la flaque écarlate sur le parquet, Henry remercia Dieu d'être, comme tous les siens, insensible aux morts. Même affamé, il se serait laissé dépérir plutôt que de s'abreuver au sang de cet homme.

Les poils hérissés sur tout le corps à ce contact, il ramassa le grimoire, avant de s'enfuir en titubant dans la nuit.

*
* *

— J'aurais dû le détruire.

Les paumes à plat sur les vitres de la bibliothèque, Henry fixa le vieux livre du regard. Il ne s'était jamais demandé pourquoi il ne l'avait pas fait. Et peut-être préférait-il l'ignorer.

— Yo, Victory !

Avec un sursaut, Vicki pivota à l'intérieur de la cabine téléphonique.

Tony lui sourit.

— Waouh, t'es vachement nerveuse ! Je croyais avoir entendu que tu travaillais plus la nuit.

— C'est exact, acquiesça-t-elle d'un air absent tandis que son pouls retrouvait son rythme normal.

— On dirait pas.

Vicki poussa un soupir, et examina le jeune homme. Il n'avait pas l'air brillant. À en juger par ses vêtements crasseux, ses cernes et ses joues creuses, elle devina qu'il dormait dans la rue et n'avait pas mangé un repas digne de ce nom depuis un bon moment.

— Ce n'est pas la grande forme, on dirait.

— J'ai connu mieux, reconnut-il. J'aurais rien contre un hamburger et des frites.

— Pourquoi pas.

De toute façon, Henry ne répondait toujours pas.

— Comme ça, tu me raconteras ce que tu deviens.

Tony leva les yeux au ciel.

— Tu me prends pour un crétin ou quoi ?

Les trois morceaux de charbon se consumaient dans la poêle en fonte que sa mère lui avait offert. C'était la première fois qu'il l'utilisait. Il avait ajouté l'or, l'encens et la myrrhe. Les trois gouttes de sang grésillèrent en touchant le fond. Norman s'écarta vivement, juste au cas où…

Quelque chose avait empêché le démon de se matérialiser la nuit dernière, mais cela ne s'était jamais produit auparavant, et d'un point de vue statistique, ce soir, rien ne devrait s'opposer à son apparition. Norman était un fervent adepte des statistiques.

L'air au centre du pentagramme frémit. Sous le bandage, Norman sentit la brûlure se réveiller. Cela allait-il recommencer ?

Ça ne recommença pas.

— Je t'ai invoqué, déclara-t-il en s'avançant dès que le démon prit forme. Je suis ton maître.

— Tu es mon maître, acquiesça le démon.

Il semblait plus soumis que d'habitude, ne cessait de regarder derrière lui

Norman eut un reniflement de dédain. Quel serviteur minable ! Mais c'était la dernière fois qu'il le convoquait. Après, il serait le maître d'un vrai démon. Alors, plus rien ne l'arrêterait.

12

— Tu sais ce qu'est un grimoire ?

— Oui, maître.

Le démon s'inclina au centre du pentagramme, préférant ne prendre aucun risque après la dernière invocation et l'attaque aussi soudaine que douloureuse qui l'avait renvoyé d'où il venait.

— Parfait. Tu vas aller là-bas.

Le maître lui indiqua un bâtiment marqué d'une croix sur un plan. Il traduisit l'information en une représentation de la ville – beaucoup plus complexe et précise – qui lui était propre.

— Tu te rendras dans cet immeuble par la voie la plus directe. Tu t'empareras du grimoire à l'intérieur de l'appartement 1407, et le ramèneras aussitôt dans le pentagramme. Personne ne doit te voir.

— Me nourrir, rappela-t-il au maître, maussade.

— Ah oui. Dans ce cas nourris-toi en route. Je veux ce grimoire le plus vite possible. Compris ?

— Oui, maître.

En temps voulu, il viderait de son sang cet humain qui le convoquait. Le démon supérieur qu'il servait le lui avait promis.

Il le sentait qui attendait. Percevait sa colère qui enflait comme il s'éloignait du lieu où devait s'écrire le prochain symbole de son nom. Savait que cette rage se déchaînerait contre lui lorsqu'il rentrerait.

Les vies à prendre ne manqueraient pas sur sa route, alors pourquoi ne pas en choisir une dont la situation permettrait d'achever le nom d'un autre Seigneur ? Ce nouveau nom exigerait quatre morts supplémentaires avant d'être terminé, mais ce démon supérieur accepterait peut-être de le protéger du premier s'il lui promettait l'accès au monde des mortels.

Il ne s'agissait pas d'un espoir – l'espoir était étranger à la race démoniaque –, mais d'une occasion qu'il comptait bien saisir.

Il se nourrit rapidement, et demeura inquiet durant tout le temps de son déplacement, non par crainte d'être surpris, mais à cause du pouvoir qui avait brisé l'invocation la nuit précédente. Les démons avaient combattu ce pouvoir par le passé, et il n'avait aucun désir de l'affronter, seul qui plus est.

Arrivé aux environs de l'immeuble indiqué par le maître, il sentit la présence du grimoire. Ailes déployées, telle une ombre sous les étoiles, il fendit les airs et se posa sur le balcon. L'appel du livre s'amplifia, la puissance maléfique réagissant à son approche.

Il y avait une vie à proximité, ses sens le lui affirmaient, mais il n'en reconnaissait pas la nature : trop lent pour un mortel, trop rapide pour un démon. Il ne comprenait pas, mais comprendre n'était pas nécessaire.

Il renifla le cadre métallique autour de la vitre. Un métal souple, humain. Un métal sans résistance pour un démon.

Personne ne doit te voir.

S'il n'apercevait pas la rue, alors les vivants dans la rue ne l'apercevaient pas non plus. Il enfonça ses griffes dans l'encadrement et sortit la vitre de l'huisserie.

Le capitaine Roxborough s'avança, les bras ballants, les yeux rivés sur la lame.

— Tu ne penses pas sérieusement…

Seule la vivacité de ses réflexes lui permit d'éviter le coup de rasoir. Il bondit en arrière. Un morceau de sa chemise tomba au sol, tranché net, mais la peau au-dessous était indemne. Il s'obligea à garder son calme.

— Je commence à perdre patience, Smith.

Les doigts d'Henry s'immobilisèrent au-dessus du clavier. Il avait entendu du bruit sur le balcon. Très léger – tel le froissement de feuilles mortes soulevées par le vent –, mais qui l'alerta.

Il atteignit le salon en moins d'une seconde, où un écœurant relent de viande pourrie lui annonça la nature de son ennemi. Des siècles d'habitude lui firent immédiatement porter la main au côté, oubliant qu'il ne possédait plus d'épée depuis le début du XIXe. La seule arme qu'il détenait, son revolver de service, était enveloppée dans un chiffon gras et rangée dans sa cave.

La créature se tenait debout, sa silhouette se découpant sur le ciel nocturne, la vitre entre ses griffes.

Entrelacée à la puanteur telle une corde écarlate, l'odeur du sang apprit à Henry qu'elle venait de se nourrir. Ce que lui-même n'avait pas fait depuis trop longtemps... Il prit une longue et tremblante inspiration. Quel imbécile de ne pas avoir protégé son appartement ! Un pentagramme ouvert comme celui qu'il avait tracé près du fleuve Humber, voilà ce qu'il aurait dû prévoir.

— Attends, démon, tu n'as pas été invité à entrer.

Les immenses yeux jaunes dépourvus de cils se tournèrent dans sa direction.

— Ordonne, répliqua la créature.

... avant de lancer la vitre dans la pièce.

Henry eut juste le temps de plonger avant que le verre se brise là où il se tenait. Échappant aux griffes qui menaçaient de se refermer sur lui, il bondit et lança ses deux poings dans la face du démon. La matière se rétracta, tel du liège humide, puis reprit sa forme. Le coup que lui assena le démon en retour l'envoya s'écraser sur la table basse. Il roula sur le côté, évitant de justesse une attaque mortelle, et se remit debout tant bien que mal, un morceau tranchant du cadre métallique de la fenêtre dans la main.

Le démon lui entailla le bras sous le coude.

Réprimant un cri de douleur, Henry tituba en arrière, et planta la pointe de son arme improvisée dans la hanche de son adversaire.

Une aile noire s'abattit sur lui. Les forces décuplées par la panique, Henry se libéra à coups de pied, et sentit la membrane se déchirer sous ses talons. La seconde d'après, le coup destiné à sa gorge l'atteignait à l'épaule. Il s'effondra sur le sol, s'accrochant au passage à un pied difforme, sur lequel il tira de toutes les forces qui lui restaient. Le crâne du démon s'avéra plus résistant que le téléviseur, mais de peu.

— Owen ! Owen ! Arrête d'aboyer.

Agrippée à la laisse, Mme Hugues parvint à attraper la porte et à la claquer avant qu'Owen plonge en avant et l'entraîne dans le hall en aboyant furieusement.

— Owen, ça suffit !

Jamais son chien n'avait fait un pareil vacarme, et le son résonnait encore plus fort dans le couloir que dans l'enceinte de son appartement. Il fallait qu'elle sorte du bâtiment avant que l'assemblée des copropriétaires décide de l'expulser.

Au bout du couloir, une porte s'ouvrit sur un résident qu'elle connaissait à peine. Militaire à la retraite, il avait lui-même deux petits chiens, qu'elle entendit aboyer au loin – sans doute en réponse à la frénésie d'Owen.

— Qu'est-ce qui lui arrive ? s'enquit-il quand il fut assez proche pour que sa question lui parvienne.

— Je ne sais pas.

Elle trébucha, et faillit perdre l'équilibre lorsque, sans crier gare, Owen se jeta contre la porte d'Henry Fitzroy, puis se mit à gratter comme un fou pour entrer. Mme Hugues eut beau tirer sur la laisse, rien à faire. Elle aurait bien aimé savoir ce qu'Owen avait contre M. Fitzroy.

— Owen, assis !

Owen l'ignora.

— Je ne comprends pas. C'est la première fois qu'il se comporte ainsi. Tout à coup, il s'est mis à aboyer comme un possédé. Je me suis dit que je ferais mieux de le sortir.

— Ce sera plus calme, c'est certain. Voulez-vous que je vous aide ?

— Si ça ne vous dérange pas, acquiesça-t-elle, au bord du désespoir.

À eux deux, ils réussirent à traîner le mastiff jusque dans l'ascenseur.

— Je ne comprends pas, répéta-t-elle, haletante. En temps normal, il ne ferait pas de mal à une mouche.

— À part quelques tympans, il n'a agressé personne, la rassura son voisin en ôtant son genou pour que les portes se referment. Bonne chance !

Les aboiements furieux d'Owen continuèrent à retentir dans le couloir, se mêlant à ceux, non moins frénétiques, de ses propres chiens. Et soudain, aussi brusquement que cela avait commencé, le silence se fit. L'homme s'immobilisa, sourcils froncés, tendit l'oreille, puis rentra chez lui en secouant la tête.

Un fluide jaune et visqueux s'écoulant de ses plaies, il s'empara du grimoire d'un geste vif et bondit sur le balcon. Les noms et les incantations contenus dans le livre en faisaient l'objet le plus lourd qu'il ait jamais tenu entre ses griffes. Un objet qu'il avait d'autant plus de mal à porter que le non-humain qu'il venait de combattre l'avait blessé : la membrane de son aile droite était déchirée, et son corps passait lentement du gris au noir marbré et vice-versa.

Avant de rapporter le grimoire au maître, il fallait qu'il se nourrisse. Les vies ne manquaient pas dans les environs, une fois au sol, il en trouverait rapidement une pour se régénérer.

Il sauta dans l'obscurité, laissant une flaque jaune derrière lui.

Mme Hugues sourit en entendant Owen fureter dans les buissons alentour. À son grand soulagement, il s'était calmé dans l'ascenseur et se montrait aussi doux qu'un agneau depuis. Comme s'il avait lu dans ses pensées, il sortit d'un fourré, vérifia qu'elle était toujours là, puis, avec un jappement joyeux, repartit en chasse.

Selon le règlement de copropriété, elle aurait dû le tenir en laisse, mais la nuit, à l'abri des regards, elle avait tendance à le laisser vagabonder un peu sur la colline. Aucun d'eux n'aimait marcher au rythme de l'autre.

Les mains dans les poches, elle inclina la tête pour se protéger d'un brusque courant d'air froid. Quelle saison ! Le printemps commençait bien avant Pâques quand elle était petite, elle en était sûre. D'ailleurs, à l'époque, elle ne portait jamais de gants à la mi-avril. Un autre coup de vent lui fit froncer le nez. D'où venait cette odeur abominable ? Sans doute une charogne quelque part. Au moins de la taille d'un raton laveur. Le pire, c'était qu'à en juger par les bruissements en contrebas, Owen devait l'avoir dénichée, et n'allait pas tarder à la lui rapporter.

— Owen !

Elle avança en préparant la laisse.

— Owen !

L'odeur de putréfaction s'intensifia. Elle poussa un soupir. D'abord une crise d'hystérie, et maintenant ça – elle était bonne pour le doucher au retour.

— Ow…

La fin du mot disparut en même temps que sa gorge.

Rattrapant le corps de sa proie de l'autre main, le démon porta la plaie sanguinolente jusqu'au trou béant de sa bouche. Avec un bruit de succion, il absorbait avidement le sang dont il avait besoin pour se soigner lorsqu'un poids s'abattit sur son dos, suivi de la douloureuse sensation de deux griffes qui le lacéraient des épaules aux hanches. Furieux, il fit volte-face dans un jaillissement écarlate.

Les babines retroussées, les oreilles couchées, Owen se jeta de nouveau sur la créature en grondant. Mais avant d'atteindre son but, il vola dans les airs et retomba sur trois pattes, le pelage teinté de sang. Rendu fou par la proximité du démon, il réattaqua aussitôt, refermant ses puissantes mâchoires sur le bout d'aile qui pendillait au-dessus de lui.

Un pied s'enfonça entre ses côtes, et fit une entaille le long de son ventre par laquelle sortirent plusieurs mètres d'intestins luisants. Dans un ultime mouvement de gueule, Owen déchiqueta la membrane déjà touchée, puis la flamme dans ses yeux s'éteignit, et il mourut dans dernier grognement.

Même mort, il ne lâcha pas le morceau d'aile, si bien que le démon dut lui desserrer les mâchoires pour se libérer.

Une dizaine de minutes plus tard, un couple d'adolescents à la recherche d'un coin tranquille s'engageait dans le petit passage menant au pied de la colline. Main dans la main, ils descendirent les marches irrégulières creusées dans le talus, le jeune homme légèrement en avant, moins pour repérer d'éventuels obstacles dans l'obscurité qu'à cause de son impatience.

Lorsqu'il trébucha, sa compagne le lâcha pour ne pas s'effondrer sur lui. Après avoir heurté le sol avec un bruit mat, il demeura un long moment sans bouger, le regard fixé devant lui.

— Pat ? fit-elle.

Laissant échapper une espèce de gémissement, il recula tant bien que mal à quatre pattes avant de se redresser. Ses mains et ses genoux étaient couverts d'une matière noire, comme s'il s'était traîné dans la boue. Une odeur qu'elle connaissait sans parvenir vraiment à l'identifier la fit grimacer.

— Pat ?

Les yeux écarquillés, il ouvrit la bouche pour parler, mais aucun son ne franchit ses lèvres.

Perplexe, elle s'avança, puis s'accroupit. Humide et poisseux, le sol lui collait aux doigts. La puanteur lui souleva l'estomac. Elle attendit que ses pupilles s'accoutument à l'obscurité… et se mit à hurler.

Vicki plissa les yeux, scrutant désespérément le brouillard lumineux au loin. L'aveuglant faisceau blanc devait être celui du projecteur d'un véhicule de police, et les voix hystériques qui lui parvenaient s'élevaient probablement d'une foule, mais elle ne distinguait ni l'un ni l'autre. Il était tard, elle aurait dû être chez Henry depuis longtemps. Mais il fallait qu'elle sache si elle pouvait être utile… Posant la main contre le mur de l'immeuble pour se guider, elle tourna dans Saint-Paul Square et se dirigea vers la lumière.

La vitesse à laquelle un accident, quel qu'il soit, provoquait un attroupement ne cessait de la surprendre. Les gens ne dormaient-ils donc jamais ? Deux autres voitures de police la dépassèrent, toutes sirènes hurlantes, et elle faillit être percutée par deux jeunes gens qui remontaient la rue au pas de course.

Le bout des doigts toujours en contact avec le mur, elle accéléra l'allure jusqu'à ce qu'elle saisisse une phrase dans le magma sonore.

— … la gorge arrachée, comme les autres…

Henry s'était trompé : le démon avait encore frappé cette nuit. Mais pourquoi ici, au cœur de la ville, à des kilomètres des différents lieux qui lui auraient permis de continuer à écrire le nom d'un démon supérieur ? Henry et le *pressentiment* qui l'empêchait de sortir de chez lui…

— Bon sang !

Faisant volte-face, elle s'élança à contre-courant du flux des curieux sans prendre le temps de tâtonner sur le mur. Elle trébucha sur le bord d'un trottoir, se protégea le visage face à une ombre indéfinie qui aurait pu être un poteau, heurta trois personnes trop lentes pour l'éviter, mais ne ralentit pas. Elle devait rejoindre Henry.

Alors qu'elle atteignait l'immeuble, elle vit une ambulance remonter l'allée circulaire. Un groupe de gens la suivaient tel un troupeau d'oies. Sans doute le gardien se trouvait-il parmi eux, car la porte d'entrée était grande ouverte et la loge déserte.

— Bon sang de bon sang !

Près du bureau, elle trouva l'interrupteur qui déverrouillait la porte intérieure. Elle la referma avec soin derrière elle – les vieilles habitudes avaient la vie dure – et se rua vers l'ascenseur.

La montée jusqu'au quatorzième lui parut durer une éternité. La porte de l'appartement d'Henry était fermée, mais il ne lui vint pas à l'esprit de frapper tant elle était persuadée que ce dernier avait des ennuis. Elle fouilla fébrilement dans son sac à la recherche de son passe, et prit quelques inspirations pour essayer de se calmer. Lorsque ses mains cessèrent de trembler, elle inséra le crochet adapté dans la serrure et joua avec le mécanisme.

Enfin, alors qu'elle commençait à désespérer, à penser que le dispositif haut de gamme n'était pas à la portée de ses talents, il y eut un déclic et le battant s'ouvrit.

Bien que le vent venu du balcon ait chassé en grande partie la puanteur, une odeur putride stagnait encore dans l'air, lui évoquant de nouveau la vieille femme retrouvée en plein été, six semaines après sa mort. Sauf qu'aujourd'hui, elle avait beau savoir que la pestilence provenait du démon, c'était le corps d'Henry qu'elle visualisait.

— Henry ?

Elle claqua la porte d'entrée, et tâtonna à la recherche d'un interrupteur. Elle ne voyait absolument rien. Il aurait aussi bien pu être mort à ses pieds sans qu'elle le sache...

Le plafonnier s'alluma. Henry n'était pas à ses pieds, mais affalé en travers du canapé renversé, à demi recouvert par le revêtement de cuir déchiré. Vivant, estima son œil averti.

Des débris de verre recouvraient le sol du salon. La fenêtre, la table basse, le téléviseur, tout avait volé en éclats. Et apparemment, Henry n'était pas en meilleur état que son appartement.

S'agenouillant près de lui, elle posa le bout des doigts sur son cou. Les battements de son pouls se succédaient avec une extrême lenteur.

— C'est normal ? Bon sang, comment suis-je censée savoir ce qui est normal pour vous ?

Le plus doucement possible, elle le dégagea du canapé et l'étendit sur le sol. Dieu merci, il semblait n'avoir rien de cassé. Il avait apparemment une ossature qui pesait fort lourd, nota-t-elle tandis qu'elle rectifiait prudemment la position de ses membres. S'agissait-il d'une caractéristique des vampires ?

Ses coupures, y compris les plus profondes, saignaient à peine, remarqua-t-elle aussi.

Ses yeux étaient révulsés, sa peau froide et moite, et il était sans réaction. En état de choc, visiblement. Bien que la légende présentât les vampires comme des créatures immortelles, Vicki comprit sans le moindre doute qu'il était en train de mourir.

— Merde. Merde. MERDE !

Après avoir redressé le canapé, elle récupéra un coussin qu'elle glissa sous la tête d'Henry, ouvrit son sac, et en sortit son couteau suisse. Elle approcha la lame de son propre poignet. Les poils se dressèrent sur sa peau, et elle suspendit son geste, priant pour que, cette fois, la légende ne se trompe pas.

La douleur fut beaucoup plus légère qu'elle l'avait escompté. Elle posa la coupure sur la bouche d'Henry et attendit. Une goutte écarlate coula au coin de ses lèvres, traçant une ligne rouge le long de sa joue.

Puis il déglutit, et elle le sentit aspirer, lécher le sang qui s'écoulait de la plaie, une fois, deux... Un frisson lui parcourut l'échine, et sans vraiment l'avoir décidé, elle pressa son poignet un peu plus fort.

Alors Henry commença à boire, suçant frénétiquement au début, puis plus calmement comme s'il avait compris que son repas ne lui serait pas retiré.

Saurait-il s'arrêter à temps ? Le souffle de Vicki s'accéléra tandis que les sensations qui montaient le long de son bras en éveillaient d'autres, ailleurs dans son corps. « Saurai-je l'arrêter s'il ne le fait pas ? » se demanda-t-elle.

Deux minutes, trois... Elle gardait les yeux rivés sur lui. Il semblait n'être que cela : la voracité personnifiée et rien d'autre, tels ces nouveau-nés collés au sein de leur mère. Sous ses vêtements, elle sentit la pointe de ses seins durcir. Elle comprenait à présent pourquoi tant d'histoires de vampires liaient le sang au sexe : il s'agissait-là d'un des actes les plus intimes auxquels elle ait jamais participé.

Au début, il y eut la douleur, puis il y eut le sang. Rien d'autre que le sang. Le monde était le sang.

Elle le vit reprendre peu à peu conscience. Il lui agrippa le poignet, le pressa plus fort contre ses lèvres.

À présent, il percevait la vie qui lui donnait le sang. Sentait son odeur, l'entendait, la reconnaissait. Il combattit le brouillard rouge qui le poussait à s'en emparer. Il était si facile de s'abandonner au désir.

Elle vit Henry lutter pour s'obliger à détacher les lèvres de son poignet, qu'il repoussa brusquement. Pourquoi faisait-il cela alors qu'elle percevait son besoin, et ne demandait pas mieux que d'y répondre ? Elle remit la coupure d'où s'écoulaient des gouttes écarlates devant sa bouche.

Il la repoussa de nouveau avec une force surprenante, laissant l'empreinte de ses doigts sur sa peau. Malheureusement, il avait dû utiliser ses seules forces, car sa tête roula sur le côté, et il perdit conscience.

La violence avec laquelle il l'avait rejetée dissipa un peu la brume dans laquelle elle semblait flotter. Elle changea de position. La pièce se mit à tanguer et, tandis qu'elle reprenait ses esprits, elle comprit pourquoi il s'était arrêté. Elle ne pouvait lui offrir tout le sang dont il avait besoin, à moins d'y laisser sa propre vie.

— Merde, merde, merde !

Pas très original, mais ça soulageait.

Après avoir installé Henry plus confortablement sur les coussins, elle lui palpa le corps, à la recherche de ses clés, qu'elle trouva dans sa poche de pantalon. Si elle voulait lui sauver la vie, elle n'avait pas de temps à perdre sur des serrures récalcitrantes.

Elle se redressa vivement avec une seule idée en tête : aller chercher Tony. Aussitôt, tout se mit à tourner autour d'elle, et elle gagna la porte en titubant. Comment diable avait-il pu boire autant de sang en si peu de temps ? Le souffle rauque, elle se dirigea vers l'ascenseur d'une démarche incertaine.

— Mon Dieu, c'est Owen !

Owen ? Greg se fraya un chemin à travers la foule. Si Owen était blessé, Mme Hughes devait avoir besoin d'aide.

Owen était plus que blessé. On lui avait écarté les mâchoires si violemment que sa gueule s'était brisée.

Quant à Mme Hughes, elle n'avait plus besoin de l'aide de quiconque.

Il fallait qu'elle tienne jusqu'à Yonge et Bloor. Si seulement cette sensation de vertige disparaissait, mais elle semblait au contraire s'accentuer à chaque seconde. Avançant obstinément, Vicki vacillait d'un point à un autre, se rattrapant à tout ce qui se trouvait à sa portée. Au niveau de Church Street, sa volonté ne suffit plus.

— Yo, Victory.

Deux mains puissantes la retinrent avant qu'elle s'effondre. Elle s'accrocha au blouson de Tony jusqu'à ce que la chaussée cesse de faire des vagues.

— Ça va, Victory ? T'as l'air au bout du rouleau.

Elle se redressa, lâcha le blouson de Tony pour lui attraper le bras.

« Comment est-ce que je suis censé lui raconter ça ? » se demanda-t-elle.

Tony l'étudia un instant, les sourcils froncés.

— On t'a cogné dessus ?

Elle secoua la tête… et le regretta aussitôt.

— Non, ce n'est pas ça. Je…

— T'as pris de la came ?

— Bien sûr que non !

Son indignation involontaire la remit un peu d'aplomb.

— Qu'est-ce qui t'est arrivé, merde ? Y a vingt minutes t'étais nickel.

Elle le considéra en plissant les yeux, sa difficulté à faire le point aggravée par le halo des réverbères. Il semblait moins en colère qu'inquiet.

— Je t'expliquerai en chemin.

— Qui a dit que j'allais quelque part ?

— Tony, s'il te plaît…

Le temps qu'il prit pour se décider lui parut interminable.

— D'accord. De toute façon, j'ai rien de mieux à faire. Mais t'as intérêt à avoir une bonne raison.

Les yeux écarquillés, Greg tenta d'apercevoir quelque chose par-dessus l'épaule du policier. Tout ce qu'il vit fut la semelle teintée de rouge d'une des chaussures de Mme Hughes et un morceau de jambe. Pauvre Mme Hugues. Pauvre Owen.

Le légiste se redressa et fit signe aux ambulanciers d'emporter le corps.

— Aucun doute, affirma-t-il, c'est le même meurtrier que pour les autres.

Un murmure horrifié parcourut la foule. *Le même que pour les autres. Le vampire !*

Le bruit de voix attira l'attention d'un des enquêteurs, qui pivota et regarda le haut du talus.

— Qu'est-ce qu'ils foutent ici ? Faites-les reculer au-delà des voitures. Tout de suite !

Greg suivit le mouvement, mais ne prêta aucune attention aux spéculations qui allaient bon train autour de lui, trop préoccupé par ses propres pensées. Malgré l'heure tardive, de nombreux locataires de son immeuble étaient descendus voir ce qui se passait. Pas Henry Fitzroy. Beaucoup d'autres, aussi, étaient restés chez eux, bien sûr, mais tout à coup, l'absence de M. Fitzroy lui parut essentielle.

Owen, qui aimait tout le monde, n'avait jamais aimé Henry Fitzroy.

Depuis cette nuit où il avait entrevu cette expression terrifiante sur les traits du jeune homme, Greg avait la certitude qu'il était capable de tuer. Mais l'avait-il fait ?

Fendant la foule, Greg regagna rapidement Bloor Street. Il fallait qu'il sache.

Des vampires. Des démons… Tout en se mordillant le pouce, Tony considéra Vicki en s'efforçant d'afficher une expression neutre.

— Pourquoi tu me confies un pareil secret ? À *moi* ?

Vicki s'adossa à la paroi de l'ascenseur et se massa les tempes. En effet, pourquoi ?

— Parce que tu étais dans le coin. Parce que je t'ai rendu pas mal de services, et que j'ai confiance en toi.

Il sembla stupéfait, puis ravi. Cela faisait longtemps qu'on n'avait pas eu confiance en lui. Vraiment confiance. Il sourit, et parut soudain dix ans de moins.

— Tu me racontes pas de bobards, hein ? Tout ça, c'est bien vrai ?

— C'est bien vrai, acquiesça Vicki d'une voix lasse.

Évitant avec soin les éclats de verre sur le sol, Tony s'approcha du canapé et contempla Henry avec de grands yeux.

— On dirait pas un vampire.

— Tu t'attendais à quoi ? Un smoking et un cercueil ?

Rien n'avait changé depuis qu'elle était partie, et s'il avait toujours l'air aussi mal en point, du moins, son état n'avait-il pas empiré.

— Eh, relax, Victory ! Tu te rends peut-être pas compte, mais c'est quand même super glauque, cette histoire.

Elle soupira, et repoussa une mèche dorée sur le front d'Henry.

— Je sais. Excuse-moi, je suis à cran.

— C'est bon, la rassura Tony en lui tapotant le bras, je sais ce que c'est que d'être à cran.

Il prit une longue inspiration et s'essuya les paumes sur son jean.

— Bon, qu'est-ce que je dois faire ?

Elle lui montra où s'agenouiller, puis posa la lame du couteau sur son poignet.

— Je ferais peut-être mieux de m'en occuper, suggéra-t-il en la voyant hésiter.

— Peut-être, oui.

Le sang semblait étonnamment rouge sur sa peau pâle. Vicki sentit sa main trembler dans la sienne quand elle le guida vers les lèvres d'Henry.

« Seigneur, qu'est-ce que je fiche ? s'interrogea-t-elle quand ce dernier commença à boire, faisant naître une expression béate sur le visage de Tony. Voilà que je joue les mères maquerelles pour un vampire. »

Du sang de nouveau, mais cette fois, le besoin n'était pas aussi frénétique, et il en fallait beaucoup moins pour prendre conscience du monde alentour.

— Il le fait vraiment. Il est réellement…

— Un vampire. Ouais.

— C'est… euh… intéressant.

Tony modifia un peu sa position, réajustant son entrejambe.

Consciente de ce qu'il ressentait – et soulagée qu'il ne puisse la voir rougir –, elle ôta sa veste et se dirigea vers la salle de bains. Un vampire moderne possédait-il une armoire à pharmacie ? Au pire, elle se débrouillerait avec le kit de premiers secours qu'elle transportait toujours dans son sac, mais vu l'état d'Henry, elle doutait que cela suffise.

Avec étonnement, elle découvrit que le vampire moderne utilisait de la gaze et des pansements. Elle prit le tout – ainsi que deux torchons humides, une serviette, et le peignoir en éponge suspendu derrière la porte – avant de regagner le salon en se tenant aux murs.

Lorsqu'elle se serait occupée de la profonde entaille sur le bras droit d'Henry, elle se reposerait un peu. Disons, deux ou trois jours…

Ses clés manquant à chaque instant de lui échapper des mains, Greg parvint à ouvrir le casier de la salle de jeux et sortit un des piquets servant à délimiter le terrain de jeu de croquet de son sac.

« Une simple précaution, se dit-il en en examinant l'extrémité. Une précaution raisonnable. »

S'efforçant de ne pas penser à la gravité apparente de la blessure, Vicki nettoya la plaie, puis en rapprocha le plus possible les bords avant d'enserrer le tout dans un bandage. Le bras d'Henry trembla, mais il ne tenta pas de se dégager.

Tony évita soigneusement de regarder dans cette direction.

— Je crois qu'il a fini.

— Il s'est arrêté ?

Tony retira son poignet.

— C'est ce que « fini » veut dire, non ?

La coupure s'était un peu élargie, mais elle ne saignait quasiment plus. Une seule goutte de sang roula sous la manche sale de la chemise en jean de Tony.

Vicki se pencha en avant.

— Henry ?

— Une seconde, Victory, intervint le jeune garçon en se relevant. Si tu comptes le réveiller, je préfère m'en aller.

— Pourquoi ?

— Il me connaît pas, et j'ai pas envie de voir sa réaction quand tu essaieras de le convaincre que je vais rien raconter.

Après une brève hésitation, elle hocha la tête. De fait, elle n'avait aucune idée de la manière dont Henry réagirait en apprenant qu'elle avait confié son secret à un parfait inconnu. À sa place, elle serait furieuse.

Elle raccompagna Tony à la porte.

— Comment te sens-tu ?

— Excité. Et un peu dans les vapes, ajouta-t-il avant qu'elle ait pu répliquer. Il a pas dû m'en prendre autant qu'à toi. C'est vrai aussi que je suis plus jeune.

— Et plus coriace.

Elle lui pressa doucement l'épaule.

— Merci.

L'espace d'un instant, le masque tomba, et il parut presque vulnérable, puis le sourire effronté revint.

— Tu parles, j'aurais manqué ça pour rien au monde. J'aimerais bien savoir comment tout ça va tourner.

— Tu le sauras.

Elle sortit une poignée de billets froissés de sa poche et la lui fourra dans la main.

— Il faut que tu absorbes beaucoup de liquide dans les heures qui viennent. Et, Tony, débrouille-toi pour que le gardien ne te voie pas sortir.

— Tu me prends pour qui, Victory ?

Dans l'ascenseur, Greg frappait en rythme le piquet contre sa jambe. Il n'arrivait pas vraiment à croire qu'Henry Fitzroy était un vampire. Mais il n'arrivait pas à croire non plus que Mme Hughes était morte, et pourtant elle l'était. Ce qu'on croit, avait-il eu le temps de comprendre au cours de sa vie déjà longue, a souvent peu de rapport avec la réalité.

Arrivé au quatorzième, il carra les épaules et sortit de l'ascenseur, déterminé à faire son devoir. Non qu'il se considérât comme un homme particulièrement courageux, mais en tant que gardien de cet immeuble, il devait assumer ses responsabilités. Il n'avait pas reculé devant les nazis ni en Corée. Il ne reculerait pas aujourd'hui.

— Zut !

Vicki jeta un coup d'œil vers la porte. De toute évidence, il ne s'agissait pas de la police – elle aurait immédiatement reconnu leur manière de frapper –, mais il était tout de même préférable de répondre. Si jamais quelqu'un dans la rue avait aperçu le démon sur le balcon, le silence d'Henry risquait de lui attirer des ennuis.

À travers l'œilleton, elle distingua le visage déformé du gardien. Tandis qu'elle l'observait, il leva la main et frappa de nouveau. Elle n'avait aucune idée de ce qu'il désirait et s'en moquait. Ce qui comptait, c'était de se débarrasser de lui sans qu'il découvre le champ de bataille qu'était devenu le salon. S'il avait des soupçons, elle l'en débarrasserait une fois pour toutes en ne lui laissant aucun doute sur la nature de l'occupation d'Henry au cours des dernières heures. Et s'il n'en avait pas… eh bien, elle ferait en sorte que cela continue.

« C'est stupide, songea brusquement Greg ses doigts pianotant nerveusement sur l'extrémité du piquet. J'aurais dû monter après le lever du soleil, quand il dort. Je serais entré avec le passe et… »

La porte s'ouvrit, et il demeura bouche bée à la vue d'une jeune femme en peignoir d'homme qui le fixait d'un regard ensommeillé sous ses cheveux ébouriffés.

Vicki avait éteint toutes les lampes, à l'exception de celle placée juste derrière elle, dans l'espoir que son éclat éblouirait le visiteur, l'empêchant de distinguer ce que son corps ne cacherait pas. Elle s'appuya d'une main au chambranle, et tint de l'autre le battant entrebâillé. Afin de ne prendre aucun risque, elle laissa son peignoir s'entrouvrir un peu. Non pas dans le but d'aveugler le vieil homme par ses atouts, mais plutôt de l'embarrasser.

L'idée était peut-être idiote, mais elle n'avait pas trouvé mieux.

— Oui ? fit-elle en réprimant un bâillement.

— Je... euh… M. Fitzroy est-il là ?

Elle acquiesça, et remonta ses lunettes sur son nez. Le peignoir s'ouvrit un peu plus qu'elle ne l'aurait souhaité.

— Mais il dort, ajouta-t-elle avec un sourire. Il était un peu…

Elle marqua une pause, juste assez longtemps pour que les oreilles du gardien virent au rouge vif.

— … épuisé.

— Oh.

Greg se racla la gorge, cherchant comment se sortir à peu près dignement de cette situation. De toute évidence, Henry Fitzroy n'avait pas quitté son appartement au cours des dernières heures. Et de toute évidence, il n'avait planté les dents dans le cou de cette jeune femme.

— Je venais juste… euh… c'est que, il y a eu un *incident* en bas de la colline, et je me disais qu'il avait peut-être vu ou entendu quelque chose. Comme je sais qu'il est souvent debout la nuit. Il est vrai que ses fenêtres ne donnent pas de ce côté-là…

— Je ne pense pas qu'il ait remarqué quoi que ce soit. Il était…

Nouvelle pause. Nouveau moment de gêne.

— … occupé.

— Excusez-moi, je suis vraiment désolé de vous avoir dérangée. Je parlerai à M. Fitzroy une autre fois.

Il avait l'air si mal à l'aise que Vicki ne put s'empêcher de demander :

— Cet incident, est-ce arrivé à quelqu'un que vous connaissiez ?

Greg hocha la tête, visiblement rasséréné par la note de sympathie dans sa voix.

— Mme Hugues et Owen. Owen était son chien. Ils habitaient là, juste au bout du couloir, précisa-t-il en tendant le bras.

Quand elle vit ce qu'il tenait dans la main, Vicki sentit le souffle lui manquer.

Il suivit son regard et s'empourpra un peu plus. Il avait complètement oublié le piquet.

— Les gosses, s'empressa-t-il d'expliquer. Ils laissent traîner n'importe quoi. Je préfère ramasser ça avant que quelqu'un se blesse.

— Oh.

Elle s'obligea à détourner les yeux du piquet. Un intérêt trop appuyé risquait de réduire ses efforts à néant.

— Je suis désolée pour cette femme, fit-elle.

Le gardien hocha de nouveau la tête.

— Moi aussi.

Puis il se redressa, comme s'il reprenait soudain conscience de ses responsabilités.

— Je dois regagner mon poste. Bonne nuit, madame.

— Bonne nuit.

Il attendit qu'elle ait poussé le verrou avant de regagner l'ascenseur. Tandis que les portes se refermaient, il contempla le piquet et secoua la tête. Il ne se souvenait pas de s'être senti aussi embarrassé depuis que, à dix-neuf ans, durant la guerre, il était entré par erreur dans les toilettes des auxiliaires féminines de la Marine.

Vicki s'adossa à la porte, les jambes flageolantes. Il s'en était fallu d'un cheveu ! Après avoir rallumé la lumière dans le salon, elle retourna à pas prudents auprès d'Henry.

Ses yeux étaient ouverts, il avait replié le bras au-dessus pour se protéger de la lumière.

— Vous vous sentez mieux ?

— Ça dépend… mieux que quoi ?

Il se redressa avec précaution et s'assit sur le canapé. Il ne s'était pas senti aussi mal en point depuis longtemps.

Vicki se précipita pour l'empêcher de basculer sur la droite.

— Apparemment, M. Stocker n'exagère pas quand il évoque les extraordinaires facultés de récupération des vampires.

Henry tenta de sourire. Sans grand succès.

— M. Stocker était un écrivaillon.

Il fit jouer les muscles de ses épaules, étira les jambes. Tout semblait fonctionner, même si c'était douloureux.

— Qui était ce garçon ?

— Il s'appelle Tony. Il vit dans la rue depuis qu'il est gamin. Et il est le premier à vouloir qu'on lui fiche la paix.

— Vous avez confiance en lui ?

— Sinon j'aurais trouvé autre chose, ou fait appel à quelqu'un d'autre.

Quoi ? Qui ? Elle n'en avait aucune idée. Elle n'avait même pas songé à Celluci. Pas un instant. Ce qui prouvait que, même à moitié dans les vapes, elle était plus maligne qu'il n'y paraissait.

— Vous aviez besoin de plus de sang, mais vous n'avez pas voulu…

— Je n'ai pas *pu*, corrigea-t-il d'un ton tranquille. Si j'avais continué, j'aurais tout pris. Trop de sang d'une même personne, et nous risquons de perdre le contrôle. Je sentais votre vie, et mon désir de m'en emparer monter.

Elle sourit malgré elle.

— Qu'y a-t-il ? demanda Henry qui ne voyait là rien de risible.

Ils avaient tous deux frôlé la mort, cette nuit.

— Juste une phrase d'un de mes livres d'enfant qui me revient : « ce n'est pas comme s'il s'agissait d'un lion apprivoisé. » En dépit des apparences, vous n'êtes pas du tout apprivoisé, n'est-ce pas ?

Il réfléchit un instant à ses paroles.

— Non, en effet, j'imagine que, selon vos critères, je ne le suis pas. Cela vous effraie ?

Elle haussa les sourcils, prête à se récrier, mais abandonna aussitôt. Elle était trop fatiguée pour mentir.

— Oh, je vous en prie.

Il sourit, puis lui saisit le poignet et tourna la face interne vers la lumière.

— Merci, murmura-t-il en suivant de l'index la ligne bleutée de sa veine.

Un délicieux frisson la traversa, et elle répondit, la bouche sèche :

— Pas de quoi. J'aurais agi de même pour n'importe qui.

— Vous portez mon peignoir, remarqua-t-il avec un mélange d'amusement et de curiosité.

— C'est une longue histoire.

Au lieu de lui demander de la raconter, il l'attira vers lui. Sa peau était en feu sous sa main. « Et il m'a à peine touchée… » songea-t-elle.

Son visage n'était plus qu'à quelques centimètres du sien quand, brusquement, elle vit son expression passer de l'incrédulité à l'effroi. Elle tourna la tête pour suivre la direction de son regard. L'une des portes vitrées de la bibliothèque oscillait dans le courant d'air, miraculeusement intacte.

— Le démon s'est emparé du grimoire, articula-t-il.

13

Henry bondit sur ses pieds.

— Je dois…

Vicki eut juste le temps d'intervenir avant qu'il s'effondre. Elle l'aida à se rasseoir.

— Vous devez quoi ? Vous n'êtes pas en état de faire quoi que ce soit.

— Je dois récupérer le grimoire avant que le démon supérieur soit invoqué.

Se dégageant, il se leva de nouveau, tous les muscles bandés.

— Si je pars maintenant, j'ai encore une chance de retrouver la trace du démon. Il est obligé de conserver une forme physique pour transporter le grimoire.

— Retrouver sa trace comment ?

— Grâce à l'odeur.

Vicki lança un coup d'œil vers le balcon, puis revint à Henry.

— Oubliez ça. Il a des ailes. Il a dû voler. Peu importe ce que vous êtes, ça ne vous donne pas le pouvoir de suivre une quelconque trace s'il n'y a rien sur quoi déposer l'odeur.

— Mais…

— Il n'y a pas de mais. Si vous n'étiez pas un vampire, vous seriez mort à l'heure qu'il est, croyez-moi. Je n'ai sans doute pas croisé autant de morts que vous, mais j'ai suffisamment d'expérience pour savoir ce que je dis.

Elle avait raison. Henry marcha jusqu'à la fenêtre et appuya le front contre la vitre. La fraîcheur du verre soulagea un peu son mal de tête. Il ne se rappelait pas s'être jamais senti aussi faible et courbatu. À présent que le regain d'énergie fourni par l'apport de sang frais commençait à se dissiper, il sentait qu'il avait besoin de repos pour guérir.

— Vous m'avez sauvé la vie, lâcha-t-il.

— Raison de plus pour ne pas la bousiller, rétorqua Vicki.

Une onde de chaleur venue de son poignet la parcourut de nouveau. Elle l'ignora. Peut-être auraient-ils l'occasion de reprendre là où ils en étaient restés, mais ce n'était certainement pas le moment. Sans compter que, vu leur état, aucun d'eux ne survivrait à une telle dépense d'énergie…

Ramassant ses affaires au passage, elle se dirigea vers la cuisine et tira la porte à claire-voie derrière elle.

— Vous avez fait ce que vous pouviez, maintenant, il est temps de passer le relais.

— À vous ?

— Vous voyez quelqu'un d'autre dans le coin ?

— Non, admit Henry avec un demi-sourire.

Sur ce point-là aussi, elle avait raison. Il avait eu sa chance. Et avait échoué.

— Parfait.

Vicki remonta la fermeture Éclair de son jean, puis se débarrassa du peignoir.

— Vous pourrez me rejoindre après le coucher du soleil si vous êtes rétabli d'ici-là.

— Un jour de repos, et je serai totalement remis. Enfin, assez pour être opérationnel, rectifia-t-il en l'entendant émettre un ricanement dubitatif.

— Ça fera l'affaire. Je vous laisserai un message pour vous dire où je suis.

— Vous avez moins de vingt-quatre heures pour trouver le possesseur du grimoire dans une ville de trois millions d'habitants. Vous étiez peut-être un bon policier, Vicki…

— J'étais la meilleure, l'informa-t-elle en enfilant son sweat-shirt.

— D'accord, vous étiez la meilleure. Mais vous n'étiez pas bonne à ce point. Personne ne l'est.

— Possible. Mais je vous rappelle que pendant que vous passiez vos nuits à attendre que le démon frappe, je ne suis pas restée assise sur une chaise.

Veillant à ne pas marcher sur les débris de verre, elle regagna le canapé et enfila ses chaussures.

— Parmi les objets volés dernièrement, j'ai découvert un ordinateur dernier cri. Apparemment, on ne fait pas mieux sur le marché. Différents indices m'ont conduite du côté de l'université de York, où je me suis rendue aujourd'hui pour discuter avec le responsable du département d'informatique. Il m'a fourni une liste de vingt-trois étudiants susceptibles de tirer le meilleur parti de cette machine.

Elle redressa ses lunettes sur son nez, et conclut d'un ton satisfait :

— Ce qui signifie que je ne cherche plus une personne parmi trois millions, mais vingt-trois parmi environ vingt mille.

— Fabuleux. Un parmi vingt-trois parmi vingt mille, résuma Henry en revenant s'asseoir près d'elle.

Il ôta sa chemise déchirée, la roula en boule, et la jeta sur les décombres du téléviseur.

— Ça reste faisable. D'autant que les hommes et les femmes inscrits sur la liste évoluent dans un environnement assez restreint. Même si je ne les trouve pas, je ne devrais pas avoir trop de mal à les obliger à sortir de leur cachette.

— En une journée ? Parce que c'est tout le temps dont vous disposerez si le possesseur du grimoire décide de s'en servir la nuit prochaine.

Elle poussa un soupir.

— Alors que suggérez-vous ? Que je renonce parce que la tâche vous semble impossible ? Si je me souviens bien, vous estimiez pouvoir vous débarrasser du démon inférieur, rappela-t-elle. Ce qui prouve que, question prévisions, vous n'êtes pas infaillible.

Henry ferma les paupières. Ses paroles étaient plus coupantes que les blessures qu'il avait reçues cette nuit. Elle avait raison. C'était sa faute si le grimoire avait été volé, sa faute si un cortège d'abominations à peine imaginables par la plupart des mortels menaçait le monde.

— Excusez-moi, Henry. C'était malvenu.

— Mais exact.

Elle s'était rapprochée. Il sentait l'air pulser entre eux au rythme des battements de son cœur. Elle posa doucement sa main sur la sienne, et il attendit qu'elle débite les inévitables platitudes qui n'apaiseraient en rien sa culpabilité.

— Oui, se contenta-t-elle d'admettre.

Il rouvrit brusquement les yeux.

— Mais vous n'auriez pas vécu aussi longtemps si vous ne saviez pas tirer des leçons de vos erreurs, reprit-elle. Quand j'aurai trouvé celui que nous cherchons, j'aurai besoin de vous en renfort.

— Eh bien, merci beaucoup, dit-il en dégageant sa main.

Exactement ce dont il avait besoin : une mortelle condescendante qui ne doutait pas de sauver le monde sous prétexte qu'elle avait résolu quelques affaires criminelles.

— Avant de jouer les offusqués, Votre Altesse Royale, vous devriez peut-être vous demander à qui d'autre je pourrais faire appel. Parce que ce n'est pas la police qui va me couvrir. Pour eux, l'invocation de démons n'est même pas répertoriée comme un délit.

— Et le jeune Tony ?

— Tony est imprévisible. D'ailleurs, j'imagine mal comment il pourrait m'aider pour ce genre de choses.

— Ce qui signifie qu'à part moi, il n'y a personne.

— À part nous deux, il n'y a personne.

Leurs regards se verrouillèrent, et Vicki se rendit brusquement compte qu'elle venait de commettre une erreur – toutes les histoires, tous les films de vampires mettaient en garde contre cela. L'espace d'un instant, elle se sentit vaciller au bord d'un abîme, dut faire appel à toute sa volonté pour ne pas s'y précipiter. Puis l'instant passa. Un regard bleu empreint de lassitude remplaça l'abîme, et elle réalisa, le cœur battant, que c'était à l'homme, et non au vampire, qu'elle avait réagi. À moins que ce ne soit à l'homme en tant que vampire. Ou au vampire en tant qu'homme. Ou autre chose. Génial ! La ville – le monde même – était sur le point de s'embraser, et elle jouait les midinettes.

— La journée promet d'être longue, murmura-t-elle. Je ferais mieux d'y aller.

— Peut-être.

Une multitude de non-dits flottèrent entre eux.

Il la regarda enfiler sa veste, l'écho de son cœur l'assourdissant presque. Une goutte de plus de son sang, et il n'aurait pas résisté au désir de lui prendre sa vie. En allant chercher ce jeune homme, elle les avait sauvés tous les deux. Elle était véritablement hors du commun : peu de mortels auraient trouvé la force de résister à sa soif.

Il désirait plus. Voulait plus d'elle. Si jamais ils survivaient aux heures à venir…

Elle s'arrêta à mi-chemin de la porte, s'appuya de la main au dossier d'une chaise.

— J'ai oublié de vous demander : où étiez-vous un peu plus tôt dans la soirée ? Chaque fois que j'ai appelé, je suis tombée sur votre répondeur.

— C'est pour ça que vous avez été aussi longue ?

— Je n'avais pas de raison de venir si vous n'étiez pas là.

— J'y étais. J'avais branché le répondeur pour filtrer les appels.

Il fronça les sourcils.

— Vous ne faites jamais ça ?

— Non. Si je suis chez moi, je réponds.

— Une chance que j'aie cette habitude. Sinon vous auriez été là quand le démon est arrivé…

— Et nous serions morts tous les deux, acheva-t-elle.

Il hocha la tête.

— Vicki ?

Les doigts sur la poignée, elle pivota vers lui.

— Vous êtes consciente que nos chances de réussite sont quasiment nulles ? Que peut-être rien de ce que nous ferons n'empêchera la venue du démon supérieur ?

Elle lui sourit, et Henry découvrit avec un petit choc qu'il n'était pas le seul prédateur dans la pièce.

— Non, répondit-elle, je ne suis pas consciente de ce genre de choses. Reposez-vous.

Sur ces mots, elle sortit.

Des flots de sang se répandaient dans les rues, emportant sur leur passage les habitants de la ville, qui tournaient les yeux vers elle en gémissant. Elle tendit les mains pour les aider, et s'aperçut que le sang jaillissait de deux plaies béantes à l'intérieur de ses poignets.

— Il arrive, Vicki.

Henry Fitzroy tomba à ses genoux, et ouvrit la bouche pour boire le liquide écarlate qui ruisselait sur lui.

Elle voulut reculer, mais ses pieds, emprisonnés dans le bitume, refusèrent de bouger.

— Il arrive, Vicki, répéta Henry.

Se penchant en avant, il commença à lécher les rigoles de sang qui coulaient le long de ses bras à elle.

Un vent glacé lui arracha un frisson. Au même instant, elle entendit des griffes monstrueuses racler le sol derrière elle. Le bitume sur ses pieds et les mains d'Henry l'empêchaient de se retourner. La chose se rapprochait. L'odeur de putréfaction s'amplifia. Quand elle baissa les yeux, Henry avait laissé la place au cadavre à demi décomposé de la vieille femme, qui lui suçait le poignet de sa bouche noire et béante. À côté gisait le corps déchiqueté de Mike Celluci.

— Pourquoi tu ne m'as rien dit ? demanda celui-ci dans un râle. Pourquoi ?

Vicki tâtonna à la recherche de l'interrupteur, et s'assit dans son lit, haletante. Le cauchemar qui l'avait éveillée était le dernier d'une longue série. Dieu merci, elle avait oublié les détails des précédents.

Les mains tremblantes, elle chaussa ses lunettes et regarda le réveil. 5 h 47. Presque trois heures de sommeil.

Après avoir coupé l'alarme réglée sur 6 h 30, elle posa les pieds sur le sol. Si celui qui l'invoquait s'en tenait au schéma établi, le démon supérieur apparaîtrait à minuit. Ce qui lui laissait dix-huit heures pour trouver son « maître » et lui faire avaler le grimoire page après page. Les cauchemars l'avaient terrorisée, et rien ne la mettait plus en colère que sa propre peur.

Lentement, précautionneusement, elle se leva. Malgré le litre de jus d'orange et les deux gélules de fer qu'elle avait avalés au coucher pour reconstituer une partie de son sang, elle n'était pas au mieux de sa forme. Et ne le serait pas avant plusieurs jours. Une marque à peine visible à l'intérieur du poignet lui confirma qu'elle n'avait pas rêvé. Mais la réalité était tellement mêlée à ses cauchemars qu'elle avait du mal à s'y retrouver. Peu importait. Pour le moment, il y avait plus urgent…

En dépit du bien-être que lui procurait l'eau tiède sur son corps, elle écourta sa douche, incapable de se débarrasser de l'impression qu'on l'épiait dans son dos.

Elle mit la cafetière en route, sortit la bouteille de jus d'orange du réfrigérateur et s'approcha de la fenêtre pour contempler la rue. Il n'y avait que deux autres fenêtres allumées. Tout à coup, le jeune Edmond Ng apparut sur son porche et descendit ramasser le journal au bout de l'allée, ignorant que c'était peut-être la dernière fois. Dans moins de dix-huit heures, les hordes de l'enfer risquaient de dévaster la ville…

— Et tout ce qu'elles rencontreront sur leur chemin, c'est une ex-flic à moitié aveugle et le fils bâtard d'Henry VIII.

Elle but une longue goulée à même la bouteille.

— Ça fait réfléchir, c'est sûr.

Sauf qu'elle n'aimait guère les conclusions de ces réflexions.

Mettre la main sur une personne parmi vingt mille. En fait, les chances de réussite étaient plus élevées qu'elles n'y paraissaient. Car même si l'administration de l'université refusait de lui communiquer l'adresse de tous les étudiants inscrits sur sa liste – ce qui, sans insigne, était plus que probable –, elle ne doutait pas d'obtenir ce qu'elle voulait en discutant sur le campus. Il y aurait forcément quelqu'un à même de la renseigner sur l'un des vingt-trois noms, et comme les gens avaient tendance à se regrouper par affinités, elle finirait, de fil en aiguille, par trouver celui ou celle qu'elle cherchait.

À moins qu'elle ne fasse fausse route depuis le début…

Ses cheveux se dressèrent sur sa tête, et elle résista à l'envie de se retourner. L'appartement était vide, rien n'était tapi derrière elle. Elle n'allait pas laisser son imagination battre la campagne – il y avait suffisamment de vraies raisons d'avoir peur.

Consciente qu'il ne servirait à rien d'arriver le ventre vide sur un campus encore désert, elle se prépara des œufs, but deux cafés, puis téléphona à Mike Celluci. À la troisième sonnerie, elle raccrocha. Que comptait-elle lui dire ? Qu'elle pensait avoir identifié le tueur ? Que l'un des vingt-trois génies de l'informatique de l'université de York s'amusait pendant ses loisirs à invoquer des démons, et que si personne ne l'arrêtait, il allait en appeler un de trop et provoquer la fin du monde ? Il penserait qu'elle avait perdu la boule.

— Tout est lié au démon. Absolument tout. Merde !

Cette histoire d'ordinateur, par exemple. À première vue, elle n'avait aucun rapport avec les meurtres sur lesquels travaillait Celluci. Si elle désignait – quoique de façon ténue – l'un des vingt-trois étudiants, c'était uniquement parce qu'elle-même supposait que le démon l'avait dérobé. Et que répondrait-elle quand Celluci lui demanderait comment elle savait pour le démon ? Qu'un vampire le lui avait dit ?

Frustrée, elle reposa brutalement sa tasse sur la table. L'anse lui resta dans la main. Elle la jeta à travers la pièce, et l'entendit avec satisfaction se briser contre le mur.

Mais sa satisfaction s'évanouit dans la seconde.

— Une ex-flic à moitié aveugle et le fils bâtard d'Henry VIII, répéta-t-elle, consciente comme jamais qu'elle ne faisait plus partie de la police.

Ce qui signifiait que, jusqu'au coucher du soleil, elle serait totalement seule, et que ce n'était pas avec Mike Celluci, mais bien Henry Fitzroy qu'elle devait collaborer.

— Bon sang !

Les œufs aussi lourds que du plomb dans son estomac, la gorge nouée, elle se leva.

Bon, assez gémi sur son sort. Elle pouvait y arriver. À condition de passer à l'action.

Elle se rappela soudain qu'elle avait oublié de transmettre une copie de la liste à Henry cette nuit.

Elle décrocha le téléphone.

— Henry, c'est Vicki...

Après avoir laissé les vingt-trois noms sur le répondeur, elle l'informa de ce qu'elle avait prévu pour la journée, et promit de rappeler dès qu'elle aurait du nouveau.

7 h 05. Encore dix-sept heures...

Vicki fourra la liste dans son sac, attrapa sa veste et sortit. Le temps de se rendre à l'université, il ne resterait plus que seize heures.

Elle tournait la clé dans la serrure quand la sonnerie du téléphone retentit. Elle rouvrit pour écouter qui l'appelait à une heure aussi matinale.

« Bonjour, mademoiselle Nelson. C'est Coreen. Je sais que vous avez cherché à me joindre, mais j'étais partie chez des amis. »

Vicki décida qu'elle parlerait à Coreen plus tard. D'une façon ou d'une autre, à minuit, l'affaire serait réglée.

« La fille qui a été tuée, Janet, était une de mes meilleures amies. Et je n'arrête pas de penser que si je ne l'avais pas saoulée avec Norman Birdwell, elle m'aurait attendue pour rentrer. »

— Merde !

Vicki, qui avait regagné la porte, pivota. Le nom de Norman Birdwell était sur la liste !

« J'imagine que si vous trouvez le vampire qui a tué Ian, vous trouverez aussi l'assassin de Janet. J'espère vraiment que vous y parviendrez… »

— Coreen ?

— Oh, bonjour. Je vous ai réveillée, s'enquit la jeune fille, qui semblait soudain embarrassée. En fait, je ne voulais pas vous appeler aussi tôt, mais j'ai un examen cet après-midi, et je pensais aller en bibliothèque avant.

— Pas de problème, au contraire. J'ai besoin de renseignements sur Norman Birdwell.

— Pourquoi ? C'est un pauvre naze.

— C'est important.

— D'accord. Qu'est-ce que vous voulez savoir ?

— Vous le connaissez bien ?

— Pitié ! Je vous ai dit que c'était un naze. Il suit le même cours d'histoire comparée des religions que moi, c'est tout.

— Pourquoi avez-vous saoulé votre amie à son sujet ?

— Quoi ?

— Vous avez dit tout à l'heure que vous aviez saoulé Janet avec Norman Birdwell.

— Ah oui… C'est à cause de la bière, je ne l'aurais jamais suivi autrement. Mais il m'a dit qu'il avait la preuve que les vampires existaient, et qu'il connaissait le meurtrier de Ian. Enfin, non… il n'a pas vraiment dit ça, mais un truc de ce style. Du coup, je suis allée chez lui, sauf que tout ce qu'il voulait, c'était me sauter. Il n'en sait pas plus que moi sur les vampires.

— Vous avez remarqué s'il avait un ordinateur ? Je veux dire un matériel élaboré, avec au moins trois ou quatre éléments.

— J'ignore si c'est élaboré, mais oui, il a ce genre de matériel. Pour le reste, ne m'en demandez pas trop, j'étais trop occupée à essayer de me tirer pour échapper à ses conneries sur je ne sais quel démon pour m'intéresser à la déco.

Un long silence suivit.

— Mademoiselle Nelson ?

— Oui, je suis là, répondit Vicki en s'installant à son bureau.

Elle prit un stylo.

— C'est très important, Coreen, il me faut l'adresse de Norman Birdwell.

— Euh… il habite quelque part à l'ouest du campus.

— Vous avez son adresse exacte ?

— Non.

— NON ?

Vicki inspira un bon coup, consciente que crier ne servirait à rien. Le récepteur coincé sous le menton, elle feuilleta l'annuaire à ses pieds. Bird… Birdal… Birget…

— Mais si c'est vraiment important, je pense que je pourrais vous y emmener.

Aucun Birdwell dans l'annuaire. Ce qui n'avait rien de surprenant : il avait probablement emménagé à la rentrée, et les nouveaux numéros étaient répertoriés en mai.

— D'accord, j'arrive.

— C'est que… Je ne suis pas libre avant 17 heures. Comme je vous l'ai dit, j'ai un examen.

— Coreen, c'est très important !

— Mon examen aussi.

— Et avant ?

— Il faut que je révise.

Le ton était tranchant, sans réplique.

C'est bon, ça laissait encore sept heures pour intervenir avant minuit. Dont au moins cinq avec Henry pour l'aider en cas de pépin. En outre, cela lui permettrait de dormir un peu plus. Ce qui était peut-être plus prudent…

— D'accord pour 5 heures. On se retrouve où ?

— Vous connaissez l'auditorium Burton ?

— Je trouverai.

— Attendez-moi devant la porte nord.

— Parfait. 17 heures devant la porte nord de l'auditorium Burton. À tout à l'heure.

Après avoir raccroché, Vicki resta un long moment immobile, incrédule. Parmi les différents scénarios qu'elle avait élaborés – y compris une confrontation désespérée avec le démon supérieur –, elle n'avait jamais envisagé qu'on lui offrirait ainsi la solution sur un plateau. Elle secoua la tête. En fait, cela n'aurait pas dû l'étonner : en général, il suffisait de poser les bonnes questions pour obtenir les bonnes réponses.

Tout en griffonnant sur l'annuaire, elle appela les Renseignements, juste au cas où…

— Bonjour, je désirerais le numéro d'un certain Norman Birdwell. J'ignore son adresse exacte, mais il habite aux environs de l'université de York.

— Un moment, s'il vous plaît… Veuillez noter…

Vicki inscrivit rapidement les chiffres sur la couverture de l'annuaire.

— Vous pourriez me donner également son adresse ?

— Désolée, mais nous n'avons pas le droit de communiquer cette information.

— Tu seras encore plus désolée si le démon te tombe dessus, marmonna Vicki en raccrochant.

Qu'elle ait prévu la réponse ne rendait pas celle-ci moins contrariante.

Au numéro de Birdwell, elle tomba sur la sonnerie stridente d'un modem et s'empressa de raccrocher.

— On dirait qu'il faut attendre Coreen.

8 h 17. Elle bâilla. Quitte à patienter, autant récupérer des forces. Quatre ou cinq heures supplémentaires de sommeil ne seraient pas superflues avant de passer

à l'attaque. Sans compter que, maintenant que cette trêve s'offrait à lui, son organisme semblait au bout du rouleau.

Elle tituba jusqu'à sa chambre, laissa ses vêtements à même le sol, et se recoucha, gardant les yeux ouverts juste assez longtemps pour régler la sonnerie du réveil sur 13 heures. La tête à peine sur l'oreiller, elle s'endormit. L'appel de Coreen avait chassé le doute, défini la menace, lui fournissant une arme pour combattre les cauchemars si jamais ils revenaient.

« Parfois nous gagnons grâce à une puissance de feu supérieure, des armes plus nombreuses ou plus sophistiquées, mais dans la majorité des cas, la victoire vient de ce que nous savons. Connaître l'ennemi lui fait perdre son pouvoir sur nous. »

Ces paroles d'un de ses anciens instructeurs de l'école de police résonnaient dans la tête de Vicki lorsqu'elle se réveilla. S'il était souvent raillé par les cadets pour ses discours lyriques aux accents shakespeariens, ce professeur ne s'en attirait pas moins leur respect non seulement parce qu'il était sincère, mais, surtout, parce que la plupart du temps, il avait raison.

Le monstre avait un nom : Norman Birdwell. Désormais, il pouvait être terrassé.

Après un bol de soupe, un sandwich à la tomate et une gélule de fer, elle téléphona à Henry.

— ... dès que Coreen m'aura conduite là-bas, je vous rappellerai pour vous donner l'adresse. Normalement, il ne devrait pas être trop difficile à maîtriser sans le démon. Je demanderai à Coreen de me ramener à York, et j'attendrai que vous me retrouviez sur place avant d'intervenir.

Le combiné toujours à la main, elle coupa la communication, et hésita, le regard dans le vide.

— De toute façon, ça ne peut pas faire de mal, décida-t-elle finalement.

Qu'il la croie ou non, rien ne l'empêchait de l'informer.

— Mike Celluci, s'il vous plaît… J'attends.

Il n'était pas dans son bureau, et la personne au bout du fil n'avait visiblement pas envie de le chercher.

— Merci de lui dire que Vicki Nelson a essayé de le joindre.

— Bien. C'est tout ?

De toute évidence, le jeune homme n'avait jamais entendu parler d'elle et ne ferait aucun effort pour se rappeler le message.

Vicki opta pour un changement de ton. Elle ne serait jamais arrivée à ce grade-là à son âge si elle n'avait su comment s'y prendre avec les jeunes recrues arrogantes.

— Dites-lui de se renseigner sur un certain Norman Birdwell, étudiant à l'université de York, débita-t-elle sèchement. Je le rappellerai dès que j'en saurai plus.

— Bien, madame. Je n'y manquerai pas.

Elle raccrocha avec un sourire désabusé. Soit, elle n'était plus flic. Mais ce n'était pas une raison pour jeter le bébé avec l'eau du bain. Le temps était peut-être venu d'établir de toutes nouvelles relations avec la police.

Elle profita du trajet en bus jusqu'à l'université pour coucher par écrit tous les éléments qu'elle avait accumulés sur l'affaire dans un long rapport. Avec, en conclusion, une question : Que feraient-ils de Norman Birdwell après l'avoir arrêté ?

« Donc, on récupère le grimoire, et on élimine la menace immédiate, répondit-elle silencieusement en regardant les longs bâtiments gris d'une zone industrielle défiler de l'autre côté de la vitre. Et ensuite ? » Au mieux, il serait condamné pour vol et détention d'arme illégale. Une tape sur les mains plus quelques heures de travail au service de la communauté – si toute l'affaire n'était pas rejetée pour vice de procédure –, et il pourrait se remettre tranquillement à invoquer les démons. Car, d'un point de vue légal, rien ne permettait de lui imputer les sept morts qui avaient précédé le vol du grimoire. Il devait pourtant bien exister une autre solution que celle, définitive – et totalement hors de question –, à laquelle elle songeait. Peut-être que s'il indiquait à la Cour où et comment il avait obtenu l'ordinateur et le blouson, il serait jugé fou et enfermé.

« Prends le grimoire, et laisse la police se charger de la suite », se conseilla-t-elle.

Elle ne put s'empêcher de sourire à cette idée. La perspective de laisser la police se débrouiller avec la suite possédait un certain charme de là où elle se trouvait désormais.

Coreen l'attendait devant les portes de l'auditorium Burton, sa chevelure rousse formant une tache éclatante dans la grisaille de l'après-midi.

— J'ai terminé l'épreuve plus vite que prévu, annonça-t-elle. Heureusement que vous êtes en avance, je commençais à me geler. Je suis garée derrière le bâtiment.

Tandis que Vicki lui emboîtait le pas, elle poursuivit :

— Chaque fois que je termine rapidement un examen, je me demande si c'est bon signe. Est-ce que ça signifie que je savais tout sur le bout des doigts, ou que j'en ai oublié la moitié ?

La question ne semblant pas attendre de réponse, Vicki garda le silence. Avait-elle jamais été aussi jeune ?

— En fait, j'ai l'impression que je m'en suis super bien tirée. Ian disait toujours que ça ne sert à rien de se prendre la tête une fois que c'est terminé puisque, de toute façon, on n'y peut plus rien.

La mention du nom de son petit ami dut la dégriser, car elle ne prononça plus un mot jusqu'à ce qu'elles montent en voiture.

— Norman le fait vraiment, n'est-ce pas ? demanda-t-elle alors.

— Quoi ?

— Convoquer les démons, comme il s'en est vanté. J'ai réfléchi à ça après vous avoir parlé, ce matin. Ça pourrait aussi bien être un démon qu'un vampire qui a tué Ian et Janet. C'est pour cette raison que vous êtes ici, pas vrai ?

Après une hésitation, Vicki opta pour la vérité. De toute évidence, Coreen ne la prendrait pas pour une folle, et, tout bien, considéré, c'était plutôt réconfortant.

— Oui, acquiesça-t-elle.

Coreen tourna dans Hullmar Drive en faisant crisser les pneus.

— Et vous allez l'arrêter.

Ce n'était pas une question, mais Vicki y répondit tout de même :

— Non. Je ne suis là que pour le localiser.

— Il habite dans ce bâtiment, là, annonça Coreen en désignant une des quatre tours devant le parking où elle venait de s'arrêter.

Vicki essaya de distinguer le hall derrière la porte d'entrée en verre fumé.

— Vous vous souvenez du numéro de son appartement ?

— Neuf quelque chose. Neuf est un nombre magique. Ça l'a probablement aidé dans ses incantations.

Vicki sortit de la voiture, et Coreen l'imita.

— On devrait l'arrêter maintenant, suggéra celle-ci en lui emboîtant le pas.

— Pardon ?

— Vous et moi, on devrait l'arrêter maintenant, répéta la jeune fille d'un ton où perçait le défi.

— Ne dites pas de bêtises, Coreen. Cet homme est dangereux.

— Norman, dangereux ? Vous plaisantez ? Le démon est dangereux, mais Norman n'est qu'un pauvre crétin. Tant pis ! Si vous ne voulez pas venir, je me débrouillerai seule.

Comme elle faisait mine de s'avancer vers la porte, Vicki lui barra le passage.

— Arrêtez ! Ce n'est pas un jeu. Je ne vais pas vous laisser tout fiche en l'air parce que vous avez envie de jouer les héros.

— De jouer les héros ! répéta Coreen d'une voix suraiguë. Mademoiselle Nelson, vous êtes virée !

Contournant Vicki, elle fonça vers l'immeuble.

Avec un soupir, Vicki la suivit. Il serait toujours temps de recourir à la force physique en dernier ressort. Du reste, l'entrée devait être verrouillée.

La porte était entrebâillée. Coreen déboula dans le hall tel Elliot Ness à la poursuite de Capone. Vicki la saisit par l'épaule.

— Coreen, je...

— Pas un geste !

Le jeune homme qui avait crié émergea de derrière un palmier en pot. L'air peu amène, il déplaça son grand corps maigre avec une telle gaucherie qu'on aurait cru qu'il l'avait emprunté à quelqu'un d'autre. Son pantalon en polyester lui arrivait au-dessus des chevilles.

Coreen leva les yeux au ciel et fit un pas dans sa direction.

— Norman, arrête de...

— Coreen !

Vicki le retint par l'épaule.

— Je crois qu'il serait plus sage d'écouter M. Birdwell.

Un sourire infatué sur les lèvres, Norman leva son AK-47, et désigna l'un des quatre ascenseurs dont les portes étaient ouvertes.

— Je vous ai vues sur le parking de ma fenêtre, expliqua-t-il. J'ai tout de suite su que vous étiez là pour m'arrêter.

— Eh bien, tu avais raison... commença Coreen.

Une pression de Vicki sur son bras lui intima le silence.

Vicki ne doutait pas de pouvoir s'emparer du fusil de Norman sans que quiconque – excepté Norman lui-même, peut-être – soit blessé. Mais elle n'allait sûrement pas s'en charger dans la cabine, car s'il tirait, les balles ricocheraient sur la paroi de métal, et les réduiraient tous en charpie. Dans le couloir, elle garda la main serrée autour du bras de Coreen, consciente des moindres mouvements de l'arme entre elles deux.

« Faites que personne ne sorte sur le palier avant qu'on soit rentrés, pria-t-elle en silence. Je peux m'en débrouiller à condition que tout le monde reste calme. »

L'appartement de Norman n'était pas fermé à clé. Vicki poussa Coreen devant elle. Dès qu'il refermerait la porte…

À peine eut-elle entendu le déclic qu'elle lâcha Coreen, pivota, et fut vivement poussée sur le côté par la jeune fille qui se jeta sur leur agresseur.

— Bon sang !

D'un coup d'épaule, elle tenta d'écarter Coreen de la ligne de mire. Le canon du fusil érafla ses lunettes. Elle entraperçut les doigts de Norman crispés sur la détente, mais, en raison de son champ de vision limité, elle ne vit pas la crosse en métal renforcé voler dans sa direction. Celle-ci s'écrasa juste au-dessus de sa tempe, l'expédiant dans les ténèbres de l'inconscience.

Les sourcils froncés, Celluci parcourut les Post-it sur son bureau : deux appels de journalistes, un de son oncle, Vicki, le pressing, de nouveau l'un des journalistes, un troisième… En maugréant, il ramassa les bouts de papier et les fourra dans sa poche. Il n'avait pas de temps à perdre avec ces conneries.

Pendant que son équipe passait au peigne fin la dernière scène de crime, il avait questionné les deux ados qui avaient trouvé le corps ainsi que la moitié des habitants du coin. Résultat : l'assassin semblait se déplacer pieds nus, posséder trois orteils et des griffes de plusieurs centimètres de long. Sinon, personne n'avait rien vu ni entendu, à l'exception d'un clochard installé au pied de la colline qui affirmait avoir perçu un grand bruit, « comme une voile qui claque dans le vent », et senti une odeur d'œufs pourris. Le labo venait en outre de l'informer qu'ils avaient retrouvé, entre les dents du mastiff, des particules semblables à celles du morceau de membrane retrouvé dans la main de DeVerne Jones. En résumé, il n'avait toujours aucune piste.

Du moins, aucune qu'il soit prêt à suivre.

Plus de choses dans le ciel et sur la terre…

Il sortit du bureau en claquant la porte et descendit le couloir au pas de charge.

Comme il passait devant l'accueil, la jeune recrue de service l'interpella :

— Euh… inspecteur, une certaine Vicki Nelson vous a appelé. Elle a insisté pour que…

Celluci l'interrompit.

— Vous avez pris le message ?

— Oui, monsieur. Je l'ai laissé sur votre bureau.

— Dans ce cas, vous avez fait votre boulot.

— Je sais, monsieur, mais…

— Et ne me dites *pas* comment faire le mien !

Le policier déglutit, sa pomme d'Adam remontant au-dessus de son col de chemise.

— Bien, monsieur.

Sans cesser de grommeler, Celluci sortit du bâtiment. Il fallait qu'il réfléchisse. Seul. Il n'avait certainement pas besoin de Vicki pour l'instant.

14

Henry sortit de la douche et examina son reflet dans le grand miroir : les coupures les plus légères avaient déjà cicatrisé, et les autres semblaient en bonne voie. Après s'être débarrassé du sac en plastique qui protégeait son pansement au coude, il tapota la gaze. La douleur, encore vive, le resterait sans doute encore un bout de temps, mais en y allant doucement, il pouvait utiliser son bras. Il y avait si longtemps qu'il n'avait pas été blessé qu'il devait juste ne pas oublier de faire attention.

Les énormes hématomes qui lui couvraient le corps lui arrachèrent une grimace. La dernière fois qu'il s'était retrouvé dans cet état, il était encore mortel et venait de perdre un tournoi sous les yeux du roi Henry VIII, son père. Dieu merci, les bleus qui, à l'époque avaient mis une éternité à disparaître, s'effaceraient en quelques jours.

Il se remémora la nuit précédente. Et songea à Vicki, qui n'avait pas hésité à risquer sa vie pour le sauver. Un geste dont il lui était infiniment reconnaissant, mais qui ouvrait la voie à pas mal de complications et problèmes. Des problèmes qu'ils n'affronteraient qu'après en avoir terminé avec d'autres, plus urgents.

Il prit sa montre. 8 h 10. Vicki avait peut-être appelé pendant qu'il prenait sa douche.

Non.

Il considéra le téléphone d'un œil furieux. Rester là à attendre alors qu'il savait que quelqu'un s'apprêtait à se servir du grimoire tenait du supplice.

Il s'habilla.

8 h 20. Toujours aucun appel.

Il sortit les annuaires du placard de l'entrée et les parcourut, au cas où. Aucun Norman Birdwell. Ni même de Birdwell tout court.

Si, au moins, il avait pu sortir et chercher lui-même. Près de l'université de York, avait-elle indiqué. Avec ça, il arriverait peut-être à se débrouiller. Sauf que Vicki avait promis de le joindre, et qu'elle s'attendait à le trouver chez lui. Quel intérêt de se mettre à chercher alors qu'elle touchait au but ?

8 h 56. Le téléphone sonna.

— Vicki ?

— Merci de rester en ligne. Un de nos conseillers va…

Il raccrocha si violemment que le combiné se fendit. Inquiet, il s'en empara de nouveau, appela chez Vicki pour vérifier que la ligne fonctionnait toujours, réécouta pour la troisième fois son message, puis reposa le récepteur plus doucement.

9 h 17.

Les morceaux de métal qui, la veille encore, formaient le cadre du téléviseur et de la table basse étaient entassés dans l'entrée, prêts à partir pour la poubelle. Il ignorait ce qu'il allait faire du canapé. Et s'en contrefichait ! Mais pourquoi ne téléphonait-elle donc pas ?

9 h 29.

— Bon sang, Vicki ! Appelle !

L'espace vacant dans la bibliothèque attira son regard, réveillant sa culpabilité. Le grimoire lui appartenait, il en avait la responsabilité. S'il avait été plus fort, plus rapide, plus intelligent… À quoi lui servaient ses quatre cent cinquante ans d'expérience s'il n'était pas capable de faire mieux qu'un simple mortel ?

Il embrassa la ville au-dessous de lui d'un regard désolé.

— J'aurais dû…

Il n'acheva pas sa phrase. Car, il le savait, rien de ce qu'il aurait pu faire n'aurait changé quoi que ce soit.

Même s'il avait continué à croire que le tueur était un vampire, même si Vicki ne l'avait pas surpris à côté du cadavre, et même s'il n'avait pas décidé de lui faire confiance, le démon serait venu lui voler le grimoire. Une seule chose aurait pu l'en empêcher : la destruction du livre le jour où lui-même s'en était emparé. Encore eût-il fallu qu'il ait les moyens de le détruire, ce dont il n'était pas certain.

Sans sa rencontre avec Vicki, il serait mort à l'heure qu'il était, et il n'y aurait personne pour s'opposer à l'entrée du démon supérieur dans ce monde, se rendit-il compte.

— Si tant est que j'empêche quoi que ce soit, soupira-t-il, amer.

Pourquoi n'appelait-elle pas ?

Il se mit à arpenter la pièce d'un bout à l'autre.

Quelque chose l'empêchait-il de téléphoner ? Avait-elle des ennuis ?

La sensation de la chair sans vie de Ginevra sous ses doigts quand il l'avait détachée lui revint en mémoire. Elle était si pleine de vie. Comme Vicki.

Bien qu'elle ait repris ses esprits, Vicki demeura immobile, les yeux clos, attendant que le battement à ses tempes se calme. Le moindre mouvement lui flanquait des haut-le-cœur, et, bien que consciente du temps qui filait, elle préférait patienter plutôt que de se jeter dans l'action avant d'avoir récupéré.

Au goût sur ses lèvres, elle comprit qu'elle saignait du nez. Elle était allongée sur le flanc, la joue gauche plaquée sur une surface collante – un lino, probablement –, pieds et mains liés. Quelqu'un lui avait retiré sa veste. Et ses lunettes ! Cette soudaine prise de conscience s'accompagna d'une bouffée de panique, qu'elle réprima aussitôt : ce n'était pas le moment de perdre son sang-froid.

Elle entendait des bruits de pas et de respiration dans son dos. Norman. En face, un souffle rapide entrecoupé de soupirs excédés. Ouf! Coreen était toujours vivante. Et elle avait l'air en colère. Parfait. Norman avait dû l'attacher également, ce qui, vu ses exploits précédents, n'était sans doute pas plus mal...

Malgré elle, Vicki se prit à imaginer quelle serait la situation si Coreen n'était pas intervenue... avant de s'obliger à se concentrer sur la seule chose qui comptait: le présent.

Les relents fétides du démon emplissaient l'air, dominant l'odeur entêtante de désodorisant, à laquelle se mêlaient celles du charbon de bois, des bougies et du pain grillé. Ailleurs que dans un immeuble rempli d'étudiants, Norman se serait fait repérer depuis longtemps.

— Tu as le droit de m'en proposer, lança Coreen. Je meurs de faim.

— Tu mangeras après.

Norman avait répondu la bouche pleine, ce qui ne surprit pas Vicki. Elle aurait parié qu'il se curait également le nez avec les doigts et portait des chaussettes dans ses sandales.

— Après quoi?

— Après que le démon t'aura faite mienne.

— Ne dis pas n'importe quoi, Norman. Même les démons n'ont pas un tel pouvoir.

Le rire qui suivit fit frissonner Vicki. Elle n'avait entendu qu'un seul homme rire de cette façon: il avait fallu sept heures d'attente et la mort de deux otages avant que le groupe d'intervention spéciale de la police parvienne à le maîtriser. Apparemment, la chose qu'était devenue Norman Birdwell se sentait assez puissante désormais pour se révéler au grand jour.

— Tu verras, répondit-il avec assurance. Tout d'abord, je lui ordonnerai de te dépecer vivante. Très lentement. Ensuite, j'utiliserai des morceaux de ta chair pour le rite incantatoire. Je t'ai dit que le démon supérieur exigeait une vie humaine pour se matérialiser? Avant que vous arriviez, je pensais me débrouiller avec le gosse du rez-de-chaussée. Mais maintenant... Tu sais quoi? ajouta-t-il en tapant du bout du pied dans le dos de Vicki. Je crois que je vais plutôt te garder pour moi et me servir d'elle.

— Tu es répugnant, Birdwell !

— NE REDIS JAMAIS ÇA !

Vicki ouvrit les yeux juste à temps pour voir Norman foncer sur Coreen et la gifler. La scène était floue, mais à en juger par le bruit, le coup n'avait pas dû être très violent.

— Je t'ai fait mal ? demanda-t-il, sa fureur retombant aussitôt.

La masse éclatante des cheveux de Coreen voleta de gauche à droite.

— Non.

Une trace de peur était perceptible dans sa voix, mais la colère dominait encore largement.

— Oh.

Norman finit son toast, et s'essuya les doigts sur son jean.

— Ne t'en fais pas, ça viendra.

Vicki comprenait la colère de Coreen. Elle-même était hors d'elle – en rage contre Norman, contre la situation, contre sa propre impuissance. Malheureusement, hurler et insulter leur geôlier ne leur serait d'aucune utilité.

— Excusez-moi…

Elle s'étonna de la faiblesse de sa voix.

Norman pivota vers elle.

— Oui ?

— Je me demandais…

Elle déglutit, essayant d'oublier la douleur.

— … si vous aviez mes lunettes. Sans elles, je ne peux pas voir ce que vous faites.

— Oh.

Elle n'avait pas besoin de distinguer ses traits pour deviner qu'il réfléchissait.

— Ce serait dommage que vous manquiez ça, répondit-il finalement, avant de sortir de son champ de vision.

Il réapparut un instant plus tard, et s'accroupit devant elle pour lui glisser les branches en plastique derrière les oreilles.

— Voilà.

Vicki cligna des paupières, et leva les yeux vers lui.

— Merci beaucoup.

De près – et si l'on faisait abstraction de son expression –, il n'était pas si mal. Trop maigre et le genre un peu empoté, peut-être, mais le temps arrangerait ça. Du temps que, grâce à lui, ils n'avaient plus…

L'air satisfait, il lui tapota la joue.

— Parfait. J'en profite pour vous répéter ce que je viens de lui dire : si vous criez ou faites un bruit quelconque, je vous tue toutes les deux. Maintenant, je vais me brosser les dents, annonça-t-il en se levant. Je les brosse après chaque repas.

Il sortit de sa poche de chemise une sorte de gros stylo, dont il dévissa le capuchon, révélant une brosse à dents avec un microtube de dentifrice dans le manche.

— Vous devriez vous en acheter une, conseilla-t-il d'un ton condescendant. Grâce à elle, je n'ai pas un seul plombage.

Dieu merci, il ne jugea pas utile de les convier au spectacle.

Dès qu'il fut dans la salle de bains, Vicki regarda Coreen. Malgré ses lunettes, elle n'arrivait pas à faire le point sur son visage, et chaque nouvel effort pour y parvenir amplifiait le martèlement dans son crâne.

— Ça va ? chuchota-t-elle.

— À votre avis ? répliqua Coreen sans prendre la peine de baisser la voix. Je suis attachée à une chaise de cuisine avec les chaussettes de Norman Birdwell ! Sûr que je m'éclate.

Vicki baissa les yeux sur les jambes de Coreen. Au moins six chaussettes attachaient chacune d'elles aux pieds chromés du siège. Des chaussettes en nylon, indéchirables. Elle testa ses propres liens. À en juger par le manque d'élasticité, il devait s'agir d'autre chose. Avec précaution, pour ménager son crâne endolori, elle jeta un coup d'œil à ses poignets. Des cravates, constata-t-elle. Quatre ou cinq, à motifs colorés. En tout cas, même si elle doutait que Norman ait jamais été scout, il savait faire des nœuds : plus elle tirait, plus ça se resserrait.

— Vous alliez lui sauter dessus, pas vrai ?

— Quoi ?

Vicki leva vivement la tête – et le regretta aussitôt en sentant une vague de nausée la submerger.

— Quand on est entrés dans l'appartement et que je… Je veux dire… Enfin, je suis désolée.

Coreen avait prononcé ces mots avec hargne, comme pour la mettre au défi de lui adresser un reproche.

— Ça n'a plus d'importance maintenant. Ce qui compte, c'est de sortir de ce pétrin.

— Qu'est-ce que vous croyez que je fais ?

Joignant le geste à la parole, Coreen se démena sur sa chaise, sans autre résultat que de la déplacer de quelques centimètres.

— Bon sang ! J'y crois pas !

Ce furent les dernières paroles que perçut Vicki, avant de replonger dans l'inconscience.

— Ça suffit !

Henry se détourna de la fenêtre et gagna l'entrée à grands pas. Il possédait le nom, le lieu, il était temps qu'il se mette en chasse.

— Je n'aurais jamais dû attendre aussi longtemps.

Devant la porte, il fit une pause, le temps d'attraper son manteau et d'afficher une expression normale avant de sortir dans le couloir. Là, il dédaigna l'ascenseur, trop lent, et se dirigea vers la cage d'escalier, qu'il dévala aussi rapidement que le lui permettaient ses muscles douloureux.

Dans moins de deux heures, il serait minuit.

Même s'il en reconnaissait l'utilité, Greg n'aimait pas les caméras de surveillance. Elles lui donnaient l'impression d'être un voyeur. Un ou deux gardiens effectuant des tours en liaison constante avec un troisième, au bureau, voilà comment il concevait son travail. Une caméra, aussi sophistiquée soit-elle, ne remplacerait jamais un homme entraîné. Mais comme elle coûtait beaucoup moins cher, il n'avait d'autre choix que s'adapter.

Il détourna pudiquement les yeux quand la jolie jeune femme du huitième sortit de la piscine à remous et attrapa sa serviette. Peut-être qu'il se faisait vieux, mais il n'appelait pas ces deux morceaux de tissu minuscules un maillot de bain. Lorsqu'il regarda de nouveau l'écran, la piscine avait laissé la place à deux rangées de voitures dans le parking.

Se carrant dans son fauteuil, il ajusta le bandeau noir qu'il portait au bras en hommage à Mme Hugues et à Owen. L'immeuble ne serait plus jamais comme avant sans eux. Plusieurs fois depuis le début de son service, il s'était surpris à attendre leur passage, avant de se souvenir qu'il ne les reverrait plus. Deux jeunes résidents s'étaient étonnés de le voir porter ainsi le deuil. Mais les jeunes d'aujourd'hui ne respectaient plus rien : ni l'autorité, ni la mort, ni eux-mêmes. Il n'y avait guère qu'Henry Fitzroy qui soit différent.

Henry Fitzroy… À cette évocation, Greg fit la grimace. La nuit dernière, il s'était comporté comme un imbécile. Pourtant, quels que soient son regret et sa gêne, en son for intérieur, il n'était pas absolument certain de se tromper. Comme son ancien sergent avait l'habitude de dire : « Si quelque chose marche comme un canard, parle comme un canard et se comporte comme un canard, il y a de grandes chances pour que ce soit un canard. » Le sergent faisait référence aux nazis, bien sûr, mais la remarque valait sûrement pour les vampires. Non que Greg imaginât une personne de la classe de M. Fitzroy commettre un meurtre aussi insensé – l'expression qu'il avait surprise sur son visage quelques semaines auparavant n'avait rien d'insensé –, mais il l'imaginait encore moins laisser une jeune femme invitée à passer la nuit chez lui répondre à la porte en peignoir. Quelqu'un de la classe de M. Fitzroy se serait dérangé lui-même. Voilà ce que Greg avait pensé dès qu'il avait retrouvé ses esprits. Tout cela devait cacher quelque chose.

Mais quoi ?

Un mouvement sur l'un des écrans attira son attention. Greg examina l'image, les sourcils froncés. La porte antifeu du quatorzième s'était ouverte, livrant passage à une ombre trop rapide pour qu'il ait le temps de la distinguer. Il tendit le bras pour activer les caméras de la cage d'escalier.

L'instant d'après, Henry Fitzroy apparaissait, dévalant les marches quatre à quatre. Il ressemblait à n'importe quel jeune homme en bonne condition physique – et, à en juger par son expression, de très mauvaise humeur –, trop pressé pour attendre l'ascenseur. Même s'il ne serait jamais venu à l'idée de Greg de descendre à pied du quatorzième étage, force lui fut de reconnaître qu'il n'y avait là rien de surnaturel.

Avec un soupir, il régla de nouveau le système de vidéosurveillance sur le mode aléatoire.

— Et s'il ne se conduit pas *tout le temps* comme un canard ? s'interrogea-t-il à voix haute.

Au sixième étage, l'organisme d'Henry lui rappela qu'il n'avait pas totalement récupéré de l'épreuve de la veille. Forcé de ralentir – et excédé par cette nouvelle perte de temps –, il termina la descente au rythme d'un mortel pressé.

Il était d'une humeur massacrante lorsqu'il s'engouffra dans sa voiture. Le hurlement du moteur et le crissement aigu des pneus sur l'asphalte le ramenèrent à la raison : ce n'était pas en bousillant le moteur ou en attirant l'attention de la police qu'il arriverait plus vite.

Alors qu'il s'impatientait devant le feu rouge au bout de la rue, une odeur familière lui frôla les narines.

— Une BMW ? C'est une plaisanterie ! s'exclama Tony en appuyant les avant-bras sur la vitre ouverte. Si cette montre est une Rolex, j'exige que vous me rendiez mon sang.

Conscient de devoir la vie au jeune homme, Henry s'efforça de tenir sa rage en bride. En sentant ses lèvres se retrousser sur ses dents, il comprit que l'essai ne devait pas être très concluant.

Si Tony avait encore des doutes sur la réalité de la scène de la nuit précédente, l'expression d'Henry aurait suffi à les lui ôter. Cependant, cette rage aurait été dirigée contre lui qu'il aurait pris ses jambes à son cou ; en l'occurrence, il se contenta d'ôter les bras de la voiture, juste au cas où.

— Je me disais que vous auriez peut-être envie de parler…

— Plus tard.

S'ils survivaient à cette nuit…

— D'accord, ça me va, fit Tony, avant d'ajouter, les sourcils froncés : Dites-moi… Vicki va bien ?

— Je ne sais p…

Dès que le feu passa au vert, Henry accéléra, le plantant là.

Tony le suivit des yeux, lèvres pincées, dubitatif.

Finalement, il fouilla dans son blouson et se dirigea vers la cabine téléphonique au coin de la rue.

Après quatre années passés au fond de multiples poches, la carte de visite était toute cornée.

— C'est mon téléphone personnel, avait indiqué Vicki. Si c'est urgent et que je ne réponds pas, appelle l'autre numéro au dos.

— Mike Celluci ? s'était étonné Tony. Il ne me porte pas dans son cœur, tu sais.

— Peu importe.

— Et je lui rends bien.

— Ce n'est pas mon problème. Appelle-le si besoin est.

Tony glissa une pièce de vingt-cinq cents dans la fente. Comme il le craignait, il tomba sur le répondeur de Vicki. Après avoir maudit ces foutus engins qui ne servaient qu'à perdre du fric, il composa le second numéro.

— Mike Celluci, s'il vous plaît.

— Lui-même.

— Victory a des ennuis.

— Qui ?

Tony leva les yeux au ciel. Dire qu'ils étaient censés être la crème de la crème ! Quel abruti.

— Vicki Nelson. Une ex-flic, grande, blonde, qui a tendance à la ramener. Ça vous dit quelque chose ?

— Quel genre d'ennuis ?

Celluci avait l'air inquiet. Parfait.

— Je sais pas.

— Où est-elle ?

— Je sais pas.

Tony pouvait presque entendre son interlocuteur grincer des dents au bout du fil. S'il n'avait pas senti que la situation était sérieuse, il aurait pris son pied.

— C'est vous le flic, à vous de trouver.

Il raccrocha avant que l'autre explose. Il avait fait son possible.

Mike Celluci regarda le combiné et débita une bordée de jurons en italien. Il lui semblait avoir reconnu la voix du jeune indic de Vicki – ce qui signifiait que le message était digne d'un minimum d'intérêt. Avec un soupir, il vida le contenu de ses poches et l'étala sur la table de la cuisine.

Norman Birdwell. université de York, lut-il sur le Post-it rose.

Vicki était peut-être impulsive, mais elle n'était pas stupide. Jamais elle n'irait arrêter un tueur en série – attesté ou présumé – sans renforts. Sauf qu'elle n'avait plus de renforts, se rappela-t-il. Et qu'elle ressentait peut-être le besoin de prouver quelque chose…

Il attrapa le combiné du téléphone.

— Darrel ? Celluci à l'appareil. Il me faut le numéro de quelqu'un de l'administration de l'université de York. Je sais qu'on est au milieu de la nuit ! Je veux un numéro perso. Je sais *aussi* que je ne suis pas en service. De quoi tu te plains, c'est toi qui paies mes heures sup ou quoi ?

Le téléphone sous le menton, il s'empara de son holster sur le dossier de la chaise et l'enfila.

— Rappelle-moi à la maison dès que tu l'as. Et grouille ! J'en ai besoin pour hier.

Il posa son blouson à côté du combiné. Il avait horreur d'attendre, avait toujours eu horreur de ça. Il reprit le Post-it.

Norman Birdwell…

— J'ignore d'où tu sors ce nom, Nelson, grommela-t-il, mais si je vole à ton secours, t'as intérêt à être vraiment dans la merde, ou je t'assure que tes problèmes de vue seront le cadet de tes soucis.

Norman jeta un regard satisfait autour de lui. Bientôt, tous ces gens qui refusaient de voir qui il était vraiment allaient payer leur aveuglement. Il caressa le grimoire. Le livre avait promis.

22 h 43. Il était temps de commencer le pentagramme. Son dessin était beaucoup plus compliqué que le précédent, et il voulait se donner toutes les chances de le réussir.

Cette nuit serait *la* nuit de sa vie.

15

Elle n'était pas du genre à s'approcher d'un inconnu en voiture. Ses parents lui avaient suffisamment raconté d'histoires d'enlèvement, de viol, et de jeunes filles retrouvées dans un fossé, méconnaissables. Pourtant, dès qu'elle croisa le regard de l'homme, elle oublia les mises en garde familiales.

— Je cherche les services administratifs, dit-il.

Elle savait où se trouvait le bâtiment de l'administration – du moins, elle le croyait –, sauf que, tout à coup, elle n'était plus sûre de rien. Elle s'humecta les lèvres.

— Le bâtiment Ross ?

— Où est-ce ?

Se tournant légèrement, elle indiqua un point au loin. L'instant d'après, elle était seule au milieu de Saint-Lawrence Boulevard, se demandant ce qu'elle faisait à suivre des yeux les feux arrière d'une voiture, en proie à un vague sentiment de déception.

Henry parcourut le tableau dans l'entrée, sourcils froncés. Bureau des inscriptions – Salle 302 : l'information dont il avait besoin devait se trouver là. Il perçut la présence de plusieurs vies humaines à l'intérieur du bâtiment, mais ne s'en soucia pas. Il se débrouillerait avec eux si nécessaire.

23 h 22. Le temps pressait.

Par chance, les couloirs étaient plongés dans l'obscurité, et il y avait peu de chances que quelqu'un remarque son ombre dans l'escalier.

Au troisième étage, il suivit les numéros indiqués sur les salles. 322, 313, 316… 340 ? Il pivota et regarda la porte coupe-feu qu'il venait de pousser. Il y avait forcément une logique. Personne au XXe siècle ne numérotait jamais rien au hasard.

— Ce n'est vraiment pas le moment, grommela-t-il.

340, 342, 344, 375a…

Il allait repartir dans l'autre sens lorsque des bruits de voix sur sa droite retinrent son attention.

— Tu t'attends à quoi quand tu prononces le nom d'un démon supérieur dans le temple de ses adeptes ?

Un temple ? Des adeptes ? Cela signifiait-il qu'un groupe entier invoquait le démon et qu'il faisait fausse route depuis le début ? Il n'avait pas le temps de vérifier.

De la lumière filtrait sous l'une des portes. Il s'en approcha.

— Je suppose que cela signifie que le démon s'est emparé d'Elias ? fit une autre voix.

— En effet. Que comptes-tu faire ?

— Que veux-tu que je fasse ? On attend.

— On ne peut pas attendre ! protesta une troisième personne. Lexi renverse la statue et crie « Ashwarn, Ashwarn, Ashwarn, tu le rends ! » à pleins poumons.

La main sur la poignée, Henry s'immobilisa. Il y avait six êtres humains dans la pièce et aucune présence démoniaque.

— Il ne se passe rien.

— Comment ça, il ne se passe rien ?

— Comme je viens de te…

La jeune fille s'interrompit comme Henry s'encadrait sur le seuil. Elle lui sourit.

— Bonsoir. Vous semblez perdu.

Ils jouaient, comprit-il en voyant les dés et les piles de cartes sur la table. À un jeu où on invoquait des démons ?

— Je cherche le Bureau des inscriptions. J'aurais besoin de renseignements concernant un étudiant.

— Ce n'est pas ici que vous le trouverez, répondit l'un des participants. Il faut aller dans le bâtiment ouest.

— Sauf que le bâtiment ouest ferme à 17 heures. Et qu'il est 23 h 08, intervint un autre en consultant sa montre.

23 h 08. Encore de précieuses minutes gâchées en recherches inutiles.

— Hé, ne faites pas cette tête-là ! s'exclama un garçon. On peut peut-être vous aider.

— Peut-être aussi qu'on pourrait jouer, soupira un autre.

Ses compagnons l'ignorèrent.

Pourquoi pas ? décida Henry. Après tout, même s'il ne s'agissait que d'un jeu, ces gamins s'intéressaient aux démons. Il existait peut-être un lien, aussi mince soit-il…

— Je cherche Norman Birdwell.

La fille au bout de la table grimaça.

— Pourquoi ? Il vous doit de l'argent ?

— Vous le connaissez ?

— Malheureusement, rétorqua le groupe à l'unisson.

L'ensemble parfait avec lequel ils avaient répondu les aurait sans doute fait rire si Henry ne s'était retrouvé près d'eux avant que le moindre son ait franchi leurs lèvres. Ils échangèrent des regards nerveux, dans lesquels Henry vit apparaître l'image de neuf corps égorgés. Il n'avait pas le pouvoir de contraindre un groupe de cette taille, il ne lui restait plus qu'à espérer que son autorité suffirait.

— Il me faut son adresse.

— On… euh… on a fait une partie chez lui, un jour. Grace, tu l'as notée quelque part ?

Ils se tournèrent tous vers la jeune fille au bout de la table, qui se mit à fouiller dans son sac. Apparemment, elle notait tout, et Henry dut se faire violence pour ne pas lui arracher des mains le tas de petits papiers.

— Norman a des ennuis ?

— Oui, affirma-t-il sans quitter Grâce des yeux.

Sensibles à son aura de prédateur, les joueurs les plus près de lui reculèrent légèrement… avant de décider, avec l'arrogance de la jeunesse, qu'ils ne pouvaient pas faire office de proie, et de reprendre leur position initiale.

— On a arrêté de jouer avec lui parce qu'il prenait ça trop au sérieux.

— Ouais. Il agissait comme si tout était réel. Comme s'il rencontrait des sorciers, des guerriers et des monstres velus à chaque coin de rue.

— Il est complètement givré.

— Il ne s'agit que d'un jeu.

— Un jeu auquel on ne joue pas, rappela quelqu'un.

— Est-ce que Norman a de *gros* ennuis ?

— Oui.

Ils se turent subitement., aucun d'eux ne sachant comment interpréter l'intonation d'Henry.

Enfin, Grace lui tendit un morceau de papier, du bout des doigts, comme si elle craignait de perdre ceux-ci dans l'opération.

— Une seconde ! protesta soudain l'un des garçons. Moi non plus, je n'aime pas Norman, mais ce n'est pas une raison pour filer son adresse à un inconnu qui…

Henry pivota et plongea son regard dans le sien. Le garçon pâlit et ferma les yeux.

À l'instant même où Henry démarrait en trombe en jetant un coup d'œil à l'horloge qui marquait 23 h 36, Norman se redressa et contempla avec contentement le sol de son salon. Des dizaines de symboles jaunes et rouges longeaient l'extérieur du pentagramme blanc. Il contempla la page du grimoire, suivant de l'index le dessin qu'il venait de reproduire.

— Bientôt, murmura-t-il. Bientôt.

L'odeur d'acrylique soulevait l'estomac de Vicki et lui piquait les yeux. Un instant, elle avait caressé l'idée de frotter une partie du pentagramme avant que la peinture sèche, puis y avait renoncé de peur, dans son ignorance des rites démoniaques, de précipiter ou d'empirer les choses. Il devait pourtant bien y avoir une solution ! Elle ne voulait, ne pouvait, accepter que Norman Birdwell ait gagné.

Le regard de Coreen passa du pentagramme à Norman, avant de revenir se poser sur le pentagramme. Tout cela était réel, et bien qu'elle l'ait toujours cru, elle commençait maintenant à *vraiment* croire. La bouche sèche, le cœur battant si fort qu'elle ne doutait pas que l'autre naze l'entendait, elle essaya de libérer sa jambe droite. Quand Norman l'avait rattachée, après qu'elle lui eut demandé à aller aux toilettes, il s'était montré un peu moins attentif que la première fois, et elle sentait que, petit à petit, l'un de ses liens glissait. À force d'insister, elle finirait bien par le dénouer. C'était là son unique but, la seule chose à laquelle elle voulait penser.

Norman avait placé des bougies neuves autour du pentagramme. Il avait été beaucoup plus simple de se procurer les chandelles torsadées rouges et jaunes que les noires des diverses descriptions. Il ne lâchait pas le grimoire, le serrant tout le temps contre son torse, sauf lorsqu'il devait le coincer sous le bras pour se servir de ses mains. Sans lui, il se sentait incomplet, comme si le livre était devenu un prolongement de lui-même. Il l'avait même emporté cet après-midi, lorsqu'il était allé acheter un nouvel hibachi.

La pulsation dans son crâne s'était faite plus puissante, plus sauvage, plus irrésistible. Son rythme variait en fonction de ce qu'il faisait… à moins que ce ne soient ses actions qui s'adaptaient au rythme, il ne savait plus très bien.

Tout en installant le petit barbecue japonais près de la porte-fenêtre du balcon, il vérifia l'effet produit sur son auditoire. La femme avait de nouveau les yeux fermés, mais elle respirait toujours. Tant mieux, car si elle mourait avant qu'il la tue, il devrait la remplacer, et il préférait réserver Coreen pour d'autres projets. Celle-ci semblait toujours aussi peu impressionnée, du reste. Mais elle avait peur, ce qui lui suffisait pour le moment.

— Tu ne ris plus, remarqua-t-il en lui donnant un petit coup sur l'épaule avec le grimoire.

Le mélange d'effroi et de dégoût avec lequel elle se rejeta en arrière le ravit.

Il s'agenouilla pour installer les trois briquettes de charbon.

— Il n'y a pas de quoi rire, Norman, rétorqua-t-elle finalement.

De là où elle se trouvait, elle ne voyait que le dos de son geôlier, et s'inquiétait de ne pas savoir ce qu'il faisait. Réprimant une envie de hurler, elle essaya de le raisonner le plus posément possible :

— Écoute, toute cette histoire va trop loin. Mme Nelson a besoin d'un médecin. S'il te plaît, Norman, laisse-nous partir. Je te promets qu'on ne dira rien.

— Vous laisser partir ?!

Ce fut au tour de Norman de s'esclaffer. C'était là le plus beau cadeau que lui offrait le démon supérieur : pouvoir se moquer de Coreen comme tant de gens s'étaient moqués de lui auparavant. À cette idée, son rire enfla, devint énorme, hystérique, le secouant de la tête aux pieds, se répercutant dans le grimoire et dans son corps, s'accordant à la pulsation sous son crâne…

— Norman !

Son hilarité s'arrêta net.

Vicki en fut la première surprise : sa voix était si faible. Le pouvoir des noms était peut-être bel et bien réel, contrairement à ce qu'elle pensait. Elle s'était trompée sur tant de choses dernièrement. Elle essaya de faire le point sur le visage du jeune homme, mais dut y renoncer. Son rire malsain avait cessé, elle n'en exigeait pas plus dans l'immédiat.

Norman lança un regard noir à la femme qui avait interrompu ce moment de bonheur. C'était une bonne chose qu'elle doive mourir.

Contrarié, il alluma les bougies et éteignit le plafonnier. Même le petit cri de Coreen, surprise par la brusque pénombre, ne suffit pas à lui rendre sa bonne humeur. Ce ne fut que lorsque les briquettes se consumèrent, emplissant la pièce d'une fumée bleue d'encens, qu'il commença à se sentir mieux.

Il ne restait plus qu'une dernière chose à faire…

Quand Vicki rouvrit les paupières, la panique s'empara d'elle.

Quant tout était-il devenu noir ?

Elle ne distinguait plus que cinq points lumineux. Le reste de la pièce, Coreen, Norman… tout avait disparu. Et l'air… Il y flottait une odeur lourde, inconnue, étouffante.

Mon Dieu, est-ce que je suis morte ? se demanda-t-elle.

Elle aurait voulu bouger, se battre, vivre. Ses bras et ses jambes étaient toujours attachés. Elle en ressentit presque un soulagement : si elle était attachée, cela signifiait qu'elle n'était pas morte. Du moins, pas encore…

Les points lumineux étaient des bougies, comprit-elle. Le parfum, de l'encens… Le rituel avait commencé.

Elle ne vit pas Norman approcher, ne se rendit même pas compte qu'il était là avant qu'il lui remette ses lunettes d'aplomb sur le nez. De ses doigts tièdes, il dénoua les liens autour de ses poignets. Elle eut l'impression de distinguer la fine entaille où Henry s'était abreuvé la nuit passée, ce qui, bien sûr, était une illusion. Dans une telle obscurité, elle n'aurait même pas vu une plaie béante.

Elle sentit le contact froid de la lame sur sa peau, sa morsure. Pas celle, légère et horizontale, de la veille, mais une coupure profonde, verticale, d'où le sang jaillit, inondant son poignet avant de former une flaque tiède dans sa paume.

— Tu dois rester vivante jusqu'à la fin de l'invocation, l'avertit Norman en lui écartant le bras du corps pour l'intégrer aux symboles qui entouraient le pentagramme. C'est pourquoi je ne tranche qu'un poignet. Ne meurs pas trop vite.

Tu parles que je ne vais pas... La colère l'épuisait trop, aussi y renonça-t-elle. Seul survivre comptait. Ne pas mourir en se vidant de son sang sur un lino dégoûtant pour livrer la ville, le monde peut-être, aux armées de l'Apocalypse. Dans un suprême effort, elle parvint à glisser son bras droit sous le gauche afin de le surélever un peu dans l'espoir de ralentir le flux.

Combien de temps tiendrait-elle ? Une heure ? Plus ?

Cela ne changerait sans doute rien, en définitive, mais elle ferait son maximum pour retarder Norman.

Semi-consciente, elle l'entendit psalmodier dans l'obscurité.

Même sans l'adresse exacte, il aurait identifié l'immeuble sans difficulté. Le pouvoir qui en émanait, l'attente démoniaque, lui hérissa tous les poils du corps. Le temps de bondir hors de sa voiture, et il balançait une jardinière en béton dans la porte vitrée de l'entrée.

Norman lança le dernier mot discordant dans l'air, puis laissa sa main gauche retomber sur le grimoire qu'il tenait ouvert dans l'autre. La gorge et les yeux douloureux, il tremblait d'excitation dans l'attente du chatoiement annonçant la venue du démon.

Mais aucune lueur ne chatoya.

Vide à la fin de la psalmodie, le pentagramme fut soudain habité.

Avec un cri d'effroi, Norman tomba à genoux et lâcha le grimoire pour se couvrir le visage de ses mains.

Coreen s'affaissa en gémissant, son esprit choisissant de fuir ce qu'il ne pouvait accepter.

Quant à Vicki, pour la première fois depuis le début de sa maladie, elle remercia le ciel d'être incapable de distinguer clairement les formes dans l'obscurité. Tous ses cauchemars, toutes ses peurs, semblaient rassemblés dans le magma flou à l'intérieur du pentagramme. Serrant les dents pour ne pas hurler, elle s'abandonna à la douleur et à sa faiblesse physique dans l'espoir de se couper de la réalité.

Ce qui parut amuser la chose dans le pentagramme.

Les couleurs s'assemblèrent bizarrement, formant des teintes qui perçaient le cœur et glaçaient l'âme, et donnant peu à peu naissance à une créature aux cheveux blonds et aux yeux bleus, dotée de dents d'une blancheur inouïe. Mince, hermaphrodite, elle n'appartenait à la fois à aucun sexe et aux deux.

— Suffit ! ordonna-t-elle.

Et la terreur se rétracta à un niveau supportable.

Le démon considéra les limites de sa prison, puis les êtres vivants à l'extérieur. Il regarda à peine Coreen, mais s'attarda sur Vicki, devant qui il s'agenouilla avant de hocher la tête d'un air approbateur.

— Ainsi, tu es la vie qui m'ouvrira la porte de ce monde.

Il sourit, et de nouveau, Vicki se réjouit d'être incapable de distinguer son expression.

— Mais tu ne t'es pas montrée très coopérative, n'est-ce pas ?

L'espace d'un instant, Vicki songea à ramener son poignet gauche sur le sol afin d'augmenter le flux sanguin, et d'en finir au plus vite. Puis un choc inattendu lui redonna la force de combattre : elle connaissait la créature. Pas celle-ci en particulier, sous ces traits-là, mais son essence.

— Je… vous connais.

Une fraction de seconde, quelque chose se tordit dans le regard du démon.

— Moi aussi, je te connais, répondit-il. Et cette fois, j'ai gagné. C'est terminé, Victoria.

Elle détestait vraiment ce prénom.

— Il ne faut jamais… la peau de l'ours avant…

— De l'humour ? Dans ta position ? Tu devrais plutôt garder tes forces pour me supplier.

Se redressant, il s'essuya les mains sur ses cuisses.

— Dommage que je ne puisse pas te garder vivante. J'aurais tellement aimé t'exposer mes projets.

Sur ces mots, il se détourna pour s'adresser à Norman, toujours recroquevillé près de l'hibachi.

— Debout !

Le grimoire serré contre lui tel un talisman, Norman s'exécuta en tremblant.

— Libère-moi !

Le jeune homme recula d'un pas, une expression butée apparut sur ses traits.

— Non. C'est moi qui vous ai appelé. Je suis le maître.

C'était lui qui avait le pouvoir, pas cette chose. Lui !

Le rire énorme du démon fit trembler les vitres.

Puis, tel un pantin actionné par le démon, Norman s'approcha du pentagramme d'une démarche saccadée.

— Non, gémit-il. Je suis le maître.

Il résistait, comprit Vicki, qui s'était attendue à une reddition totale et immédiate. Apparemment, la vanité et l'égocentrisme constituaient une meilleure défense qu'elle l'aurait pensé.

Dès qu'il sortit de l'ascenseur, au neuvième étage, Henry fut assailli par l'odeur du sang. Mêlée à la puanteur du démon, elle le conduisit directement devant la porte de Norman Birdwell. Fermée à clé.

Le métal résista à son assaut, pas le bois.

Vicki entendit le craquement comme s'il venait de très loin. Elle le reconnut, comprit sa signification, mais ne parvint pas à s'y intéresser vraiment.

Le démon supérieur le perçut aussi, mais l'ignora. Toute son attention était tournée vers Norman qui se tenait à quelques centimètres du pentagramme, suant et haletant, sur le point de perdre la bataille.

Le nom, uniquement formé de consonnes, déchira les tympans.

Avec un grognement, le démon fit volte-face, perdant son vernis humain dans le mouvement. Dès qu'il vit Henry, il retrouva son apparence et sourit.

— Tu as prononcé mon nom, Enfant de la Nuit. Es-tu le héros ici ? Celui qui vient sauver le monde mortel de ma domination ?

Sentant qu'il cherchait à pénétrer son esprit, Henry le rejeta, son propre rictus à peine moins démoniaque que celui de son ennemi.

— Retourne dans tes ténèbres, fils de Satan ! Ce monde ne t'appartient pas !

— Fils de Satan ? répéta le démon en secouant la tête. On voit que tu viens d'un autre âge, Henry Fitzroy. Ce monde-ci ne croit plus au Seigneur des Ténèbres. Je prendrai plaisir à lui montrer son erreur, d'ailleurs. Et tu ne m'en empêcheras pas.

— Je ne te permettrai pas de détruire ce monde sans combattre.

Henry n'osait détourner les yeux du démon pour regarder Vicki, bien qu'il ait reconnu l'odeur de son sang qui flottait dans l'air.

— Combats tant qu'il te plaît, rétorqua son adversaire en s'inclinant gracieusement. Tu perdras de toute façon.

— NON !

L'exclamation de Norman résonna dans toute la pièce. Jambes écartées, le grimoire sous le bras et l'AK-47 pointé droit devant lui, il lança :

— C'est *moi* qui t'ai invoqué. JE SUIS LE MAÎTRE ! TU DOIS M'OBÉIR ! TU LE DOIS ! TU LE DOIS !

La rafale traversa le pentagramme, coupant presque la créature en deux. Avec un hurlement de rage, elle perdit le contrôle de sa forme, redevenant le chaos ténébreux qu'elle était au début.

Le bruit ramena Coreen à la conscience. Ses forces décuplées par la panique, elle se mit à tirer violemment sur ses liens, soulevant sa chaise du sol.

Finalement, semblable à un tourbillon de nuit s'affaissant sur lui-même, le démon se reforma, et la température dans l'appartement chuta. Il sourit, découvrant de longues dents incurvées qu'il ne possédait pas dans son incarnation précédente. Et Norman se remit à avancer vers lui de son étrange démarche saccadée.

Soudain, le plafonnier s'alluma, éclairant brutalement la scène.

— Police ! Personne ne bouge !

Il y eut un instant de sidération générale. Puis Henry se protégea les yeux d'une main, le démon pivota vers son nouvel adversaire, et Norman se jeta vers la porte en vociférant :

— Non ! Il est à moi ! Vous ne pouvez pas m'arrêter ! Il est à moi !

Coreen, qui venait enfin de se libérer, tendit la jambe lorsqu'il passa à sa portée. Arrêté net dans son élan, Norman perdit l'équilibre, laissa échapper le grimoire en essayant de se rétablir, et s'effondra tête la première à l'intérieur du pentagramme.

Une fraction de seconde plus tard, il avait disparu. Seul son cri déchirant résonnait encore dans la pièce.

Debout près de l'interrupteur, son arme de service à la main, Mike Celluci se signa.

— Seigneur ! souffla-t-il dans le silence revenu. Qu'est-ce que c'est que cette abomination ?

— Exactement ce que vous venez de dire, inspecteur, lui répondit le démon : l'abomination de l'enfer.

La réalité dépassait tout ce que Celluci aurait jamais imaginé. Il était impossible que le voyou et son AK-47 se soient évanouis devant ses yeux, impossible que cette chose atroce se tienne là, devant lui, au milieu du salon.

Impossible, et pourtant vrai : il avait tout vu. Le voyait encore.

Puis ses yeux se posèrent sur Vicki, et l'étrangeté de la situation passa au second plan.

— Qui a fait ça ? demanda-t-il en se précipitant vers elle. Qu'est-ce qui se passe ici ?

Tout en lui tâtant le pouls, il garda les yeux sur le démon, prêt à réagir au moindre mouvement.

Comprenant qu'il s'agissait d'un ami de Vicki, Henry répondit :

— Cette chose est un démon supérieur. Il vient de détruire celui qui l'a invoqué, et nous sommes dans un sacré pétrin.

— Un sacré pétrin ? répéta Celluci.

— En effet, intervint le démon en sortant tranquillement du pentagramme.

Sans la moindre difficulté, il désarma Celluci et jeta son revolver par la fenêtre.

Ce dernier suivit son arme des yeux, puis, lèvres serrées, reporta son attention sur Vicki, ignorant l'épouvante qui le gagnait pour ne plus se préoccuper que de la seule chose encore de son ressort. Dénouant la cravate qui pendait à son poignet, il posa un garrot.

— Ça ne servira à rien, observa le démon.

Son attention toujours dirigée vers Vicki, il fit une grande enjambée de côté et plongea sur le grimoire.

Mais Henry l'avait devancé. Le livre entre les mains, il recula. À son grand étonnement, le démon montra les dents, mais ne chercha pas à le lui arracher.

— Vous n'avez aucun pouvoir ! comprit-il alors. Vous êtes dans ce monde sans pouvoir.

— L'invocation n'est pas terminée, admit le démon, le regard toujours fixé sur le manuscrit. Mais elle le sera dès que la femme mourra.

— Non ! intervint Celluci qui avait dénoué le liens qui entravaient Vicki. Elle ne le sera jamais !

— Ce moment arrivera très bientôt, au contraire. Elle est en train de mourir.

« C'est vrai, je meurs », songea Vicki. Elle aurait aimé sentir la main contre sa joue, mais cela faisait déjà un moment qu'elle ne sentait plus rien. Ses yeux la brûlaient sans même qu'elle trouve la force de ciller. Elle aurait voulu que les choses se passent différemment, elle avait fait de son mieux, mais le temps était venu de lâcher prise.

Puis elle croisa le regard du démon, vit son expression triomphale.

À l'instant où elle mourrait, il aurait gagné.

Impossible. Dans un ultime sursaut, elle s'accrocha au mince fil qui la reliait encore à la vie.

— Je… ne… mourrai… pas…

— C'est ce que je viens de dire, confirma Celluci. Tu entends ?

Oui, elle entendait le son strident des sirènes dans la rue.

— La cavalerie ? demanda-t-elle.

Il hocha la tête.

— J'ai appelé des renforts en arrivant. L'endroit donne l'impression d'être assiégé. Il y a une ambulance avec eux. Quelle que soit la quantité de sang que tu as perdue, ils le remplaceront. Tu ne mourras pas, insista-t-il en regardant le démon par-dessus son épaule.

Celui-ci eut un rictus immonde.

— Tous les mortels finissent par mourir. Je ferai en sorte, bien sûr, que cela arrive le plus tôt possible.

— Il faudra d'abord me passer sur le corps, le défia Celluci.

Henry secoua la tête.

— Ce ne sera pas nécessaire. Il ne peut pas la tuer, sinon il l'aurait fait à l'instant où il est sorti du pentagramme. La mort de Vicki est liée à l'invocation, et il lui est impossible d'intervenir sur celle-ci. Il devra attendre. Si tu restes, poursuivit-il à l'adresse de la créature, il te faudra lutter sans relâche et à chaque instant. Nous sommes incapables de te détruire, mais sans pouvoir, tu ne feras pas grand-chose.

Le démon le contempla, les yeux plissés.

Non, comprit brusquement Vicki, ce n'était pas Henry qu'il contemplait, mais le grimoire.

— Et que suggères-tu ? s'enquit-il avec mépris. Que j'abandonne ? Je n'ai besoin que de temps. Et j'ai l'éternité.

Repoussant le bras protecteur de Celluci, Vicki murmura :

— Un marché… Vous voulez… le grimoire… Brisez l'invocation… Il est à vous.

— Je finirai par l'avoir de toute façon, rétorqua-t-il. Et avec lui une puissance que vous autres, mortels, n'imaginez même pas. Votre marché est sans intérêt.

— Le pouvoir librement consenti est plus puissant que celui qu'on obtient par la force.

Les deux hommes et le démon se tournèrent vers Coreen, qui rougit.

— C'est vrai, ajouta-t-elle comme pour se justifier. Tout le monde le sait.

— Et le pouvoir librement consenti est une chose presque inconnue d'où tu viens, renchérit Henry. Tu pourrais en tirer un grand profit.

— Le nom… écrit dans la… ville.

La race des démons avait prouvé qu'elle n'était pas dépourvue d'ambition.

— Parvenu, cupide…

Le démon prononça d'autres mots dans une langue qui ressemblait à un combat de chats, son aspect lui échappant de nouveau.

— Pourquoi attendre pour ce monde-ci quand tu peux en avoir un autre dès maintenant, insista Henry. Avec le grimoire, tu contrôleras ceux de ton espèce. Tu vaincras tes ennemis.

— Oui.

— Nous te le donnerons librement si tu brises l'invocation et retournes d'où tu viens. Celui qui t'a appelé n'est plus, rien ne te retient ici. Pourquoi attendre quand tu peux devenir le maître ailleurs ?

Avec effort, le démon conserva un minimum d'apparence humaine, tendant des mains qui n'étaient déjà plus tout à fait des mains.

— Donnez-le-moi. J'accepte votre marché.

— Jure-le sur ton nom.

— Je le jure.

— Et que vous ne vous en servirez jamais contre les hommes, ajouta Coreen d'une traite.

— Il n'a de réel pouvoir que sur les démons.

Elle se mordilla la lèvre.

— Jurez quand même. Sur votre nom.

— Je le jure. Je le jure.

Henry fit un pas en avant, et déposa le manuscrit dans les mains du démon supérieur. L'un et l'autre disparurent aussitôt.

Vicki eut un petit rire.

Celluci la dévisagea, sourcils froncés.

— Qu'est-ce qu'il y a.

— Je me... demandais... ce que tu vas... écrire... dans ton rapport.

Tony termina la crème et reposa le bol vide sur le plateau.

— Henry est venu me raconter ce qui s'est passé, lâcha-t-il. Il a dit que j'avais le droit de savoir. C'est un mec cool, mais je crois qu'il venait surtout vérifier que je l'avais pas ouvert.

— Probablement, acquiesça Vicki. Tu sais des tas de choses dangereuses à son sujet.

Tony haussa les épaules.

— Il se fait de la bile pour rien. L'heure à laquelle les gens se lèvent, c'est pas mon problème.

Ils s'interrompirent en entendant les sandales en plastique de l'infirmière crisser sur le carrelage.

— L'heure des visites est terminée, annonça celle-ci. Il faudra revenir demain.

Le regard de Tony passa de Vicki à l'infirmière, puis il se leva. Sur le seuil, il se retourna pour demander:

— Garde-moi la crème.

— Avec plaisir, répondit Vicki.

L'infirmière s'affaira un moment autour d'elle, et s'apprêtait à sortir quand Mike Celluci pénétra dans la chambre.

— Excusez-moi, mais les visites sont terminées.

Celluci brandit son insigne.

— Police. Je dois interroger le témoin.

Sans lui laisser le temps de protester, il la saisit par les épaules et la dirigea doucement vers la porte qu'il referma derrière elle.

Il marqua une pause le temps de grimacer devant les cernes violets de Vicki, puis se pencha pour l'embrasser.

— Tu as une mine de déterrée, murmura-t-il sans se redresser.

— En fait, je me sens plutôt bien, répondit-elle en repoussant une mèche de son front. *Hier*, je me sentais comme une déterrée. À propos d'hier, tu étais passé où ?

— J'ai rédigé mon rapport, répondit-il en se laissant tomber sur la chaise que Tony venait d'abandonner. C'est ça, marre-toi. Voilà au moins une partie du boulot de flic dont tu devrais être contente d'être débarrassée.

L'allusion à son ancien travail fut moins douloureuse que d'habitude, constata Vicki avec une pointe d'étonnement. Peut-être qu'avec le temps, cela finirait par ne plus faire mal du tout…

— Qu'est-ce que tu as écrit ?

— La vérité.

Il sourit devant son air sceptique.

— Bon, d'accord, pas *toute* la vérité.

— Et pour Norman ?

— Il s'est enfui pendant que je m'occupais de toi. Par chance, le chef t'a toujours eue à la bonne: il a trouvé que te sauver la vie constituait une excuse acceptable. Ils ont diffusé un message auprès de toutes les patrouilles avec son portrait-robot. Ça ne va pas améliorer mon palmarès d'arrestations, commenta-t-il avec un haussement d'épaules, mais il n'y aura plus de meurtres, et j'imagine qu'il a eu ce qu'il méritait.

Vicki ne répondit pas. Elle n'était pas sûre de partager l'avis de Celluci. Cela ressemblait trop à la justice type « œil pour œil ». Au bout du compte, c'était le monde entier qui finirait aveugle.

— Ton nouveau petit ami est plutôt du genre timide.

Son intonation la fit sourire.

— Je te l'ai dit, c'est un romancier. Il aime sa solitude.

— Bien sûr. Et moi, je t'ai dit que tu ne savais pas mentir. Mais comme il m'a ôté une belle épine du pied en s'occupant de cette… gamine, j'ai décidé de laisser courir pour le moment.

Le sourire de Vicki disparut. Coreen ne se doutait pas qu'elle avait finalement rencontré son vampire, et que ledit vampire l'avait « convaincue » que la majeure partie de ce qui s'était passé… ne s'était pas passée. Dans la version d'Henry, il n'y avait plus de démons inférieur ni supérieur, juste Norman Birdwell. D'une certaine manière, Norman avait fini par obtenir la reconnaissance dont il rêvait.

Vicki tendit son bras valide et donna une petite tape sur la cuisse de Celluci.

— Cette gamine, comme tu l'appelles, vient de me verser d'importants honoraires pour ce petit nettoyage, aussi te prierais-je de faire preuve d'un minimum de respect à son égard.

Celluci leva les yeux au ciel.

— Vicki, c'est une cruche. J'ignore comment il s'est débrouillé pour qu'elle ne parle pas du… – enfin, tu sais –, mais je dois reconnaître que je tremblais à l'idée de ce qu'elle pourrait raconter à la presse. À présent, je m'en vais, ajouta-t-il en se levant. Il est temps que tu te reposes.

Vicki avait refusé les somnifères que l'infirmière lui avait proposés, si bien qu'à 1 heure du matin, elle ne dormait toujours pas. Elle écoutait les bruits de l'hôpital, et sourit en entendant sa porte s'ouvrir.

— Vous êtes réveillée ?

Elle hocha la tête, consciente qu'il la voyait malgré la pénombre.

— Vous m'attendiez ?

— Disons que je me doutais que vous viendriez en dehors des heures de visite.

Le matelas s'enfonça sous son poids lorsqu'il s'assit sur le lit.

— Je n'étais pas certain que vous auriez envie de me voir.

— Pourquoi ?

— Parce que les moments que nous avons partagés n'ont pas dû vous laisser d'agréables souvenirs, j'imagine.

— Pas vraiment, en effet, reconnut-elle.

Certains de ses souvenirs étaient cependant très agréables…

Mais avec ses quatre cent cinquante ans d'expérience, il possédait suffisamment d'atouts sans qu'elle lui en fournisse d'autres avec ce genre d'aveu.

Dans l'obscurité, Henry plissa le front. Sa bouche disait une chose, mais son odeur…

— Ça n'a pas dû être facile d'entrer, je suppose.

— Les hôpitaux manquent de coins sombres, reconnut-il. Mais j'espère que nous nous reverrons après votre sortie…

— Bien sûr.

Comprenait-il ce que signifiait cet acquiescement ? Et elle, le comprenait-elle ?

— On pourrait dîner ensemble, proposa-t-elle.

Elle ne le vit pas sourire, mais sentit la douce pression de ses doigts qui se refermaient autour de sa main.

— Vous croyez au destin ? demanda-t-il.

— Je crois en la vérité et en la justice, en mes amis et en moi-même. Et je crois aux vampires, ajouta-t-elle après une pause.

Les lèvres d'Henry frôlèrent son poignet. Lorsqu'il parla, la caresse de son souffle fit courir un délicieux frisson le long de son dos.

— Ça suffit amplement.

Retrouvez votre détective favorite dans
***Le prix du sang*, le premier tome des aventures de**
Vicki Nelson !

Les aventures de Vicki Nelson – 2 – Piste sanglante

Depuis que Vicki connait Henry, vampire et bâtard royal de son état, son quotidien a changé du tout au tout.

Menu du jour : rencontre avec une famille de loups-garous en danger et escapade campagnarde.

À tout prendre, elle préférerait rester couchée...

N° 8350

8236

Composition
CHESTEROC LTD

Achevé d'imprimer en Espagne
par LITOGRAFIA ROSÈS
le 9 mai 2010.

Dépôt légal mai 2010.
EAN 9782290022740

ÉDITIONS J'AI LU
87, quai Panhard-et-Levassor, 75013 Paris

Diffusion France et étranger : Flammarion